津沽往事

唐言 著

CS 湖南文艺出版社

目录

康桥，剑河，春天的樱花与夏日的垂柳。

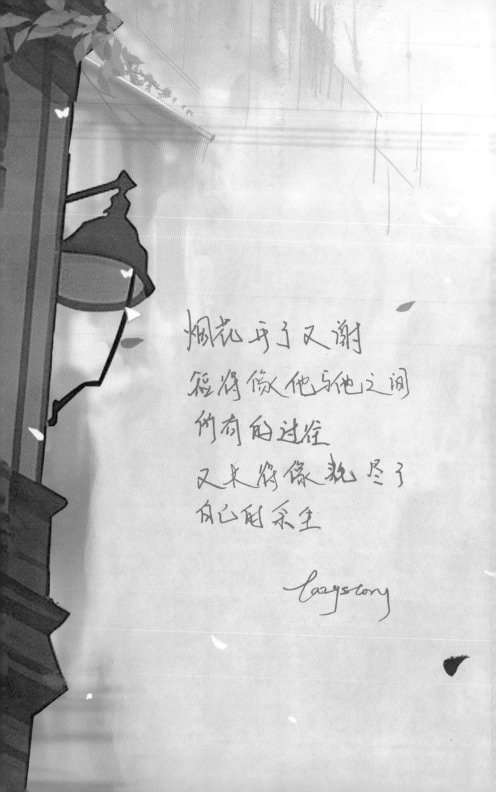

烟花开了又谢

记得像他与他之间

的所有过往

又来得像就尽了

所心的余生

lazystory

正文·怀梦

第一章　血引之人

迷蒙间沈凉生听到雨打纸伞的声音。刹时阵雨稠密急促，砰砰地打在伞面上，似梦中战鼓，敲得气海翻腾，他终于痛醒过来。

沈凉生睁开眼，便见一把油纸伞罩着他的头脸，伞上绘着漠漠黄芦，笔意灵活，一派不胜雨打风吹之态。

他听到身畔有人声道，这雨下不久，再过片刻也该停了，便欲伸手去摸佩剑。秦敬立在他身侧，执伞望着他，看他手指动了动，便又躬身凑近了些。

荒凉山间，除了他们再无人迹。沈凉生伤重之时寻到这间破庙，本欲入内避雨裹伤，却终是体力不济，倒在了庙门口。这土地庙早已荒废多时，破得门都塌了，沈凉生被斜躺在泥地上的木门绊了一绊，倒在门板上，晕过去半炷香光景。

血流得太多、太快，雨浇不去，渗进门板里，又随着雨水自木纹里泛上来，湿润鲜妍，像棺材底新铺的一层朱砂。

这半死不活的光景令秦敬有些为难，犹豫了一下，还是直截了当道："你叫什么名字？若你死了，有个名字也好立碑。"

沈凉生暗提真气，觉得浑身经脉无一不痛，似千万把刀在身体中细细锉磨，全然不能出声。

秦敬见他不答话，只以为他不甘心就此咽气，便点点头，随口道："也是，若是能活，还是活着好。"

即使痛到极处，沈凉生也不愿再晕过去，强撑着意识清明，对上秦敬的眼。

秦敬与他互望，见那目光中并无恳求搭救之意，亦无倔强不甘之色，只如千尺寒潭，既冷且静，映出自己的影子——半躬着身，一手执伞，一手挠头，认认真真地瞅着对方，一副犯傻的德性。

秦敬咳了一声，直起身，想捡回些世外高人的气派，却又连自己都觉得好笑，只好再咳一声，正色道："方才探过你的脉象，内伤外伤加在一块儿，也就剩了这一口气。我也不愿见死不救，但若贸然挪动，只怕这路上你就撑不过去。你意下如何？"

沈凉生身为密教护法，经脉行气之道本就不同寻常。他自知这身伤势并没此人想得那样重，便是一直躺在这儿淋雨，淋上一天一夜怕都死不了，何况是一段路。

沈护法心中权衡一番，若放出教中通信烟花，引来的是敌是友尚未可知，不到万不得已还是罢了。现下既然有人愿救，便暂由他去，至于这人是什么来路，是真心相救还是另有玄机，且走一步看一步。

秦敬见他沉默片刻，微微颔首，便当他是愿意试试这一线生机，遂收了手中纸伞，夹在腋下，弯腰使力，想将人打横抱起。可惜秦敬的武功本就半常，又走的是借力打力的轻巧路数，要论实打实的力气，和不会武的普通人也差不多，因此要夹着伞抱起一个和自己差不多高的男人，实在有些力不从心，他只得叹了口气，将伞弃到一边，双臂运劲将人横抱在胸前，再叹道："可真是重。"

沈凉生闭目养神，觉出那人使出轻功赶路，心忖一句，这功夫可真是糟糕，如若医术也是这个水准，大抵还得靠自救，索性不再管他，任由他抱着自己颠颠簸簸，暗自运起独门心法平复受损经脉。

沈凉生这门心法名唤五蕴皆空，心法的奥义正是一个"空"字，运功之时心跳脉搏渐趋于无，教内典载若功至顶层，可假死百年，只余一缕内息流转不灭，重见天日之时功力亦以百倍计，当世无敌。

沈凉生这名字，倒是人如其名，性冷心寒，定力了得，是修炼此门心法的好材料。虽说练至第七层后再无进境，但功至此步，运功之时气息脉象已颇微弱，几近假死之象。

秦敬不知他心法奇诡，只觉得怀抱之人渐渐没了气息，脚下更急，心头却不免涌起一丝哀意。虽说素昧平生，但既已说了要救他，若还是只能眼睁睁看他死在自己怀里，那滋味当真不好受。

夏时阵雨果不持久，雨势渐缓渐歇，天边出了日头，林间点点金斑，鸟声蛙鸣，更衬得怀中一片死气沉沉。秦敬低头看了眼怀中人，面白如纸，唇色寡淡，神色倒平静宁和，不见苦楚。

不痛便好，秦敬默默心道，反正人活一遭，多多少少都得受些罪，若能无知无觉死了，最后少受点罪，也是造化。

秦敬抬头遥望，自己的药庐还得再翻一个山头，这人恐怕真是撑不到了。他双臂酸痛，抱人也抱得不甚安稳，若是颠醒了还要活受罪，这么一想干脆停了下来，小心地将怀中人挪了挪，欲再抱稳一些。

沈凉生虽在运功，却也不是对外物无知无觉，见他停了步子便以为到了，睁眼打量，只见秦敬正皱眉望着他，看他睁眼又忙展眉挤出个皮笑肉不笑的表情，轻声道："离得不远了，你若累了便继续睡。"

沈护法活了二十六年，头一次有人拿这哄小孩儿的口气与他说话，略一思忖，便猜到这人恐怕以为自己是回光返照，又见他面上神色似是真的不好过，影影绰绰的日光下，自眼角至颊边竟像有道泪痕，便也低声回了句："有劳。"

要说沈护法平生虽与"好人"二字全不沾边，却也是坏人里的正经人，连杀人也礼数周到——毫不留情地将人捅个对穿，再客客气气地补声"得罪"，一本正经得让教内同仁看着他就牙疼。

秦敬听到这句"有劳"，咧嘴笑了笑，暗道等我给你掘坑挖坟时再谢不迟。他心里难过，面上笑意反更深了些。

沈凉生并未继续运功疗伤，一来锐痛渐缓，二来欲速则不达，左右不急于这一时。他平心静气地端详着这个抱着自己赶路的人，心中并无丝毫感激之情。世上有诸般善良美好，亦有诸多奸邪苦厄，万象自然，无论是善是恶，与己无关有关，沈凉生观之皆如日月草木，不知动心为何。

"咦？"一盏茶过后，秦敬也觉出怀中人气息平稳绵长，不似一般回光返照之态，心中称奇，低头看他，笑道，"看来你命不该绝。"

沈凉生端详他半晌，想的却是原来这人并未当真掉泪。只是自眼角向下有道纤长伤疤，浅而细，晃眼间颇似泪痕，非要细看方能觉出端倪。

这样一道疤，算不上破相，却为这张平淡脸孔平添一丝趣味。尤其是嘴角噙笑时，便是一张似哭似笑，又非哭非笑的脸。

秦敬，表字恒肃，为人却一点也不端方严肃。为沈凉生裹伤时互通姓名，他便笑着调侃，一碗凉水，生不逢时，真是个好名字。

沈凉生不答话，任他在自己身上摸索敷药，心知外伤并无大碍，只是内伤少说要休养月余，功体全复更不知要等到何时，而天时已近，教中正值用人之际，真是麻烦。

"你经脉受损颇重，培本固元乃当务之急，"秦敬把七七八八摆了一床的药瓶划拉进药箱收好，"若专心调养四、五十日，大约能拾回八成功力，最后两成还需你自己……"

秦敬话说了一半，便见沈凉生抬眼直直望向自己，以为他嫌太慢，摇头劝道："此事急不来。我跟你说实话，助你更快回复功力的法子不是没有，但此法三五年后必有后患，我不想用。你还年轻，往后日子还长得很，不值得。"

"你是个好大夫。"虽无感激之情，沈护法这句评语给得倒是真心实意——但他临阵对敌之时，偶尔遇上难缠的对手，也通常是在收剑入鞘后，真心实意地用一句"多谢指教"将人送入轮回道——所以即便是真心赞赏可能也不大吉利。

"不敢当，"秦敬起身走到药架旁，拣出个青瓷药瓶，"方才话未说完，那剩下两成……"复又走去桌边，倒了杯白水，顿了一下，还是打算把话摊开来说明，"刚刚细探过你的脉象，先头倒是我走眼，你修习的心法太古怪，那剩下两成我的确无能为力，得靠你自己慢慢补足。"

秦敬带着药瓶白水回到床边，倒出两粒朱红药丸递至沈凉生眼前："内服。"

沈凉生并未接药，仍是直直望向对方，毫不掩饰眼中的考查神色。五蕴皆空这门心法虽为教中秘宝，只有历代大护法方能修行，但江湖上对此也并非一无所知。若是这位秦大夫已看明此中关键，却仍肯出手相救，便定不是"善心"二字那么简单。

沈凉生不接药，秦敬也未着恼，自顾自拿起他的手，将药丸茶杯塞过去，收手继续道："此间现下除了你我，再无旁人。方才进来时，想必你也看到了，此处除却地势隐蔽，更有阵法加持，不是什么人都进得来的。我既已答应救你，便没打算害你。我是大夫，你是病人，别无其他。天色已晚，要走还是要留，你自便吧。"

秦敬说完便走回桌边，也为自己斟了杯凉水，一口气喝完，心口隐痛才似好了一些。

实则秦敬自己也知道，那痛其实是不存在的，只是思及之后的棋局命数，错觉心痛罢了。

沈凉生沉默片刻，淡声问道："你要什么？"

秦敬回身看他，挑眉一笑："救命之恩，自然是要你为我做牛做马了。"

要说秦敬平生与"坏人"二字全不沾边，却也是好人里顶不正经的那一种，总爱口头上占点便宜。虽然眼前这人他是万分惹不起，但有便宜不占，到底不符合秦大夫一贯嘴贱的做派。

"你是大夫，我是病人，别无其他？"同一句话，沈凉生以问句道来，虽是平淡语气，秦敬却生生从里面听出一丝揶揄意味，想必是讽刺自己上一句还说得好听，下一句便出言无状，没有医德。

唉，秦敬默叹口气，愁眉苦脸地望着坐在床上的沈护法，心道这位仁兄明明看上去冷漠寡言，怎么耍起嘴皮子来也那么厉害。好好的冷美人不做，真是浪费了这张面皮。

沈凉生不再多言，就水吞下药丸，和衣而眠。

他直觉这人早晚有求于己，现下不直说，留了交换条件的余地。

以利换利，最为让人放心。

沈凉生再醒过来，已是三日之后，秦敬所予之药果然无错，培本固元，平经理气，便连外伤药也着实管用，短短三日，伤口皆已愈合结疤，想来再过几日便能好全。

"如何？能走了吧？"秦敬自己配的药，自然心中有数，掐好了点过来探了一眼，正见沈凉生披衣下床。

"多谢，外伤已无大碍。"

"往后的一个月，每隔一日进药泉泡两个时辰，随我来吧。"

出了药庐，兜兜转转，便见一方暖池，笼着薄薄水雾，扑面一股清苦药香。沈凉生除尽衣物，走入池中坐定。

秦敬看着地上的血衣，好言商量道："不值钱就扔了吧？舍不得你就自己洗。"

"随意。"

秦敬拣起衣服，转身走了几步，又想起他这儿日也未得空洗漱，遂回身道："我去拿皂角，你顺便洗洗头发。"

待到秦敬拿着洗漱之物回转，却见沈凉生似又睡了过去，闭目靠在池边，一副无知无觉的模样。

"天气热，泡这药泉的确有些难受，下次你可晚上再来。"

沈凉生不出声，秦敬继续自说自话："莫要真睡过去，虽说水不深，万一淹死了也是作孽。"

"东西我放在这边，洗头发你总会吧？"

"沈凉生沈护法，我只说了一句让你做牛做马，你倒也不必如此记仇，"秦敬哂然一笑，"我是秦大夫，不是秦老妈子……唉，我算见识到什么叫不声不响地支使人了。"

其实沈凉生并无使唤他的意思，不过是在运功行气而已。

心经道，五蕴皆空，空中无色，无受想行识，无眼耳鼻舌身意，无色声香味触法。

心法却全违本意，偏要自无中生有，内息生生不灭，对外物知觉反更加敏锐——

秦敬取下沈凉生的发冠，拿过木瓢，舀一勺热水，当头淋下。

沈凉生当日血流得那样多，头发饱浸了鲜血，干涸后粘连不清，遇到热水后又再化开，水中平添几缕薄红。

秦敬的眼追逐着融开的血色，池中是常年习武之人的身体，身上几道深长伤口，血痂狰狞有如活物，似暗红长蛇，弯转攀附在躯体上。

他貌似专心做着手下活计，脑中算计念头却如一条狰狞巨蛇，将池中这人，连并自己都缠困其中，蛇身盘卷、绞紧，是猎杀之态。

"换洗衣物就在池边，你泡够了时辰就自己上来吧。"

秦敬转身离去，余下沈凉生独自泡在池中，内息走完一个周天，慢慢睁开眼。

药庐中多了一个人，于秦敬而言，实则只是添了双筷子的事——沈护法既不多话，也不多事，衣食住行可精简到极处，捡只受伤的兔子回来养都比他麻烦。

但秦敬每每与他同桌而食，都会忍不住去留意他的手。

沈凉生肤色偏白，手指修长，指节并不突出，指间也看不出常年持剑留下的茧子，却让人一眼望去，便能知晓这是一双习武之人的手，能觉出其中隐藏的力道，有翻天覆地之能，哪里真是个省心的人物。

"有事？"有次秦敬的目光追着对方执箸夹菜的手多停了停，换来沈护法一句问语，其中虽无不悦之意，却也足够秦敬回神。

"无事，菜色简陋，招待不周。"秦敬与他假客气，心道若只给你吃萝卜白菜，就能把你养出个兔子脾气，我也算造福天下苍生了。

"无妨。"沈凉生淡淡看了他一眼，继续细嚼慢咽，看上去确是不在意口中到底吃的是什么。

又有次秦敬沏了一壶好茶，凭窗读书，见到沈护法在院中习剑。

按说他理当避讳，不是每个剑者都愿意将自家剑法示与旁人，但沈凉生倒像并不在意秦敬观摩，一招一式，或疾或徐，虽未动真气杀念，却深得剑意精髓。

江湖上，刑教掀起的腥风血雨已消弭二百余年，久到几已成了传说。只是两百年过去，刑教并未再兴兵燹，却仍能令江湖上人人闻名自危，可见许久前那场战祸是如何惨烈。

沈凉生大约是练招消遣，不见传说中魔教护法以一人之力屠尽十数门派的逆天能为，唯有翩翩剑意，脉脉风流。

秦敬看上片刻，就将心思移回手中书页上，暗叹一声造物美妙，可惜千般美妙，也只是刑教镇教的一柄神兵利器。传言刑教位至大护法者，皆已舍弃诸般自私凡欲，且教主令杀一千便不会杀八百而返，看来是真的。

山中无岁月，转瞬一月即过，沈凉生伤势好得差不多了，便启程回教中复命。行前摘下腰间大护法令，他将阴令交给秦敬，当作日后条件交易的凭证。

秦敬平日里一副嬉皮笑脸、插科打诨的做派，此时接了这令，却面色一肃，规规矩矩与沈凉生行礼，正色请道："沈护法，好走不送，后会有期。"

刑教大护法令常人无从得见，秦敬有幸得见，幸与不幸还要两说。他将这枚阴令托在掌中细细打量，见令牌不知是什么材料打造，非石非铁，冷若寒冰，正面雕着一只延维，人首蛇身，紫衣朱冠，是传说中"见之能霸天下"的怪物。

"哈。"秦敬嗤笑一声，满不在乎地把令牌塞到竹枕下面，夜晚暑气难耐时，枕下若有若无的凉意暗送，正好用来助眠。

大暑后便是立秋，天气虽未立时转寒，却又到了秦敬一年四回活受罪的时候。

天生心疾之故，虽说他平时行动并无大碍，只是不能修习刚猛功夫，内功也难有进境，但每年一到换季之时，短则三日，长则五天，秦敬心里就像住了两位绝代高人，翻天覆地地过招切磋，全然不管秦大夫那颗人肉做的心经不经得起。

俗话说医者难自医，秦敬的师父是半个大夫，秦敬自己的医术更是青出于蓝，但师徒二人对这古怪的心痛之症都没什么好法子。莫说止疼汤药，便连用银针封住昏睡穴都能生生痛醒。

直到四年前，秦敬的师父带着他访遍天下灵秀之地，终于找到这眼山中药泉，每到心痛发作之时，秦敬进到池子里泡着，便可好过一些。

一年四回，泡了四年，秦敬每次日日夜夜浸在药泉中时，都会反复在脑中回想四年前与师父那番对话。

"照我说，您就不该给我找着这么个宝地。先前一年到头要受四回活罪，活着这码事在徒儿看来还真没什么好，不如早死早超生。现下您寻着这么个地方，我可真该贪生怕死了。"

"此言当真？"

"什么当真？贪生怕死？自然是真的。"

"不，之前那一句。你说活着并无什么好。"

"……"

"恒肃，莫要骗自己。"

"……"

"为师望你心甘情愿，若非如此，为师也不会逼你。"

"此言当真？"

"……"

"师父，知道什么叫上梁不正下梁歪了吧？您可也莫要再骗自己。"

天际一声闷雷，顷刻大雨瓢泼。秦敬泡在池水中，一手支额假寐，突觉头顶再无冷雨浇落，睁眼一看，果然是师父循着惯例过来探望，一袭青衫撑着纸伞立在池边，仍是那派仙风道骨的模样。

"师父，徒儿不孝，您先头画给我的那把伞让我给丢了。"

"无妨，得空再画一把给你就是。"

"这次画个扇面吧？"

"眼看天就凉了，莫要大冷天拿把扇子丢人现眼。"

"哈。"

"恒肃，两月前有人夜闯少林藏宝塔。"

"嗯。"

"少林方丈事先已有准备，武当、嵩山、峨眉、青城，诸派好手皆在塔内布阵以待。"

"结果呢？"

"功亏一篑。"

"哦。"

"慧生大师耗尽毕生修为的一招，也未能将闯塔人毙命于掌下。"

"大师呢？"

"已圆寂了。"

"……"

"恒肃，你可知闯塔人是……"

"徒儿能猜到。"

"一月前已传来消息，刑教护法已平安回转。"

"我知道，我救的他。"

秦敬仰着头，难得见师父脸上也有这般哑口无言的表情，不由失笑出声。

"师父，怎么这次没算出来？还以为您老人家那神棍的本事早已臻化境了。"

"罢了，原本冥冥中早有定数，天命……"

"天命不可违。我说您就不能换点别的话说？"

"……"

"您快甭想了，咱们说正事。刑教可已拿到那两页残本？"

"应该没有。残本藏于少林之事本就是打谎，可惜……"

"不必可惜了，他们尚未拿到便好，我自有计较。"

"……"

"师父？"

"恒肃，莫怪为师啰唆，师父只想再问你一次，可有怨尤？"

"有怨尤又如何？"

"……"

"师父，自欺欺人之话，徒儿久已不提。"

秦敬敛去面上笑意，端正坐姿，低眉肃穆道：

"为天下，为苍生，我无怨尤。"

不久后到了中秋，秦敬除了师父之外再无亲人，也对过节无甚兴趣，倒是手有些痒，索性坐船去了金陵，一头扎进金陵最大的赌坊。

秦敬这人赌运如何不好说，但赌胆是真的大，对银钱之物从不上心，可大赢，可大输，最后输得干净，啧啧两声，也不懊恼，两袖清风地出了赌坊的大门。

结果出了门才想到，这下可连坐船回去的船资都付不起了。再看自己，身上一袭洗得发白的蓝布袍子，头上一根再朴素不过的桃木簪，进当铺都不知道能当什么。

秦敬翻遍全身，倒是找出了几枚铜钱，虽然不够船资，买两个烧饼总是够的。

想想金陵离自己住的地方也不算很远，走个三日也就到了，路上亦可摘些野果充饥，他索性揣着烧饼，安步当车，慢慢悠悠地往城外行去。

官道虽然安全，但毕竟绕远，走了多半日，秦敬拐上山野小路，天色渐晚，正是拦路抢劫的好时候。

想是老天知道秦敬身无分文，他未碰见游寇流匪，倒是碰上了连自己都忘了什么时候结下的冤枉债。

秦敬打量眼前寻衅之人，总计三位，似是有些面熟，又记不大清何时见过。

"几位，可是秦某有幸救过你们的仇家？"

"幸个鬼！"见过不要脸的，没见过这么不要脸的，最脸生的大汉啐了一句，"年纪轻轻做事不长眼，助纣为虐！"

"唉，不去寻正主的麻烦，倒来找我这个大夫的晦气。"秦敬此次只为散心，连师父赠他的防身软剑都未带出门，只得随便拣了根地上枯枝，起手道，"那便请吧。"

虽然相较于医术阵法，秦敬在剑术上的修为实在稀松平常，但放到江湖上却也是二流里的顶尖好手。如不是因为心疾所限，在内功上吃了大亏，说不定假以时日也能小有成就。

借力打力，化实为虚，秦敬将一根枯枝使得游刃有余，却挡得住刀剑，挡不住暗器——内功不好，轻功便也不怎么样。即便眼睛看到该躲，脚下也跟不上。

三人中瞧着最眼熟的姑娘甩出一把铁蒺藜，秦敬拨开两颗，躲开两颗，硬挨下两颗，收手告饶道："姑娘，你气也出了，便放在下一马吧？秦某保证下次医人前一定事先问清姓甚名谁生辰八字几何可有婚配，不该救的是决计不再救了！"

本非什么深仇大恨，秦敬又已得了教训，姑娘家脸皮薄，虽讨厌他油嘴滑舌，却也懒得跟他再一般见识，冷冷瞪了他一眼便带人走了。

秦敬找了棵树，靠着坐下来，心道果然是名门正派的子弟，哪怕骄横了些，手下也有分寸。暗器并未淬毒，只浸了生草乌汁，又特意多添了一味千里香，虽是麻药，却可消肿生肌。

只是好巧不巧，普通的一味千里香，却犯了秦敬的大忌。

"秦敬，别来无恙？"

天色渐渐黑了下去，秦敬因为那味千里香与自小所服之药的药性相冲，头上发起高热，迷迷糊糊听到熟人的声音，干笑一声答道："沈护法，难不成咱们就这么有缘？"

"多日不见，你可已想好所要之物？"

"沈护法，我知道我的一举一动都逃不过你的耳目。不过现下你放我不管，我也是死不了的，可没什么现成的便宜能让你捡。"

"秦大夫多想了。"

"哈，我是想，大概老天可怜我胆子小。"秦敬睁开眼，笑笑地望向沈凉生，"不敢去你们那个阎罗殿里找你，又算计着挟恩图报，这不，我不去就山，山便自己来就我了。"

"阴令在你手中，我早晚会来找你，何必急于一时？"

"的确不急于一时。"秦敬低笑了一声，重新闭上眼，"那便等我睡醒再谈吧。"

说是睡过去，却与昏迷没什么两样。

千里香的药性之于秦敬而言和毒药差不多，不过他自小吃的药比吃的饭还多，为缓解心痛顽疾也试过以毒攻毒之法，一点小毒并不妨事，昏昏沉沉发一阵热也就好了。

头上有如火烤，身上却如浸冰水，秦敬人昏了过去，牙齿仍自顾自打着哆嗦。

山野风大，秋凉入骨。沈凉生望着秦敬在树下迷迷糊糊蜷成一团，伸手拽起他的领子，拎麻袋一样提在手中，身法快如鬼魅，几起几落间寻到一个山洞，将人扔了进去，也算个避风所在。

虽说是扔，手底却留了暗劲，一百余斤的人掉在地上，竟如被轻轻放下一般，全无声息，不起纤尘，足见手法之精妙。

沈护法负手立在洞口，等着秦敬晕够了自己醒过来。过了一盏茶光景，他听见秦敬轻轻唤了自己的名字。

他回身走近，却见人仍未醒，不过是梦中呓语。

沈凉生冷冷看了秦敬片刻，俯身去探他的鼻息，暖热绵长，确是死不了。

他直起身，垂目立在黑暗中，盯着脚边呓语之人，不知他梦见了什么。

秦敬醒来时天仍未亮，眨了眨眼，便发觉自己已换了个所在之处。

山间洞穴，昏天暗地，不见一丝光亮。头上高热已经褪了，原本便不是什么大事。

他抬手揉了揉眉心，指尖滑过沈凉生的靴帮，方察觉他就在左近。

秦敬抬目仰望，一道比夜更黑的孤煞的影子。

静了半晌，秦敬哂然一笑，扯着对方外衫下摆，跌跌撞撞地爬了起来。

破晓前最深沉的黑暗中，离近了倒也能模糊瞧见对方神情。沈凉生是一贯的不动声色，秦敬倒也难得严肃，沉默不语。

"沈护法。"他慢慢倾身，认认真真地与沈凉生对望。

"你要什么？"挟恩图报之事见得多了，沈凉生语气冷淡，不似报恩，倒像寻仇。

"我真想要的东西，你不会给，或不能给，便求一株怀梦草吧。"

"求之何用？"

"入药。"

"可以。"

条件讲定，秦敬抽身而退，走去洞口，长身直立，遥望天际曙光微现。

少顷旭日磅礴而出，照见鲜活世间，勃勃万物。便是冷冬将至，草枯花谢，来年亦有重见天日之时，如此欣欣不息。这样想着，面上不觉带出一缕笑意，秦敬默默心道，当无怨尤。

《洞冥记》载："种火之山，有梦草，似蒲，色红，昼缩入地，夜则出，亦名怀梦。"

典籍传说中的异草，实则确有其物，正长在浮屠山巅，而这浮屠山，却是刑教总坛所在之地，外人难得其门而入。

秦敬言此草入药需特殊手法采摘，采下三刻便失了效用，还需自己亲身前往。沈凉生淡淡看了他一眼，不置可否。

"沈护法，你以为我乐意去你们那个有进无出的鬼地方？这不是没办法嘛，"秦敬赔笑作揖道，"就麻烦你行个方便。"

沈凉生又看了他一眼，突地伸手，故技重施，拎着他的领子，兔起鹘落间往北行去。

秦敬虽比他矮一点，却也矮不了多少，这么被他提在手里着实不好受，耳边风声隆隆，眼前一片昏花，方晓得自己不晕车船，却晕轻功，勉力提气道："沈护法，我还得回药庐拿点工具药材。"

话未讲完，便觉得眼前又是一花，沈凉生身形忽折，改行向东，转折间速度丝毫不减，秦敬难受得差点没吐出来。

普通人需步行两日之路，沈凉生只走了一个多时辰，虽说手里拎着个人，落定后仍气定神闲，倒是秦敬撑着膝盖，弯腰干呕了半天，咳得涕泪齐下，实在狼狈。

秦敬的药庐盖在山腹深处，入口小径设有阵法，沈凉生带着他停在谷口，并未入内，只道等他半个时辰准备所需之物，半个时辰后再上路。

秦敬进谷取了东西，磨磨蹭蹭不甘不愿地走出来，小声商量道："沈护法，你看我也不急，不如我们雇辆马车……"

"不必。"沈凉生干脆利落地掐断他的念想，见他兔子躲鹰似的离自己八丈远，伸出手，沉声道，"过来。"

过个鬼！秦敬恨恨腹诽，犯得着这么折腾人吗！

沈护法看他脸色白了又青，就是不挪地方，足尖轻点，转瞬掠至他身前。秦敬还没回过神，便觉得自己连包袱带人腾空而起。

秦敬张了张嘴，一个"谢"字却怎么也说不出口，疑心沈凉生放着好好的马车不坐，非要如此折腾自己，是还记着当日那句"做牛做马"的仇。直到他一路穿山翻林，腾云驾雾，走的全不是人能走的地方，才勉为其难信了沈护法只是想抄近路，不是要恩将仇报。

浮屠山虽是刑教重地，却也不是什么偏僻所在，沈凉生不休不眠，疾驰两日便已到了山脚下。秦敬一介凡夫，自然要吃要睡要方便，沈护法无声赶路，从不与他聊天，秦敬也不去自讨没趣，无聊时便埋头打瞌睡，一路睡着比醒着还多，却每次迷糊中醒过来，抬头望着他苍白尖刻的下颌，冷厉非常的眉眼，都要心道一句：这个人或许真算不得一个人，没准真是刀魂剑魄，修罗战鬼。

行至浮屠山下，秦敬脚踏实地，举目仰望，只见山高千仞，险峻非常，确是个易守难攻的所在。

浮屠山周方圆百里皆属刑教掌控，教内早得了消息，自家护法带了个外人回来，可真是百年难得一见。

秦敬头一次离这江湖传说中媲美阎罗鬼蜮的地方那么近，新鲜劲儿还没过，便见一道绿影如天外飞仙，飘然而落，却是个年轻女子，眉清目秀，未语先笑。

"苗堂主，"沈凉生皱了眉头，先开口道，"今日你当值？"

"我不当值，我来看热闹。"女子语出惊人，秦敬很给面子地从旁笑出声，插了一句："在下这个热闹姓秦名敬，表字恒肃，敢问姑娘芳名？"

"哦，我叫苗然。"女子恍然笑道，"原来就是你。"

"就是我？"

"救了他呀！"苗姑娘一指沈凉生。

沈凉生板着那张一点都不热闹的死人脸，正正经经道："烦劳苗堂主看好他，我先行禀告代教主一声。"

"代教主正在行部理事，你早去早回。若是回来晚了，他这人有个三长两短可怨不得我。"

"多谢。"沈凉生略点了下头，行前又望了苗然一眼，如秦敬未看错，那眼神中有一丝警告之意。

"呵，他倒是着紧你。"目送沈凉生离去，苗然回头望向秦敬，上下打量，轻轻一笑。

"想是沈护法怕秦某到处乱走，犯了贵教的忌讳。"

"原来你当真不知道我是什么人？"苗然奇道，"看来你果真是个不问江湖事的大夫。"

"哈，这倒不是。不瞒姑娘，不才也的确听过姑娘的名头。"

"哦，那你胆子可不算小。"苗然面目秀丽可人，身姿姻弱端庄，绕着秦敬转了一圈，重立在他面前，还是那张脸，周身却突地多了一股说不清道不明的风韵，美得让人移不开眼。

秦敬如凡夫俗子般定定望着她，心中却道，我当然听说过你，听过你裙下累累白骨，若搭一架白骨梯，怕能从你们这山头垂到山脚。

刑教总坛并未建在山巅，沈凉生奔波两日，身法仍迅疾如电，这厢说了几句话的工夫，那厢人已回转，正见秦敬望着苗然，眉头轻蹙，面上生红。

"秦敬，随我上山吧。"

沈凉生瞥了他一眼，也未多说什么，直到行至半路，方开口道："你若还不想死，便离她远一点。"

"沈护法，难不成你担心我？"秦敬爬山爬得气喘吁吁，却仍不耽误他嬉皮笑脸。

沈凉生当然不会理他，秦敬讨了个没趣，口中还要念念有词："给救命恩人一个笑脸也不会让你少活三年，沈护法，你该多笑一笑，笑一笑才心境疏阔，长命百岁……"

"到了。"

沈凉生不管他口中唠叨，忽然止了步子，右手结印，轻点虚空，便见眼前景物突变，豁然开朗。几十丈外，一座庞大建筑森然矗立，一砖一瓦竟似全用黝黑精铁打造，气势恢宏，令人望之生畏。

秦敬微微狭目，默默负手远眺，只见两扇巨门洞开，如张口猛兽欲择人而噬。门上倒也似寻常门派般挂了个匾牌，黑底红字，不知是不是两百多年前那位曾一手创教，将江湖搅成一片血海之人的手笔——

偌大的一个"刑"字，笔笔如饱蘸鲜血写就，历经百年而鲜血未干，似要从字尾一笔、刀尖之上流下。

杀戮征讨之意狰狞澎湃，越匾而出，扑面而来。

入教时，天色尚早，怀梦草每夜子时方现其形，算算还有六七个时辰要等。

沈凉生自是不会让秦敬在教内随意走动，径自将他引至自己房内，伸手道："请坐。"

秦敬便坐下。

"请用茶。"

秦敬便喝茶。

有侍仆送饭进来，沈凉生又请道："粗茶淡饭，不成敬意。"

秦敬便吃饭。

及到动身取草之前，两个人统共也就说了这三句话。

倒非沈护法待客不周，他连日奔波，却也未去养神休息，只陪着秦敬耗着时辰枯坐，就不知是为了全地主之谊，还是尽监视之责。

入夜的浮屠山果然阴森非常，夜枭凄鸣之声此起彼落，宛若厉鬼哭号。沈凉生引秦敬上山取草，秦敬一路跟在他身后，只见沈凉生一袭白衣，不疾不徐，每一步都悄然无声。

"怎么？"沈凉生察觉秦敬突地赶前一步拉住自己，身形微顿，斜目看他。

"不怎么，只想看看你究竟是人是鬼。"

"原来秦大夫怕鬼？"

"鬼也是人变的，我作何要怕？"

"当真不怕？"沈凉生面色如常，并不见调侃之意，只一边讲话一边举起自己的左手——秦敬的手还牢牢粘在衣袖上面。

"这不是夜路难走嘛。"秦敬讪讪回笑。

山间小路虽然崎岖陡峭，却也不是真的非常难走。秦敬一手擎着火把，一手抓着身前人的衣袖，边留神脚下石阶，边还能分出闲心胡思乱想。

"沈凉生。"

"何事？"

"我曾听闻，历任贵教大护法，皆需舍弃自私凡欲，成为一柄镇教神兵，可是真的？"

"神兵不敢当。"

"……"

秦敬一时无言，心道我又不是在夸你。

"我救过你一命，"秦敬明知沈凉生不想多谈，再张嘴，却仍不依不饶，"你有没有想过，捡回的这条命，你可当自己是又投了一次胎，这次做人，不做兵器。"

"……"

"做人可以行遍山河，尝遍佳肴，"秦敬放开沈凉生的衣袖，不要脸地指了指自己，"交知己好友，"又更不要脸地招手一挥，"赏天下美人。"

"……"

"诸般凡欲，在我看来，便如这火把，"秦敬垂眸，低声吐出四字，"逆风执炬。"

"何来此言？"沈凉生终于开口，声音也似被重重夜幕压得一沉。

"热焰灼手，又难放开。"

话音落入夜色，如滴水入池，或飞蛾扑火，发出一点极细微的动静，而后杳无痕迹。

秦敬噤声，不再言语。沈凉生也并不去追问，唯余暗夜沉沉，火苗飘摇，照亮短短一段前路。

行到山顶已近子时，秦敬心中已定，再不分神，屏息等着异草踪影。

但见子时甫至，黝黑山巅突地一变，千百株火红异草齐齐现出形迹，一时宛如置身黄泉岸边，奈何桥畔。

"噗，"秦敬手下忙着取怀梦草，放进不知铺了什么药粉的盒子中收敛妥当，嘴上却笑出声，"怪不得答应得那样爽快，本以为这般异草只长了一株两株，现下看来莫说做药，拿来炒菜都够你们全教上下吃上三天。"

沈凉生自是不理会他的调侃，只道事情已毕，这就送他下山。

"你可知怀梦草的典故？"秦敬背好包袱，轻声笑道，"传说怀其叶可验梦之吉凶，此为其一。其二则更妙，传言怀之能梦所思，沈护法何不采一株试试看？"

沈凉生不欲与他磨蹭，直接转身先行一步，空余三字残音：

"无所思。"

秦敬慢慢悠悠回到药庐时天已凉透，还未过上两天清静日子，便又有麻烦找上门来。

须知世上没有不透风的墙，秦敬可算近几十年来，头一位囫囵从浮屠山上下来的人，虽非什么大事，却已有江湖人得了消息，纷纷打听这个名不见经传之人到底是个什么来头。

而真正的大事发生在九月初一，正是霜降那日，倚剑门全派上下一夜之间悉数毙命，门主更似死前受过酷刑拷问，尸身惨不忍睹。

如此狠绝手段，除却刑教所为不做他想。

奇就奇在倚剑门虽算雄霸一方，却也远不能与少林武当之

025

类的名门大派相提并论，更没听说过与刑教结下什么仇怨，灭门之祸实在来得毫无道理。

秦敬在归程路上已经听闻此事，却是深知此中缘由，心中长叹一声"冤孽"，修书一封传予师父，回信却只得四字：勿多想，等。

只是一等再等，等来的不是别的，正是苦主。

这日秦敬正在临窗习字，突觉有人闯阵，撂笔出谷查看，只见入口迷阵中一位执剑青年浑身缟素，左冲右突，双目赤红。

秦敬低叹口气，解去阵法，已将来人身份猜到八分。江湖传言倚剑门灭门当日，门主的小儿子恰在崆峒做客，侥幸逃过一劫，只怕便是此人了。

服孝青年见到秦敬，二话不说，屈膝便跪。

"当不起！"秦敬赶忙将人拉了起来，浅谈两句，果然无错，来人正是留得一命的倚剑门少门主。

来者也无心客套，直接道出来意，却也是听说了有人上过浮屠山，辗转打听到秦敬所在，特来求一个入山之法。

秦敬也不欺瞒，几句讲明原委，低声道："少门主，我既救过那魔教护法，你觉得我可算个好人？"

青年瞪着布满血丝的双眼，与他对峙半晌，却是后退一步，竟又跪了下去。

"我若将入山法门告知予你，刑教中人定不会放过我，"秦敬再去搀他，却见那人一门心思要跪到底，只得收手道，"既然我算不上个好人，又怎肯搭上身家性命助你？"

"即便我肯助你，你自己想必也清楚，你这一趟无非是送死罢了。"

"血海深仇，我定要讨个公道！"青年终于开口，眼中并无泪意，却字字如断剑哀鸣，杜鹃啼血，"纵死无憾！"

"我……"秦敬心下一痛，上前一步，单膝点地，平视他道，"你若信我……"顿了一下，明知此事万万不能宣之于口，却终忍不住说了出来，"你，你能不能再等一等？你若信我，半年之内，定会给你个公道。"

"并非不信。"无声对视片刻，青年涩然开口，"只是我等不了了，一天都等不了了。"

对方眼底一片死寂，秦敬静静望着，重新站起身低声道："少门主稍待，我将入山途径与开阵法门一并写给你。不过这只是先前布防，如有变数，且看天意。"

言罢秦敬转身入谷，并未看见身后人仍长跪不起，叩首为谢，只在心中默默忖道，有人求生而不得，有人明明能活却唯求一死，或许当真有时与其活着日夜受煎熬，不如干脆死了痛快。

秦敬曾道刑教中人不会放过他，的确不是打谎，而且找上门的，正是沈凉生本人。

与当日陷在迷阵中出不来的青年不同，区区谷口迷阵根本入不了沈护法的眼，上一刻秦敬方才发觉阵法运转，下一刻便觉杀气如山崩海啸，摧枯拉朽般地将自己布下的迷阵扯出了一道深长豁口，一袭白影如勾魂无常，转瞬已至面前。

"秦大夫，许久未见了。"

"这……其实也不算久。"

"沈某倒不知秦大夫有过目不忘之能。"

"不才除了脑子好使点，也没其他长处了。"

"脑子好使？"沈凉生执剑踏前一步，面上不见怒色，周身冷酷杀意却毫无遮拦，一时药庐之内宛若数九寒冬，"我看未必。"

"你说怎样就怎样吧。"秦敬自知打不过，索性坐以待毙。反正自己死了，待到对方寻得残本，得知自己便是他们要找的血引之人，而下一个可用血引现世，少说还要再等半百之数，这五十年，沈护法少不了有个一日两日要悔不当初，自己若泉下有知，喝茶看个笑话也是不错的，就是浪费了师父一番调教心血。

小不忍则乱大谋，倘若师父知道自己一子落错，坏了他一局好棋，定要气得胡子朝天了。

"秦大夫倒是好定力。"

"倒也不是，"秦敬心知沈凉生讽刺他逃也不逃，守在药庐里等死，回笑道，"只是天涯海角，又能逃到哪儿去？"

"或是你算准了，我不会杀你？"沈凉生语气平淡，手下却甚是狠辣，一剑递出，立时洞穿秦敬右边肩胛，而剑势犹自不减，剑尖刺入墙壁，直将秦敬整个人钉在了墙上。

"我……"秦敬痛得眼前一黑，倒抽几口冷气方能把话说全，"我没那个神棍的本事，什么都算不出，只盼你念点旧情，给我个痛快点的死法。"

"哦？怀梦草你已拿到，何谈旧情？"沈凉生冷冷反问，倾身凑近他，"秦敬，莫要自以为是。你我之间，不是朋友。"

"你说什么便是什么吧。"秦敬仍是那句话，身子动了动，似要抽身躲开，可惜整个人被剑钉在墙上，躲也没地方躲，倒是挣动间撕开了肩上伤口，血如泉涌，汩汩往外冒，想是伤到了重要经脉。

"……"

"……"

一时两厢无话，秦敬垂着眼，气若游丝，面如金纸——不是将死，只是太痛。

"这一剑，便是给你一个教训，不该管的闲事莫要再管，好自为之。"

少顷沈凉生终于开口，抽身而退，反手拔出佩剑，手下用了两分真力，直带出一蓬血雾，飘散如雨。

隔着一小场纷纷扬扬的血雨，秦敬面上不见庆幸，不见悲喜，仍自贴墙勉强站着，静静垂目道：

"受教。"

其实当日伤重之时，曾有那么一刹那，沈凉生以为自己是会死的。

那时他睁开眼，便看到一把油纸伞，伞上绘着漠漠黄芦。

那一刻，许是因为浑身上下提不起一丝气力，许是因为耳畔凄凉雨声，沈凉生真的以为自己便要命绝于此。心中却也无遗憾，无挂怀，一切皆无。

唯有短短一个刹那，沈凉生平静想到，活了二十六年，一路行来，犯下多少杀孽，种下多少罪因，到了最后，他的世界却凝结成了这样小小一方所在：

孤庙，夏雨，芦花。

但他终究没死，于是那小小一方所在便渐渐泯于虚空，遥远得仿佛前尘旧梦。

一场夏雨早已止歇，绘着水墨芦花的纸伞早已委于泥尘，唯有那个曾为他撑开一小方大地的人留了下来。

沈凉生承认对于秦敬，自己已然一再破例。

既未拒绝，便是默许。既未杀他，便是想要他活。

秦敬独坐在桌边裹伤。

斜斜背向门口，并不知晓沈凉生回转，只一门心思费力包着伤口。

伤在右肩，只能用左手，缠伤口时每缠一道都要抬一下胳膊，一下一下疼得低声抽气。终于熬到打结固定，已是满身冷汗，左手几近脱力，一个结，打来打去都打不妥当。

沈凉生立在门口看着他。既已亲眼见过人还活着，便该掉头离开，他却仍自未走，只是盯着秦敬的手，一次一次打着一个总也打不好的结。

"别动。"

秦敬内力不济，未听到沈凉生的脚步，直到对方出声方察觉身后有人，下意回头又被按住肩膀。

然后便见来人绕至身前，微微俯身，抬起手，慢条斯理地，帮自己打了一个死结。

秦敬觉得口渴。

沈凉生放他一马，又回转为他裹伤，这般做法超出他的预料，让他感到一丝焦灼。

虽知失血之后不宜进水，他却还是拿过桌上茶壶倒了半杯凉茶，一气饮尽，方撑着桌案站起身，慢慢整好衣衫。

秦敬没有问对方为何去而复返，只默默绕开他，走去厨间为自己熬一碗药粥。

沈凉生却似也不在意对方怠慢自己，无声地跟在他身后，站在灶边，望着秦敬就水淘米，拨开炭火，添了两把柴，待粥水沸滚后一味一味加进药材，盖上锅盖，又拉过一个板凳坐下，拿着烧火棍有一搭没一搭地拨着柴火。

厨间只有木柴燃烧时的哔卟轻响，秦敬或许是累了，对着炉火出了会儿神，眼睛便慢慢合上，似是盹了过去。

睡着的人做了梦，又梦见自己小时候扯着师父的衣摆哭哭啼啼，边哭还要边一声一声哀求：

"师父，我不想死。求求你，让我找个没人的地方藏起来吧，我不想死。"

多久没做过这样的梦了呢？梦中秦敬似也留有一丝清明，已经成年的自己像一缕游魂，飘回旧年光景，冷冷看着那个撒泼打滚，哭得一把鼻涕一把泪的小混蛋。

二百余年前，有魔头横空出世，心法奇诡，武功高绝，一手创立刑教，将江湖搅得天翻地覆。

但最终邪不压正，刑教教主棋差一招，重伤濒死，却因修行五蕴心法，留下一条性命，也为这个江湖留下一个了不得的隐患。

假死二百余年，静候天时，重见天日之时，必携百倍功力卷土重来，再无人能阻，只能眼睁睁看他屠尽苍生。

可惜刑教手中的五蕴心法缺了最后、也是最着紧的两页，故而只知教主重见天日需一道魂引，一道血引，魂引为历届代教主所传承，血引却不知如何去找。

本来这般作孽的心法残页毁去最好，却又有传言道，残页上记有藏宝地图，当年魔头创立刑教只动用了小半，破解地图者当富可敌国。

勿论是真有此事，还是刑教放出的虚假消息，却总归是人为财死鸟为食亡，残页几番辗转留存于世，被一世外高人得之，未将之毁去，只交予佛门好友，钻研破解心法之道。

几番研究，发现还是需从血引之人入手。典记所谓血引乃指心窍精血，血引之人应天命而生，天生心器异于常人。若要魔头重见天日，需此人心血吊足七日，而最终研究出的破解之法，便正在七日之后，即将功成那一刻。

正邪双方皆等了两百年，血引之人出世，刑教那边毫无头绪。秦敬的师父却正是当年那位世外高人的弟子，能掐会算，秦敬尚在襁褓之中便被他带了出来，了断一切尘缘，只为最后赌一赌那个破解之法——由此可见秦敬这好赌的性子，没准也算得上是师门传统。

诸般种种，秦敬的师父并未瞒他。自懂事起，秦敬便知道自己生来是要死的。

为颠覆天下苍生而死，或为拯救天下苍生而死，无论哪种，总是一条必死的命途。

可惜小时候秦敬不肯认命，老是哭着求师父将他藏到什么没人的所在，让魔教找不着便好，哭着说我想活着，我还是不想死。

后来年纪大了秦敬也想开了，变成了这么个不着调的德性。习得一身好医术，不管是飞禽走兽还是好人坏人，路过看到了，总不免顺手救上一救。用秦敬自己的话说，既然能活就活着呗，还是活着好。

于是沈凉生沈护法，就这么顺手被他救了下来。佛曰怨憎会，大抵便指这世间越是仇人冤家越是躲不开，不想见也得见，总之算你倒霉。

自陈年旧梦中醒来，秦敬有一刻恍惚，鼻端闻见米香药香，眼中看到有个人立在灶边，低着头，不紧不慢搅着锅中药粥。

"沈护法，早知你没有那'君子远庖厨'的毛病，你住在这儿那一月，就该让你下厨抵了诊金租子。"

秦敬站起身，立在沈凉生身后，伸手拿过灶台上的白瓷碗勺，又自他手中接过煮粥木勺，舀了一碗药粥，退到一旁边吹边喝。

沈凉生望着他低眉顺眼地喝粥，似乎小睡起来心情不错，嘴角仿佛噙着一缕笑意，腮边浅浅一个酒窝。

已是夕阳西下的光景，脉脉余晖透过窗子照在他脸上，自眼角至颊边一道细长伤疤宛如泪痕，合着嘴角的笑意，便是似哭似笑，却也非哭非笑的一张脸。

"秦敬，"沈凉生突地出声，竟难得多说了两句闲话，"那日你道，人要多笑一笑，才心境疏阔，长命百岁，但我与你相识以来，倒未曾见你真正笑过。"

"……"秦敬一时哑然，是讶异自己随口之言这人还记得，也是怕自己梦中说了什么不该说的，被他看出端倪。

"秦大夫，此事揭过，下不为例，"沈凉生似也不需要他回答，微微颔首，"教中尚有要务，少陪了。"言罢转身离去，身影转瞬没入夜色。

或是受伤失血之故，离立冬还有两日，秦敬已然觉得心口阵痛，只好老实进到池子里泡着。再出来已是七日后了，人折腾得瘦了一圈，照镜子时眼见颧骨似是又突出来一点，衬得眼睛更深，反倒添了几分英气。

冬日山间万籁俱寂，秦敬过了两天无聊日子，养回几分元气，便出山去了临近镇子上的赌庄试手气，复又去寻有几分交情的药铺，跟老板喝了场酒叙旧。戌末方带着两分薄醉回了药庐，推开院门，却见自己房里亮着烛火，冷寂的夜中，暖黄的光透过窗纸，朦朦胧胧地熨帖心脾。

秦敬以为是师父来看自己，恐怕带着酒意进房多少要被念上两句，便站在院中醒了醒脑子。哪知片刻后，有人自内拉开房门，逆光立在门口，却是沈凉生。

"你来做什么？"秦敬奇怪地问出声，面上诧异神色倒非作伪。他本以为再次见到这个人，定是尘埃落定之时，他来押自己去刑教赴死，实在想不出还有什么缘由让他现在就过来找人。

"路过。"沈凉生答得淡然。

秦敬眨了眨眼，"哦"了一声，脑中却有些怀疑，没准是自己喝多了眼花。

可惜一来一往对看半天，沈凉生也没凭空不见，仍是好端端站在那儿。这次虽换了身黑衣，但还是那张冷漠带煞的脸，也不过就像是白无常换成了黑无常。

"穿成这样，是要去打家劫舍？"既说是路过那便是路过吧，秦敬想得很开，不再多问缘由，随口开了句玩笑。

"是打家劫舍完，顺道看看朋友。"

"哈……"秦敬没忍住，笑着摇了摇头，心道怎么忘了这位也不是个不会耍嘴皮子的主儿，笑完又客气了句，"那劳你久候了。"

说话间进了屋，秦敬掩好房门，鼻间却突然闻见一股血腥气，方晓得沈凉生刚刚不是同他开玩笑，却是真的去"办事"了。

刑教当前之事，不外乎到处寻找残本下落。秦敬回身看向沈凉生，并不似受了伤的模样，那想必……

烛光下沈凉生反客为主，不待招呼，顾自拿起桌上半杯残茶慢慢啜饮，因是黑色衣衫，看不大出衣上血迹，秦敬却觉着鼻间血腥气愈来愈重，眼角扫到他衣襟下摆，目光兀地一寒。

那想必就是一场单方面的屠杀了。

沈凉生喝完半杯茶，抬目见秦敬定定望着自己，眼中竟是厌恶神色，虽在自己抬头时已掩去大半，但仍逃不过他的眼。

沈护法随着他的目光瞄去自己衣衫下摆，外袍下摆正齐靴面，本用银线绣了一圈云纹镶边，但因丝线早浸透了鲜血，鲜血干后变作酱紫颜色，不细看只当是件纯黑的袍子。

"秦大夫在想什么？"两厢沉默半响，沈凉生一步一步走近秦敬，虽已卸去兵刃，却仍令人发肤生寒。

"想你取了多少人的性命。"秦敬也不隐瞒，坦白答出心中所思。

"恐怕比你想的要多。"沈凉生语气淡然，宛似在说什么寻常话语，而非谈论生死杀戮。

"不巧在下今日没有会友的心情，"秦敬后退一步，客气笑道，"夜深不留客，沈护法请吧。"

"哦？为何没心情？"沈凉生却好整以暇，依然负手站在他身前，微微垂目看他。

"输钱罢了，卜次你可挑我赢钱时再来。"

"输了多少？既是本座的朋友，你输了金山银山，本座也可给你补上。"

这是此人头一次在自己面前自称"本座"，想是动了怒——秦敬脑中转过这个念头，却觉不出丝毫惧意，甚至还敢火上浇油："我记得沈护法说过，你我之间，不是朋友。"

下一瞬秦敬突觉胸口一滞，未及感受到痛，已被屋中肆虐的气劲拍到了墙角。

他与沈凉生的内力修为天差地远，气劲威压之下，整个人惨如桌上灯烛——桌上本剩大半根的蜡烛倏地燃到了尽头，烧得直如一根火把，又迅疾熄灭了。

"秦敬，你早知我是什么人。"

沈凉生语气不见怒意，手下却是毫不留情，秦敬昏过去之前，听到沈凉生问他：

"现在才来后悔，你不觉得晚了？"

秦敬醒来时天已破晓，窗纸上透出一点灰蒙的光。

他发现自己四平八稳地躺在床上，身上还盖了被子，便知不管自己后没后悔，害自己晕了一夜的始作俑者肯定是后悔了——可见江湖传闻也不能尽信，即便是一柄兵器，也有对人一再心软的时候。

秦敬抱着被子迷瞪了一会儿，从衣箱里找出件夹棉袍披了，就着盆架上半盆冷水洗脸净口，方推开房门，南方冬日湿冷的寒气扑面而来，天边隐隐泛出点青白，近处却笼着厚重的浓云，一会儿许会下场冻雨。

他傻站着看了半晌天景，寒气沁透棉袍，浑身怔了怔，才想到走去厨间烧点热水沏茶暖身。一转头，却见厨间已然起了炊烟，袅袅一缕白烟在灰蒙的天光中像孤弱的鬼魂，挣扎着飘了几丈，才满心不甘地散了。

"你还没走？"

秦敬溜达着走近，站在门边看着沈凉生煮粥，鼻间有点痒，打了个喷嚏，方抬脚迈过门槛，反手带上柴门，挡去几分冷气。

"什么时候了？"门一关，厨间更暗了两分，灶间柴火融融的红光，引得秦敬凑过去，拉过板凳坐下，伸手过去烤火。

"巳中了。"沈凉生淡淡答了一句，秦敬才知道不是天光未亮，只是天气不好，阴沉得厉害，这个时辰了仍不见太阳。

"今年冬天冷得倒早。"就着灶火烤得暖了一些，睡意又泛上来，秦敬打了个呵欠，觉着板凳硌得难受，又打了个呵欠，眼皮半开半阖，一副睡不够的模样。

沈凉生沉默不语，秦敬也不提昨夜之事，两人此时倒有了默契，都对彼此间的龃龉避而不谈。

院中突有禽类嘶鸣打破满室静默，沈凉生走去外间，半天不见回转。秦敬猜到应是他先前放出饵烟引来刑教传送消息的信鹰，起身回房，果见沈凉生站在临窗书案前，借了自家纸笔不知在写什么，案边立了只小鹰，见秦敬进来，通晓人事般地歪头打量他，乌溜溜的眼珠甚是灵动喜人。

秦敬为了避嫌，并未走近沈凉生看他写信，只走去与正屋相通的耳房，开箱取了新被褥。他昨夜昏沉时呕了淤血，被上一片血痕，脏腑也仍隐隐作痛。

"你若有事便走吧，"秦敬边装被子边道，"我看这天一会儿大概要下雨，可要给你带把伞？"

"不必。"沈凉生撂下笔，将宣纸裁小，装进鹰腿上绑的信筒，走去院中将鹰放了，回来时手里端着碗药粥，见秦敬已脱衣上床，裹着被子倚在床头，淡声道，"喝完再睡。"

秦敬接过粥，边喝边道："外头太冷，恕不远送，你有空……"抬眼看了看沈凉生面上神情，自然也看不出什么，"有空可以再过来。"

"已传过消息，"沈凉生立在床边，看着秦敬喝粥，"晚上再走。"

"夜路可不好走。"

"走惯了便无甚差别。"

秦敬本是随口闲聊，却觉得对方答得话中有话，抬目看了他一眼，心道这话可不好接。

还好秦敬嘴占着，不好接就闷头喝粥，磨磨蹭蹭地把粥喝完了，又自床头暗格中摸出一本闲书翻看，看书时也是不必说话的。

沈凉生拉了把椅子在床边坐下，也学他拣了本闲书消遣，谁都不开口，气氛反倒松散下来。

少顷，外头果然下起了冷雨，并不很大，因着室内静寂，方能听到些沙沙轻响。床头摆着盏琉璃灯，是秦敬为方便夜间读书特意问师父讨的，灯壁磨得极薄，由下至上晕开浅浅金澄之色，又在底头颜色最深之处镂雕了数朵海棠，烛花开在其间，颇有几分画意。

外间凄风冷雨，侵不进这方天地。

秦敬裹着厚棉被，脏腑隐痛被药粥安抚下去，暖暖和和地翻着一本前朝野史，好不自在。

沈凉生拣的是本奇门阵法，翻过前头几页，发现这书秦敬少时常读，书页留白处二不五时便留下几行字迹，却非正经批注，字里行间俱是无聊闲思。

"雨连下三日，何时放晴？小榕上次说要游湖赏荷，雨再不停她怕是要忘了。"

"隔壁阿毛下了小狗，想讨只养，师父不准，老顽固。"

"与小榕说了，她让我去讨，她来养，可她娘也不准。"

"明知日子近了不该出门，却还是没忍住。犯病时小榕在旁边，吓得要命。安慰她我这病和女人家的葵水差不多，来了就来了，去了就好了，结果被她一顿好骂，真是冤枉。"

"师父怪我上回乱跑，罚我禁足两月，佛祖在上，救我一命吧。"

"偷溜出去找小榕，还没出巷口就被师父抓回来，改作禁足三月，这下完了。"

"我想我可能喜欢上小榕了，唉，这下才是真完了。"

沈凉生一页页翻过去，过了大半炷香的光景，秦敬侧头欲与他说话，瞄到书上字迹，愣了一愣，好似才刚想起还有这么本书收在抽屉里，微摇了下头，低声笑道："十年前的东西，沈护法见笑了。"

"那时你多大？"沈凉生眼不离书，又翻过一页，似是随口一问。

"十四、五吧。"

"后来如何？"

秦敬没听明白，沈凉生便抬手，指着小榕两个字，斜目看他。

"也不如何，后来师父带我搬走了，就没再见过。"

"青梅竹马，秦大夫不可惜？"

"哈？"秦敬笑着瞥了他一眼，"自然是有缘由。我恐怕活不久，何苦耽误人家好女儿。"

沈凉生闻言，放下手中书册，看着秦敬脸色，并无一丝哀意，仿佛说的不是自己的生死。

"因为你那病？"

"差不多吧。"

"无药可解？"

"以前没有，现在或可一试，"秦敬也放下书，半坐起来看着他道，"找你要的那株怀梦草，便是做药之用。"

"嗯。"沈凉生神色淡然，倒真像是谈论不相干人的生死的态度。

"沈护法，你这样可真让人伤心哪，"秦敬装模作样道，"我以为你会祝我长命百岁，我们这朋友便也能长长久久做下去。"

"嗯。"沈凉生仍是那副与己无关的神情，随口应付一声，反倒让人松了口气。

翌日，秦敬正在晾晒被子，转身便见师父推门而入，心道一声好险沈凉生已经离开，若师父早来一日，正跟沈凉生打个照面，他还真怕这老头儿不会做戏。

"师父，我说您老人家莫要总是这么神出鬼没，下次来前先传封信打声招呼吧。"

秦敬将师父让进屋里，倒过茶，师徒二人对桌坐定。

"也没什么大事，就是得空过来看看你，总归是见一面少一面。"

好话不好说，论起嘴贱这毛病，大抵也算师门传统了。

"可是最近又有什么动静？"

秦敬亦知到了这个节骨眼，若无正事师父也不会来。

"上次倚剑门之事，你曾传书于我……"

"您不是让我等？"秦敬突地笑了笑，笑意却未达眼底，"您就直说吧，这次又轮到哪家了？"

"断琴山庄。"

秦敬闻言也是一愣，与雄霸一方，家大业大的倚剑门不同，断琴山庄已有数十年不问江湖事，辈分小一点的怕都未听说过。大约只有老一辈人，才隐约记得当年有位将一对判官笔使得出神入化的"丹青客"单海心，曾经纵横江湖风头无两，却终因一场误会害死知交好友，从此带着好友的断琴建了断琴山庄。且莫说庄主本人再没人在江湖上见过，便连庄中子弟都少有外出走动的时候。

说起来秦敬小时候还与断琴山庄有段渊源，却是秦敬的师父与单海心那位枉死的好友颇有几分交情。那人一手好琴艺，一手好医术，死后断琴医稿都在单庄主手中，秦敬的师父为想法子治秦敬的心痛之症，曾带他上门求医稿一观。虽说最后也没找着对症之法，但秦敬天资聪颖，在庄中住了几日，已将厚厚几本医稿半誊半背了下来，可算一个死人的半个徒弟。单海心也曾对那时刚过幼学之年的秦敬道："他若晓得将来有你继承衣钵，想必也会高兴。"

愣了片刻，秦敬回过神，只道："还是为了找残本？"

　　"他们找的许是残页拓木。那么多年下来，若说一份拓本没有，却也不大可能。但自古佛魔相克，他们恐怕以为原本已落在少林手中，所以上次的假消息才能轻易将人引来，可惜没能将人留住。"

　　"师父可会怪我自作主张？"

　　"这你倒不必多想。上次如此大费周章，想引而除之的本是这任代教主，可惜对方亦知魂引干系重大，只派出他教护法先行试探。谁知最后竟连个护法都留不住，若是代教主本人亲至，反倒难以收场了。"秦敬的师父长叹一声，"说到底还是轻敌之故，那人你救与不救，也没什么差别。"

　　"差别自然还是有的，"秦敬拿起茶抿了一口，施然笑道，"您从未特意瞒我，徒儿亦早猜到，原本怕是早不在这世间了，您手里那份也是仿作。刑教最终找不找得到拓本徒儿不敢说，但赶在来年天时前找到的可能却也不算太大。这次天时错过了还有下次，可下一个血引之人能不能还被您找着……"放下茶杯，秦敬挑眉谑道，"先别说您活不活得到那时候，这么多年徒儿也看出来了，上次能找着我，大概把您这辈子的运气都用完了吧？若下一次血引之人被刑教先行掌握，可就木已成舟，无法能想了。"

　　"你这孩子，不多长点肉，长那么多心眼做什么。"秦敬的师父再叹一声，摇头道，"仿本内容虽不作伪，但若太早放出，给对方太多余裕权衡思量，只怕他们万一起了疑心，宁可再等上几十年以求稳妥，便再无力回天。"

　　"所以徒儿才说有差别。"秦敬续了杯茶，狡黠笑道，"我救了他，他问我要什么，我便要了一株怀梦草。"

"恒肃！你这可是自寻死路！"

"怎么能说是死路，明明是死中求生，"秦敬话讲多了，咕咚咕咚一个劲儿灌茶，"虽说求的不是我的生，但师父您早教导过徒儿，抛却自身生死，心怀芸芸众生，方为大爱。"

实则最后两页残本，除了极紧要的如何将五蕴心法修至十层之道，更记载了寻找血引之人的关键。这关键不仅包含生辰八字，亦言道血引之人每到换季之时定会心痛难忍，若不想活着受罪，唯一的解法便是以怀梦草为引入药，而这怀梦草，却只生于浮屠山巅，当年刑教总坛选在了浮屠山，定有这层考虑在内。

"我求一株怀梦草，便为求一个引头。"秦敬详释道，"不是药引，只是对方寻到残本之时，这戏引便可派上用场。不瞒师父说，我与那位刑教护法已有几分交情。您可知有的人，自己心机用得久了，只当这世间也是处处计算。旁人真心待他，他总要疑上几分，反是旁人算计于他，他更易相信这算计才是真的。残本记道心痛解药需以怀梦草为引，解药制得却要耗足三百三十三日，这将近一年的光景，常人会如何打算？找个地方躲起来炼药？刑教又不是吃素的，便是不知血引之人要求梦草，也不会不派一点眼目监视，只怕前脚走，后脚就被他们盯上，所以留在原地按兵不动方为上策。待对方拿到残本，定会以为我救他、求草都是着意算计，与他相交为友更是为了知己知彼，准备见势不妙就先走一步。这出算计戏码演完全套，您觉得刑教是会信我挣扎求生却求而不得，还是信我故意自寻死路？又是否还有闲心去仔细琢磨血引是不是已被人找到破解之法？"

"你……"秦敬的师父听完他这长篇大论，却回了句不相干的问语，"如今你已拿到梦草，只要为师不放出那两页残本，便可成全你一条生路。恒肃，你可怪我一意送你去死？"

"怪您什么？"秦敬笑着伸手，越过桌面，抓着师父的手摇了摇，"您这越老越心软的毛病可要不得，再说徒儿也不是不知道您的打算，既然您连自己都搭了进去，恐怕还会先我一步去喝那碗孟婆汤，徒儿又有什么好怪的？"

"恒肃，"秦敬的手被师父轻轻反握住，长叹道，"终是为师对你不住。"

"您老人家若执意觉得对不起我，下辈子就同徒儿做对真父子，不是俗话道，子女都是问父母讨债来的吗？"

秦敬使劲开着玩笑，却见师父面上仍不带一丝笑意，心道这面无表情的毛病莫非也会传染，老顽固这次怎么这么难哄。

实则秦敬却不晓得，他的师父终还是瞒了他一件事：血引之人注定只有这一世的命数，来生只是空谈。他师父虽已打定主意赔上自己的命数为他逆天改命，成与不成却是未知，现下说什么下辈子，只更令人心酸。

"恒肃，"静默半晌，秦敬的师父另起话题道，"其实昨日为师便来找过你一次，但见你这里还有旁人在，便没有进院。"

"咳……"秦敬清了清嗓子，心虚道了句，"就是那个魔头在。"

秦敬的师父又沉默片刻，叹了一声问道："你说你与他相交为友是着意算计，那这句魔头，你是否叫得真心实意？"

"我……"

"恒肃，记得你小时候喜欢隔壁街一个小姑娘。"秦敬话刚出口，便被师父打断，"为师那时一心盼你了断尘缘，不可挂恋俗尘人事，便连条狗都不让你养，后来更带你搬离那处。可是这么多年过去，为师却有些后悔。许是渐渐老了，为师后悔当初不该做得那么决绝。"

"师父可是怕我将大事抛之脑后？"秦敬断然道，"您还不了解我的性子？我自然……"

"正是了解你的性子，为师才怕到了最后，你伤敌一千，亦自损八百，又是何苦。"

"我自然分得清大事小节，孰轻孰重，"秦敬只顾将话说完，"况且诸般道理，师父您参悟得比徒儿通透，您可还记得您对我说过什么？"

"……"

"成大爱者，难有私情。"秦敬一字一句道，"师父多虑了。"

"罢了，天色不早了，为师也该走了。"秦敬的师父慢慢站起身，本是鹤发长须，仙风道骨之人，忽然间却多了几分伛偻老态，"为师也说不准下次再见是什么时候，你……"

"我自会谨慎行事，"秦敬将他送至门口，眼见师父穿过院子，推开院门，又突扬声笑道，"师父，您回去后可别再自个儿胡思乱想了。多年教养，徒儿感念于心。黄泉路上有您相陪，我走得不寂寞。"

第二章　飞灰如雪

　　再见到沈凉生时，秦敬正在临窗作画。一幅小儿闹春图画到一半，听见几声叩门，拉门便见沈凉生负手立在门外，见秦敬应门，微一颔首，就算打过了招呼。

　　"上次不请自入，这回倒知道敲门，沈护法可是越来越多礼了。"秦敬侧身让他进来，含笑问道，"这次又是办事路过？"

　　沈凉生斜瞥了他一眼，不冷不热地回道："秦大夫自可当我每次都是顺路。"

　　"哈，难不成沈护法是特意来看我？"秦敬明明听懂了他的意思，却还要继续嬉皮笑脸。

　　沈凉生不再搭理他，见桌上摊着颜料笔墨，便走前两步，看了几眼方道："那把伞是你画的？"

　　"什么伞？"秦敬愣了愣，方想到第一次见沈凉生时正下着大雨，自己手中打了把油纸伞，诧异道，"你还记得那把伞？倒不是我画的，是我师父的手笔。"

沈凉生点点头，未再说什么，秦敬却想着师父上回并未进院已察觉到自己这里有人，沈凉生的内力修为比他老人家怕还要深上许多，估计八成也已发觉。以他的心计，自然不会直问，自己却不能不说。

"说到我师父，那个……"秦敬挠了挠头，"上次他来找过我，所以……"

"所以？"沈凉生看着他挑眉。

"所以这位好友，你什么时候跟我去拜会一下长辈？"秦敬也学他挑起眉，"我无父无母，只有这么个师父。"

"可以。"

"玩笑罢了，真带你去见他，他老人家还不得活活气死，再说我师父可不是一般人，你想见也不一定见得着。"

"无妨，家父已去世多年，你亦无机会见他，至于苗堂主，你已经见过。"沈凉生不去理他故弄玄虚，只继续一本正经地陪他逗闷子。

"啊？"秦敬没想到他会提到苗然，心说我没事见她干吗？

"苗堂主本是家父义妹。"沈凉生难得多提几句身世闲话。

秦敬目瞪口呆："沈凉生，你跟我说实话，苗堂主今年多大了？"

"家父若在世，而今已逾花甲，苗堂主大略小他两岁。"

"呃……"秦敬虽听过苗然那个"画中仙子"的名头——当然江湖上多半还是称她为老不死的毒妇——却未想到她看似二八少女之貌，实际年岁却这般离谱，不由哑口无言。

"……她明明算你的长辈，你却叫她得叫得这么生疏，可见你小时候一定不讨大人喜欢。"

秦敬揶揄了沈凉生一句，却听沈护法换去别的话题："你这里收拾得不错。"

"嗯？"秦敬打量周围，并未改换什么陈设，想了想，方猜到他大概在说自己这屋子仿照北地房舍那般烧了地龙，屋内觉不出半分南方冬日惯有的潮湿阴冷。

"建这地龙本是为花房里的药草，我怕冷，便跟着沾点光，"秦敬也走去桌边，同沈凉生并肩站着，重拿起笔，边几笔勾出纸上小童捂耳听着鞭炮噼啪，喜笑颜开的眉眼；边心不在焉地同身边人闲聊，"你可知有的草药，明明极是畏寒，却又只能在数九隆冬时下种，故只长于极南之地。听说那边有比仲夏晴天时还蓝的海，海水浅的地方可见鱼群嬉戏，又有五彩珊瑚，一株可值千金……"

秦敬咕叨个不停，沈凉生却似并未分神去听他说话，只望着案上画纸，忽地道了一句："画也不错。"

说是夸赞，却也不见诚意。

"随便消遣罢了，离过年还早，也算不得应景。"秦敬换了朱笔，描过纸上鞭炮，染出一片喜庆。

屋内暖如阳春，盏茶过后，秦敬终于收笔。

"对了，其实有件事方才就想问你。"秦敬貌似不经意道，"我虽住得偏僻，但江湖上出了事，也多少能听到些风声。"

"有话直说，莫要吞吞吐吐。"沈凉生此时恐怕心情不错，回话虽不客气，语气却带两分温意。

"若真是你下的手，"秦敬侧头望向他问，"我想问你刑教究竟是为了什么大开杀戒。"

"与你何干？"沈凉生敛去话中温度，虽说不见怒色，秦敬也知道他那点好心情怕是已被自己问得半分不剩。

"本是与我无干，但断琴庄单庄主却与我有些旧缘。"秦敬涩然一笑，将单海心为何建了断琴庄，为何隐居多年，师父又是如何带着自己上门求医之事一一道来，最后摇头道，"记得师父跟我说过，单海心当年本欲自裁谢罪，但终活了下来，却非贪生怕死，而是想活着担下那份罪孽，以断琴为名建了山庄，便似画地为牢，日日活着自责，"顿了一下，又接道，"住在庄中那段日子，有一次偷听到师父和他对谈，单庄主说，此罪终身难赎，死了反是解脱，所以才要活着受罪。"

"你是怪我杀了他？"

"我只是觉得他这般下场……"下场如何，秦敬却也没说出个所以然。

"我教之事与你无干，不听不问，方为明哲保身之道。"

"那便当我什么都没问过吧。"

"不过如若有天……"两厢沉默半晌，秦敬却又叹了一句，"你我真需生死相见，自然死的是我，总不会是你吧。"

"为何会有那天？"

"世间总是处处未知，诸多变数。"

"未知之事，无须多想。"

"那我死了你会如何？"

"……"

"我若死于你手，你会如何？"

沈凉生沉默不答。

"连敷衍都不肯……"秦敬笑了笑，淡声道，"你果真是个小气之人。"

沈凉生返回教中时子夜刚过，路过偏殿门口碰见苗然，颔首打了个招呼："苗堂主，还未睡？"

"同方长老商量点事。"

沈凉生又点了点头，待要继续往前走，却听苗然唤住他："几天没见你人影，去看那个小大夫了？"

"代教主找我有事？"

"没事，我随便问问。"苗然歪头看他，"若换了别人，我还要叮嘱一句莫为了私务耽误教中正事，对你却是用不着。"

"苗堂主赞谬了。"

"谁说我是在夸你？小沈，你这脸皮可是越来越厚了。"苗然笑讽道，"那位小秦大夫可真是倒霉，跟谁做朋友不好，偏偏摊上你，真是自找罪受。"

"哦？倒不知苗堂主对我有这么大意见。"

"小沈，苗姨可是看着你长起来的，"苗然本惯做少女之态，现下却来倚老卖老，"便是人家一片真心待你，你又可能回报人家几分？"

"常言道知人知面不知心，苗堂主又怎么能看出我有没有真心？"

"这就要问你自己了。"

"时候不早，"沈凉生却不再同她打言语官司，转身告辞道，"失陪了。"

"虽说不必叮嘱，我倒还想多一句嘴，"苗然却又在他身后补道，"小沈，莫要重蹈我的覆辙。"

说起来，上回苗然赶着看沈凉生的热闹，实则刑教创教以来最大的热闹，却正是她自己闹出来的。

那是三十多年前，沈凉生还没有出世，沈父执掌大护法之位，苗然方列四堂主之一，却放着好好的堂主不做，叛教同人私奔去了。

结果不到一年她就跑了回来，多亏沈父为她周旋，才免了叛教死罪，改受货真价实的刀山火海之刑，又立下毒誓，方在教中有了立足之地。因着本身确是个人才，也未再犯什么差错，待到沈凉生七八岁时，才重归堂主之位。

沈凉生天赋异禀，聪颖早慧，小小年纪便能看出以后于这武学之道上定有大成，可惜性子同他爹一样固执，却更加冷淡，三四岁后便不再见他笑过，更是不会哭。

苗然常逗他说，你可真是个冰雕玉琢的小娃娃，恐怕什么时候一哭，就整个人都化了。

沈父早年受过重伤，一直未能好全，自知命不长久，故自沈凉生极小时便教导他："这护法之位早晚是你的，而你却不是我的，亦不是你自己的，做一把镇教卫教的兵器，才是你的命途。"

沈凉生懂事极早，父亲的话自是一字一句铭记于心，及到七八岁时，剑法修行头一次遇到屏障，方质疑父亲道："人怎能是兵器？又如何能成为兵器？我怕做不到。"

沈父则言道："无我之境尚需慢慢参悟，你只记着，天下之大，唯有刑教是你的归宿。"

沈凉生沉默思忖，沈父以为他到底还小，搬出苗然的例子，浅显解释道："你看你苗姨，一身出神入化的好本事，当年她叛教出逃，多少人马找了她半年，却找不到她半分踪迹。结果又如何？还不是自己回来了？你且记住，即便有一日你能上天入地，终究也只能回来这里。刑以兵刃为旁，这一辈子，你便是刑教，刑教便是你。"

那时沈凉生同苗然还算亲厚，也肯唤她一声苗姨。头一次听说她还做过这等事，倒把自己的疑惑先放下，跑去找她问个究竟。

"苗姨当年为何叛教？"小孩子不懂迂回，头一句便是冷冰冰的质问。

苗然却笑了，摸着他的头道："那是因为有人真心喜欢我，我也喜欢他。他说愿与我过一辈子，我便同他走了。"

"那又为何回来？"

"因为他慢慢知道我做过许多错事，不再喜欢我，也不肯再见我。我没有别的地方去，自然就回来了。"

沈凉生想了片刻，再开口时带上了几分符合他年岁的孩子气："那人现在可还活着？我去帮你杀了他。"

"你的好意，苗姨心领了。"苗然失笑道，"那人确实还活着，却是我愿意让他活着。你还小，想必是不懂的，好不容易喜欢上一个人，便是缘分用尽，得不到好下场，也愿意让他活着。"静了静，一边望着桌上烛火，一边又轻笑叹道，"是啊，好不容易喜欢上一个人，当然愿意他活着。"

一句话勾起陈年旧事。沈凉生平躺在床上，静静睁着眼，耳中似仍能听到苗然那句笑语喟叹。多少年过去，她还是那副模样，宛如绘在画中的平板纸人，却连这么个纸人都要来问问他："你可也有真心？"

黑暗中沈凉生默默抬手抚上自己的心口，心跳规律沉稳，一日日，一月月，一年年，从未变过。

冬日昼短，这日秦敬归家后点上烛火，才见窗边桌案上压着一张纸条。

"过年教中若无要事，便来找你一同守岁。"

无抬头，无落款，字如其人，一丝不苟，劲削挺拔。

秦敬不知沈护法何时来过，捏着字条想了想，复又摇头笑了笑，待要团了扔去，却又最终没有。他拿去床头，取出那本写满少时闲思的旧书，把字条夹了进去。

再过十来日便到了除夕，秦敬从日升等到日落，眼见已过了戌时，却仍未见人影，只以为沈凉生有事在身，今日想必是不会来了，便加了件厚衣裳，锁了院门，打算如往常一样，去镇上赌坊打发这个孤年。

秦敬的师父虽是高人子弟，却大隐隐于朝，位任司天监监正，是货真价实的朝廷命官。而今国力虚空，朝中也是人才凋零。天子愈是无能苟安，愈是相信吉凶之兆，故而秦敬的师父不但要掌观象衍历之务，还要负责卜筮巫祝之事，逢年过节正是最忙的时候，自是得不着空闲来看他这个徒弟。

往年秦敬都是一个人过节，又嫌山中冷清，便一直泡在赌桌上打发时光，心道好在世上还有这么个一年到头，天天开门纳客的地方，热热闹闹的，同些素不相识的好赌之徒一块儿辞旧迎新，也是不错。

"秦大夫这是要去哪儿？"

秦敬锁好院门，出谷走了几步，突听身后问语，愣了愣，方转身笑道："赶早不如赶巧，你若再晚来一步，可就见不着了。"

"不是叫你等我。"沈凉生走前几步，面色如常，语气却已带上些许不快。

"我等了啊，"秦敬眼见他走近，赶紧为自己开脱，"只是等了许久都不见你来。"

沈凉生沉默片刻方道："下回不叫你等就是了。"

冬日山间野风呼啸，两人在暗夜中站着。

沈凉生不晓得，秦敬却是一清二楚，下回自己仍是要等。自出生之日起，便注定要等着这么个人。

等他押着自己赴上死路。

"沈凉生，陪我一块儿去镇上吧，"半晌秦敬先起步道，"我这儿也没预备现成的东西，到了镇上，若有还开着的酒楼，我们一起吃个年夜饭。"

"好。"沈凉生干脆应下，与秦敬一道往山下走去。

到了镇上，却找不到什么还开着门的饭馆酒家，秦敬想起赌馆门口那个常年无休的面摊，带着沈凉生寻了过去，结果看见赌坊门面又手痒，讨好问道："你看我也不饿，先陪我进去赌两把成不成？"

沈凉生斜了他一眼，还真陪他走了进去，立在赌桌边，看秦敬同一帮人凑在一块儿押大小。

除夕仍泡在赌坊里，不肯归家团圆的主儿都是赌鬼淘生，一个个俱红着眼，呼大喝小之声此起彼伏。

秦敬虽也好赌，到底披了张斯文人的皮，立在人群中，一副老神在在、胸有成竹的模样，手底却不似面上神情那般有把握，几把下来输多赢少，却也不见如何沮丧。

"你这把押小，可是又输定了。"

秦敬听得耳边低语，侧头方见沈凉生已站到自己身后，便也轻声低问："你听得出来？"

"你说呢？"

秦敬笑了笑，心道你内力精深，自然听得出色面大小，口中却只回道："未知方是乐趣，知道了反没意思。"

沈凉生不再多言，下一把却握着秦敬的手，替他做主押了大。色盅掀开，果是开的大，秦敬敛去赢的碎银，人反离了桌边，摇头笑道："我的钱又不是你的钱，你管我是输是赢。"

"恐怕输了钱你又要说无心会友。"

秦敬闻言诧异地扫了沈凉生一眼，心知对方这句玩笑，是在变着法儿为早先那场龃龉道歉。

"走吧，你帮我赢钱，我请你吃面。"秦敬无心再赌，扯着沈凉生的袖子出了赌坊，走至面摊里头坐下，继续同他闲话，"说来我每年除夕都会在这儿吃一碗面。开面摊的大爷是个孤老，家中无妻无子，所以过年也开着，多挣几个小钱。"

沈凉生点点头，并不答话，只等面上了桌，两人各自取了竹筷开吃，便算一块儿吃了顿年夜饭。

面摊支在赌馆门口，正是靠山吃山。尤其是这当口儿，来的都是耐不住腹中饥火方出来扒碗面，转头又扎回去再接再厉的赌鬼，个个俱是狼吞虎咽，吃完便走，唯有秦敬和沈凉生没什么急事，静静坐在摊子一隅，慢慢对桌吃着面。

昏黄如豆的灯火下，周围人来了又去，都与他们无干。便连那间灯火通明，喧嚣嘈杂的赌馆也似离得越来越远，只剩下两个人，两碗面，与一小方宁静祥和的天地，渺茫地浮于红尘俗世之上，同灶上煮面的水汽一起越浮越高，越飘越远。

慢慢将面吃完，秦敬会过账，说想走走消食，两人便出了面摊，无声走了一段，穿进一条窄街，抄近路往镇口行去。

街道两旁俱是民宅，门扉紧闭，里面想必正是合家团圆的光景，透过院墙隐隐传出些欢声笑语。

秦敬想起师父尚未入朝为官时，也曾同自己一起守岁，自己那时仍是个不懂该如何坦然赴死的少年，一边勉强塞着不爱吃的饺子，一边强词夺理道："师父说魔教猖狂，可多半只杀江湖人，既然百姓无忧，干吗非要赔上我这条小命？"

师父边为自己夹开饺子晾着，边轻叹道："江湖一乱，魔教独大，与朝廷分庭抗礼，天子可能放任不管？现下外族虎视眈眈，只怕这头朝廷对内用兵，那头边疆就起战祸，到时就不只是江湖人的灾劫，百姓也要跟着一起遭殃。"话说到最后，却又转言劝道，"再多吃两个。"

后来师父入了朝，将他老人家自己也算进了棋局之内，而这过年的饺子，便再没机会一起吃了。

秦敬脑中想起旧事，脚下步子不自觉越来越慢，沈凉生亦不催他，只陪他一起慢慢走着，一里窄街走到一半，突见两侧院门络绎敞开，原来已到了放炮迎新的时候。

有家孩童胆子大，让大人执着鞭炮，自己执香点了，听得噼啪炸响方捂耳跳开，哈哈大笑。秦敬步子稍停，在一旁看了会儿，一时心中暖意融融，说不出的平安喜乐。

沈凉生也随他停下来，静静站在他身侧，心里也有片刻异常安宁。安宁得仿佛重回初见那刻，自己睁开眼，便见到另一个人，认认真真地对自己说雨下不久，说活着很好，说我愿救你，你意下如何？

鞭炮声声，秦敬望着一片平安喜乐，沈凉生嘴角破天荒挂上一丝浅笑，可惜转瞬即逝，若是秦敬晓得错过了什么，定要扼腕长叹，后悔不迭。

"你若愿救，便让你救吧。"刹那轻笑间，沈凉生无声忖道。

炮放完了，各家陆续散去。秦敬同沈凉生两个外人，自是要继续往前走。

无云的冬夜，头顶漫天星光，脚下踩着炮仗余下的红皮，慢慢走完这一里窄街。

"之后两个月我有要务待办，想是无暇过来，你不用等了。"

"嗯。"秦敬立在街口，应了一声，与沈凉生额首作别，心中恍惚想到，哦，原来还有两个月。

因为确切晓得自个儿的死期是哪一日，小时候，秦敬总爱一天一天算着过日子。边算边恨不得这些无影无形的光阴能化作厚厚一本看得见摸得着的皇历，让自己能够伸出手，趁四下无人时翻到那一页，偷偷摸摸地撕下来——世间千千万万个日子，只少这么一页也没关系吧？

后来年岁渐长，不知从何日起，秦敬不再想着要做一个窃走时光的贼。

及至有个人跟他说两月为期时，秦敬明知这就是自己最后的两个月，却也只是没心没肺地回家便睡死过去，连梦都不会做一个。

可惜睡得正香时偏被人搅和醒，秦敬朦胧睁眼，见沈凉生立在床边，因着浓浓睡意，根本看不清对方形貌，眼中只有白花花的一个影子。

"秦敬，我来拜个年，这就走了。"沈凉生淡声道了一句。

秦敬裹着被子，只有脑袋探在外头，像春卷没卷实露出的豆芽菜，吧唧倒去一边，嘴里还要不清不楚地叽歪："你不是说你无暇过来，鸡都不起这么早拜年……"

叽歪完了，便见眼前人影离了床边，少顷模糊听到门扉起合的吱呀声，上下眼皮打了两架，又继续哥俩好地粘在一块儿找周公下棋去了，这回倒是做了短短一个迷梦。

秦敬梦到夏阳刺目，明晃晃一片白光。光中一个背影，也被日头照得惨白。

背影不停往前走，越走越远，越走越远，却直远到针尖般的大小，依然望得见。

梦里他不知那人是谁，心里却犯着嘀咕，这不是在等着我跟上去吧？

结果眨了下眼，又突然不见了。

再醒来时天光已然大亮，秦敬心里嘀咕，拿不准沈凉生是否真的来过。至于做梦梦见了什么，更是全不记得。

初三秦敬按惯例收到了师父的信，往年他老人家只附庸风雅地写些贺岁咏春的词句，今年却啰啰唆唆写了一大篇，用的还是只有师徒二人才能读懂的暗语，密密麻麻的鬼画符看着就愁人。

他硬着头皮把那张纸译成人话，大部分是正事，什么朝中诸事已经安排妥当，什么慧明大师愿助一臂之力，什么顺水推舟之法望能奏效，最后一句总算是拉了拉家常：

"恒肃吾儿，师父今生有你相陪，亦走得不寂寞。"

唉，这老头儿，嘴里叫着儿子，却又自称师父，真是不知所谓。

秦敬心里笑骂了一句，后来对着一张鬼画符坐了整夜。

天明时打了个呵欠，揉了揉熬得通红的眼，却不上床歇息，只收拾了个小包袱，走去镇上租了马车，一路往少林行去。

慧明大师是惠生大师的师弟，亦知悉此事内情，见着秦敬便道了句阿弥陀佛，秦施主不该来。秦敬身在佛门净地依然嬉皮笑脸，只说知道自己不该来，所以压根没跟师父说，大师你可别去告密。

一老一少关在禅房里谈了半个多时辰，秦敬先前还说自己不该来，转头又死活非要在师父那顺水推舟之计里掺一脚。

慧明大师静听不答，最后却点头应了他，再喧一声佛号，持珠垂目道："秦施主，世间万缘，难得放下。"复又抬目望向他，口中机锋，眼中慈悲，"世间万缘，你已放下。"

秦敬站起身，正色回道："放下二字本身亦有重量，承认反是负担。在下只谢大师成全。"

盘桓数日，秦敬将一切布置妥当，方告辞下山。

而刑教也一早得了消息，少林近日又有动作，重重布防，不知打的什么主意。

"沈护法，你说咱们要找的东西，到底在不在藏经阁？"

天时将近，代教主已经闭关静修，四堂主中有三位都在外面四下搜寻残本下落，只剩一个苗然和沈凉生分摊教务，自没心思再提什么闲事，连口中称呼都改了过来。

"木藏于林，不是没有可能。"

"我倒觉得他们是故布疑阵，恨不得咱们天天只围着他们那座破庙绕圈子，顾不上别处才好。"

"别处可有什么消息？"

"那倒没有。"

"离天时只剩一月，便是故布疑阵，亦须一探，早不如晚。"

"你是打算今日就动身？可要我也跟去？"

"已有方吴两位长老随行，烦劳苗堂主看顾教务。"

"哟，这次倒是肯带人去了，"说是不提闲事，到底有时忍不住拿他打趣，"看来你也知道，小秦大夫救得了你一次，救不了你第二次。"

沈凉生不置可否地看了她一眼，站起身往殿外走去。

少林古刹庄严，自然不是苗然口中说的破庙。藏经阁隐于重重山殿之后，只是座两层木楼，外表看去并无什么稀奇。沈凉生同随行长老俱是顶尖高手，夜幕之下直似乘风而来，人影与风化作一处，便是天罗地网，亦网不住清风阵阵，是以一路行来，竟未惊动一人。

藏经阁左近并不见武僧踪影，不知是外紧内松，还是请君入瓮。

沈凉生掠至楼外三丈处方现出身形，却见人影竟在半空中停了停，并未立时落地，这般有违常理的滞空身法，真已不似一个活人。

方吴两位长老纵然功力精深，到底没有沈凉生那套奇诡心法加持，即使觉出几分不对，人也不能不落到实地，而这一落，便见眼前景物突变，莫说看不到三丈外的木楼，连脚下泥土都隐去不见，上下左右俱是一片混沌，仿若盘古未醒，天地未开，目之所及，只有一个"空"字。

沈凉生虽未落地，却也立时被卷入阵法之中，心神不动，亦不急着探寻出路，只默默阖目感受阵法运转，算着行阵路数。

"一生二，二生三，三生万物……"少顷沈凉生突地睁眼，慢慢往前走了三步，果见第三步甫一踏出，便有万千剑影扑面而来，心中冷冷忖道，"好一个困杀之阵。"

沈凉生既有准备，自是运起内功护身。当初慧生大师虽曾破过他这护身气罩，令他受了沉重内伤，但到底是耗尽佛门百年元功的一击，此时阵中剑雨虽是无边无际，却也相形见绌，全然不能伤到沈凉生分毫。

想来阵主亦晓得闯阵者没那么好打发，剑影甫落后招便至，金生水，水生木，时而骇浪滔天，时而巨木滚落，五行生生不息，人力却有尽时，到时便只有困死阵中一途。

可惜沈凉生本就不是常人，应付完第二波火攻之术，已把行阵路数算出八分，非但胸有成竹，而且觉得这路数怎么看怎么眼熟。

"秦敬……"沈凉生心念一动，佩剑终于出鞘，不退反进，直奔阵眼而去，脑中却连自己都诧异，并无怒焰灼灼，而是想到一句不太相干的——看来他小时候也没只顾着追小姑娘，那本阵法倒是读得透彻。

"不知这回那人又会有什么话说，"阵眼是阵法关键，一路行来险象环生，沈护法却尚有余裕思量，"是会像上次一般老实地任人捅一剑，再补一句受教，还是找些七七八八的理由为自己开脱。"

"秦敬，莫非你以为这次也能那般简单了结？还是以为我当真不会取你性命？"这么一想倒是难得动了几分真怒，但又转念想到秦敬某日那句"如若有天你我生死相见，自然死的是我不是你"，怒意却又如来时一样迅疾地褪了下去。

"早知这人有胆子搞出这么多花头，就不该把他放在药庐不顾，带回教中交给苗然看着，省了这些枝节！"

沈凉生当初不想把秦敬带回教中，本是为了他好——刑教那个地方总是好进不好出，上次带他上山取草已是格外破例——现在生出后悔念头，却是下意识间已做了决定。

那人想得没错，自己还真是不会为了这么件事，取了他的性命。

阵眼惯常是阵主安身立命的所在，周边布置自然要比阵中更凶险几分。

秦敬这阵却设得蹊跷，阵眼周围再无杀机，只是一片平和虚空。

沈凉生步步走进那片宁和天地，说是虚空，却也非全然的黑暗，而是像秋日傍晚的暮色那般灰蒙，又落了薄薄的霜雾，微湿微寒。

白雾中有个若隐若现的人影，每走近一步，便清晰一分。

近了再近，人影终自雾中现出身形。

那一刻沈凉生突然觉得，原来冥冥中命数早定。

"秦敬。"沈凉生自知话中并无怒气杀机，想来也不会吓到对方，却是等了片刻，仍不见对方回答。

再走前两步，沈凉生才看得分明。原来秦敬并未亲身主阵，眼前所见只是虚形幻影。

"这次跑得倒快。"沈护法难得感到些哭笑不得的心情，走到对方身前站定，伸出左手，果见手指从人影中穿了过去，未觉出一丝滞涩。

正事当前，阵必须破。沈凉生再不耽搁，右手执剑，自幻影中一穿而过，剑身劲力微吐，便把幻影震成一片片破碎光华。

阵眼既破，阵法即解，三人重新会面，仍离木楼不过三丈，沈凉生不见如何狼狈，两位长老却已多少挂了些彩头。

"沈施主，久见了。"

藏经阁门洞开，惠明大师一马当先自内走出，身后十数武僧依势站定，正是少林闻名遐迩的十八罗汉阵。

"上次承蒙慧生大师指教，不胜感激，"沈凉生手中握着杀器，口中却是客客气气，仍是那副让两位长老牙疼的做派，"今次能够再得大师指点一二，晚辈三生有幸。"

"施主过谦了。不瞒施主，贵教想寻的物事，确在老衲手中。只是兹事体大，望施主以天下苍生为念，莫要再造杀孽。"

"大师言重，晚辈只欲取回失物，大师既然不允，晚辈只好得罪，"沈凉生剑势起手，凶煞之气如浓云罩顶，将明未明的天色竟被压得一暗，"大师请。"

说句老实话，这番佛魔较量，沈凉生确未用上十分心神应对，只因对方明言残本藏于少林，反而令人起疑。

反复权衡片刻，到底并未大动干戈，三人全身而退，沈凉生一头传书给三位堂主多留意江湖上的动静，一头写信给苗然，将事情说明，又问她可有什么其他消息。

信鹰来回，苗然只说此事必然有诈，怕是只想跟咱们耗过这二十来日，耽误过天时就算如了他们的意。实在没办法，过几日凑齐人马再去平了那座破庙。

沈凉生收起苗然的回信，又展开另封探报，看过后微微一挑眉，吩咐两位长老盯紧此处，自己转头去了开封。

秦敬人虽离了少林，倒是未曾走远，只泡在开封最大的赌坊里，输了赢，赢了输，累了回客栈睡一觉，醒了继续赌，过得没日没夜。

"放下"二字确实沉重，秦敬那时看着佛门高僧眼中的慈悲，心里却默默忖道，大师你可知道，我那师父其实没什么本事。除了武功比我好那么一点，医术阵法比我还不如，却有事没事就数落我，喝酒要管，赌色子要管，小时候连我养条狗都要管，可真是讨人厌。

而这个讨人厌的老头儿，马上就要死了。

我放不下，也不想放下。

弟子此生，注定参不透佛家慈悲。

自打收到师父最后一封信起，秦敬就觉得日子过不下去了。

非得找点什么事做，才能继续磕磕绊绊地活着。

跑了趟少林，设下一个困杀之阵，心中恨意似是轻了两分，焦躁却分毫未减，干脆泡在赌桌上，日日带着三分薄醉，潦草地打发着最后一点日子。

这夜，秦敬子时方晃晃悠悠回到客栈，倒头便睡，睡到一半被尿意憋醒，睁眼却见一个白影静静立在床头，委实吓了一大跳，一瞬还真以为是见了鬼。

"哦，原来是沈护法。你口口声声说没空来找我，却又三番两次食言，到底是何意？"定了定神，秦敬也认出了来者何人，因着宿醉头痛皱了皱眉，却意外地无怨无悲，无恨无怒，尚有闲心想到，这回倒是货真价实的白无常索命来了。

沈凉生未答话，面上不动声色，心里却也有些意外。

难不成他自己做过什么这就已经忘了？这般不客气的态度可是稀奇。

实则那厢秦敬以为刑教已经拿到师父故意赔上一条命放出的残本，但这厢沈凉生看过一封"此人仍在开封客栈"的探报便过来找他，根本未及收到教中消息。

沈凉生不说话，秦敬也不说话，两人静了半晌，秦敬有些回过味来，赶忙收起那点不客气的口吻，走到屋中圆桌边坐下，一边揉额头掩饰，一边试探了句："唉，你莫怪我有起床气……"

"我若怪你，只怕也怪不到这上头去，"沈凉生不冷不热地道了句，"秦大夫，给你一个机会解释。"

秦敬张了张嘴，一时哑口无言。本以为再见时已经水落石出，自己身为血引之人，命可金贵得很，对方必然不能再计较自己设阵之事，却真没想过现下这个局面该怎么办。

对方尚且不知，自己又不能挑明，虽说早晚要死，但现在万不能死。眼前这尊杀神想必正在气头上，如何让对方消消气，别一剑捅死自己可真是件麻烦事。

"我师父交游广阔，有人托他设阵，他自己走不开，把我推了出去，我又有什么办法？"秦敬硬着头皮解释了一句，"我小时候每次犯病都要去半条命，师父怕我活不长久，还带我找上少林，非让人家得道高僧认我做俗家弟子，这个人情定是要还的。"说到最后秦敬自己也有些有气无力，索性站起身讲软话，"我又不知道一定是你去，沈凉生沈护法，我知道错了，你别怪我了，好不好？"

沈凉生不答话，只抬起手，掐住眼前人的脖颈，五指一点一点收紧。

秦敬受制于人，半抬着头，定定望着这尊凶神，许是窒息之故，眼中渐渐泛起泪光。

沈凉生本来只为给秦敬个教训，没真想要了他的性命，见他已是出气多入气少，待要松手，却没想到下一瞬，眼泪源源不绝地从秦敬眼中流下，他静静哭着，至凄至哀，并非将死之人求饶的哭法，却像真有什么天大的伤心事，甚至伤心过他自己的生死。

"你怎么了？"沈凉生忙放下手，明明是秦敬有负于他，他却有些无措。

"……"秦敬心道问得好，我也不知道我怎么了。

命悬一线之时，他只觉心中那份盘亘多日的焦躁竟一点一点淡了下去，而师父去时落不下的泪终于决堤而出。

他是该恨的，也不是没有恨过，可那份对刑教的恨意一旦落到沈凉生头上，便不知不觉滑了开去——这个人对不起天下人，却唯独没有对不起他，而他对天下人皆问心无愧，只对不起这个人。

于是方才刹那，秦敬竟觉得，就这么死了也不错。

死在这个人手里，好痛快。

秦敬源源不绝的泪，流不完一样静静淌着，哭了半天，沈凉生欲言又止。

他沉吟许久："秦敬，你这样哭，可是因为觉得……"

"嗯？"半晌，秦敬收整心神等待下文。

"你可是觉得我……"

"觉得你什么？"秦敬头一次见这人也有这么不干不脆，一句话说上半天的时候，倒真被他勾起几分好奇。

"你上回问我什么，你可还记得？"

"哪回？"

"说起断琴庄那回，如若有天你我真需生死相见。"

"哦……"

"你往后老老实实的，莫要再生事端，便不会有那日。"

"嗯。"秦敬老实应下，却腹诽道，沈护法，在下可没有什么"往后"了，你这警告之言，其实真可省下不提。

"我……"沈凉生顿了一下，还是把话说完，"你有你的人情要周全，我也有我的责任要担负。待教中事了，我可向教主禀明，天下之大，不是只有这江湖，江湖外总容得下一二知己好友……"

"七八九个美人？"

"那倒不必。"

秦敬听明白了他的意思，正因为听得明白，才忙用玩笑掩去心中荒唐。

沈凉生回转驻地时，教中消息也是刚到，只有两个字：速归。

日夜兼程赶回教中，苗然满面喜色："找着了，现放在事部查验，大约是不错。"一行人一边往事部走一边听她详说。

刑教为了残本一事搅得江湖翻涌，江湖之外，倒是尚算安宁。外族虽虎视眈眈，到底忌惮中原千年根基，并未轻举妄动。边关无战事，朝中表面太平，除却几月前有人参过司天监监正一本"结党营私"之外并无大事。

天子笃信相术风水，吉凶占卜，甚为倚重这位监正大人，对朝臣间那点子钩心斗角睁一只眼闭一只眼，查了查，没查着什么，也就算了。

结果过了三个月，却再见一本秘参，这回倒是说得有根有据，言道监正私藏前朝宝图于室，其心可疑。

皇帝老儿生平最怕身下那把椅子坐不安稳，况且如今国库空虚，若真能得着什么藏宝图，可真是天上掉馅饼的好事，当下十分上心。虽说被参的人抵死不认，却真在府中找到了地道密室。

联想到那句"其心可疑"，天子不由动了真怒，宁可错杀不可放过，监正人头落地，因着并无家小，也没什么九族好诛。只是那些从密室中抄出的物事根本未及呈进宫里就不翼而飞，蹊跷得如鬼神所为。天子不敢细究，只请了道士开坛做法求一个安心。

庙堂江湖泾渭分明，朝中人事斗争本跟刑教没什么关系，不过是听闻此回犯事的大人是为一张藏宝图掉了脑袋，便也抱着宁可错杀不可放过的心态，派人把抄出的东西一样不漏带回来盘查。

"就说那帮人没安什么好心，东西不在手里，除了故布疑阵拖着咱们也没别的法子，"苗然讲完原委，嬉笑调侃道，"宫里那藏宝库咱也翻过两遍，早知该把诸位大人的府宅也翻一遍才是，省了多少麻烦。"

方吴两位长老含笑附和了几句，沈凉生虽未见笑意，但他一贯便是如此，两位长老也不觉得诧异。只有苗然说话间侧头瞥见沈凉生的面色，口中谈笑自如，心头却突地一沉。

五蕴心法虽非源自佛门，却是用梵语写就，材质更是特别，刀剑难毁，水火不侵。

一行人刚进事部，便见主事迎前禀道，以材质验之应是不错，内容尚要护法大人定夺。

沈凉生拿过残页，从头至尾看过，只点了点头，道了句"诸位稍待，我去取正本"便转身往外走去。苗然顿了一下，有些想跟上他，却又站着没动。

代教主闭关后心法正本一直交予沈凉生保管，正本拿到，对上残页，果见分毫不差。

东西既然八成不假，下一步就是找寻血引之人的下落。沈凉生字字译出残页上与血引之人有关的内容，声调沉稳，面色如常，苗然从旁听着，亦是不动声色。

"天下之大，光靠生辰八字实在难找。"方长老听罢，皱眉道，"至于怀梦草一途，只是守株待兔之法，便是现下放出消息，恐怕也已来不及了。"

当日沈凉生带秦敬上山一事虽未特意隐瞒，但究竟是为了什么缘由，只有已经闭关的代教主与苗然知晓，方吴两位长老连有这么个人上过山都不晓得。

但直到方长老一句话说完，苗然却仍像什么都不知道似的，面上岿然不动，只同众人一起望向沈凉生，口中未吐一字。

"无妨，我已大略知晓此人现在何处。两位长老有伤在身，不便再行奔波，但此事紧急，容我先行一步。"沈凉生却不与她对视，同两位长老讲完，方才转头对苗然道："苗堂主，请即刻传信另外三位堂主，尽速带人沿途接应，兹事体大，不容有失。"

苗然点点头，道了句："沈护法放心。"然后便站在原地，望着他快步走出殿门，待人影完全消失于走廊尽头方才默默忖道，便连挣扎都不挣扎一下，如此干脆利落，倒是让人羡慕。

沈凉生从未问过秦敬师承何人，并非因为对他如何信任，而是一早便已暗自查过，查得的结果不过是一介江湖散人，精通术数，后入朝为官，位任司天监监正，一年难得出几次宫，与江湖人已没什么往来。

直到苗然讲出残本自何处得来之时，沈凉生才终于想明，怕是从一开始，自己便已落入对方算计之中。

相遇也罢，相救也罢，取草也罢，示好也罢，只怕每一步都别有目的。

有些话现在想来，全是隐约试探，旁敲侧击。

只是诸事想明那刻，心中也无什么波澜。

人活于世，求生避死原是本能。那人无非是想为他自己求条生路，便和所有在自己剑下苦苦求生过的人一样，没有什么特别。

如果非要说有什么感受，沈凉生只是清晰地感觉到了自己的心跳。一下一下，规律平稳。便如之前度过的每一日，与之后可期的每一日。

惊蛰已过，正是早春。秦敬敞了窗门读书，暖风阵阵撩动书页，太阳晒久了，不免有些困倦。

"春困秋乏啊……"秦敬支着头坐在桌边，一个呵欠还未打完，便见有只手从身后探过来，按住桌上被风吹得飘飘悠悠的书页。

秦敬并未立时回头，只是盯着那只手。

沈凉生默默立在他身后，静了足有一盏茶光景，终于淡声开口："秦敬，你若留在少林，或许还有一线生机。"

"我若留在少林，只怕时时要听些我不入地狱谁入地狱，舍得小我方是慈悲的道理，烦也要被烦死，"秦敬摇了摇头，轻轻拨开沈凉生的手，合起案上书卷，这才回头望向对方，低声道了句，"所谓生机，你可还记得我早说过，我真想要的东西，你不会给，或不能给。"

"……"

"沈护法，我那时可有说错？"

"……"

"沈凉生，我现下可有说错？"

"那就是不错了。"秦敬站起身，走前一步，"老实说，我怕死，也怕痛，明知自己了断能少受点罪，却总想再赌这最后一次。"

他定定望着对方，慢慢把话说完，"沈凉生，我认赌服输。"

沈凉生与他对视片刻，终于头一次先调开目光，侧身面向门口，伸出手："请。"

秦敬也未拖延，依言向门外走去。沈凉生落后他半步，见他走到门口复又停住，便也跟着停下。

“沈凉生，这段日子，确有许多事欺你骗你。但这欺瞒之中，总有些东西是真的。”

沈凉生清晰感觉到自己的心跳。

“况且到了此步，便有千般对你不住，我也已经用命抵还。”

一下一下，规律沉稳。

“望你日后再想起，莫要恨我。”

便如之前度过的每一日。

“若你日后还会再想起。”

与之后可期的每一日。

“走出这道门，你我便两不相欠，再无相干。”

话音落地，秦敬抬脚迈过门槛，沈凉生随后跟上，与他并肩站在门外，看他一分一分掩合门扉。

终于掩至最后一分，木门突又被猛地重新推开，秦敬尚未回神，便被整个人拽回屋中，门扉在身后砰然合紧，锁住最后一方能够供人逃避的天地。

沈凉生将秦敬抵死按在门上，抵紧这一道生死关卡。

“沈凉生，”秦敬轻轻拍了拍对方肩膀，低声开口，“让我再说最后一次。”

“不为求生，只为想说。”

“沈凉生，你且记住，我若死于你手，便只当是我运气不好，你不要像单海心一样为难自己，我不想让你这么活着。”

“……”

“我只望每年春回大地，桃花开时，你能有一刻半刻想起我，也就够了。”

门扉再启，春日晴好。

秦敬先一步走出门去，走进一片欣荣天地。

此行事关紧要，必要应付波波截杀，用轻功带人赶路总是不便，故而沈凉生骑马而来，归程多了个人，速度却丝毫未减。

武林诸派早已派人盯住刑教动静，当下猜测落到十分，恐怕血引之人已被刑教找到，若让他们平安而返，往后就是全江湖的劫难。

说来这还是秦敬头一次亲眼见到沈凉生杀人。

不过话说回来，几番遇敌，十把剑中总有七把是冲着秦敬来的——能杀了血引之人便已功成，动不动得了刑教护法倒是其次。

亲眼见识到那一刻，秦敬发现自己竟然怕了。这个对自己一再心软之人，原来是这样一柄杀器。

无影无形的气劲如海啸一般席卷开去，不是将人拍开，而是将人打散，剑光似闪电似惊雷，侥幸扛过第一波的人，便皆毙命在这雷电之下，连死前的惨呼都发不出来，落在秦敬眼中，只觉天地一片红，但耳边真正听到的，其实只有风声。

发觉自己竟是怕了他那片刻，秦敬冷冷扪心自问：

秦敬，你又以为他是谁？

"别怕，"沈凉生觉出秦敬微微发抖，轻声安抚了句，"有我在，你不会有事。"

秦敬闻言却只觉得荒唐，沈护法，你现下护我周全，难道不正是为了稍后要我去死？

"沈凉生，你也看到了，普天之下，多的是人想取我性命。"心中愈觉得荒唐，口中愈要温和回道，"我却只想到我师父，又想到你。"

"师父虽没能护得了我，但到底是这世上唯一一个真心不想让我死的人。"

"至于你，却是所有要我去死的人中，唯一一个说过会护我周全的人。"

秦敬非要逞这一时口舌之快，说完便见沈凉生剑下错了一招，肩头立时添了道新伤。

他的双目被对方涌出的鲜血刺得生痛，心道痛快二字，果然既痛，且快。

疾驰一日之后，已有堂主赶来接应，这头沈凉生带着秦敬平安入山，那头江湖诸派也再无动静，想是明了浮屠山险，易守难攻，事已至此，急着攻山也无大用，不如养精蓄锐，等着迎接来日那场避无可避的鏖战。

天时尚有五日，虽说人已带到，也并非分不出人手一天十二个时辰盯着他，但是为求稳妥，苗然亲自为秦敬验血量脉，复又配了剂安眠汤药，索性让他老老实实睡足五日才最为保险。

"苗姑娘，"房外重兵把守，房内却只有秦敬和苗然二人，秦敬一边吹着药，一边嘀咕道，"你这药当真可行？不才多少也算是个大夫，要不你把药方给我看看？"

"少废话，你这条小命眼下可是比我这条老命都金贵，谁有那个闲工夫害你，"苗然口中不客气，语气却带了两分长辈的亲昵，"还有，你不是该跟小沈一样唤我一声苗姨？"

"唉，我都这样了，你还要拿我打趣，实在太不厚道。"秦敬几口把汤药饮尽，自己躺平，被子盖到颔下，口中却真叫了句，"苗姨……"

"什么事？"

"我怕痛，要不你再给我开一副药，让我把后头七日也睡过去吧？"

"那可不成。"苗然亦知血引必需吊足七日，日日俱是煎熬。虽看他有气无力，面色煞白地躺在被中的样子略微有些不忍，却也不能应了他。

"沈护法在外面吗？"秦敬也不是当真要求她，又转了话题道，"麻烦苗姨跟他说，换个人盯着我吧，事已至此，多见无益。"

"放心，他没空老盯着你，"苗然闻言劝了句，"再者说，你这就要睡了，睡了不就见不着了？"

"也是。"

"睡吧，"苗然看他渐已昏沉，起身为他掖了掖被角，低声重复了句，"睡了就见不着了。"

秦敬昏睡过去，苗然走出房门，果见沈凉生负手立在房门外，面色越发静如止水，连苗然都看不出他真实情绪为何。

"他睡了，你若愿意进去盯着也随便你，"苗然明知方才房中对答早就被他听了去，却执意要做个传声筒，"只是他说他怕痛，还有不想见你。"

沈凉生点点头，仍自举步向房内走去。苗然拿着空药碗站在当地，冷漠心道，秦敬，你还真是死不开窍。这挤兑的话，也得说给在乎自己的人听。他连你的命都不顾了，还怕你这两句话不成？

"他说多见无益，"可苗然却又听沈凉生在她身后道，"他没有说不想见我。"话中竟罕有一丝固执的孩子气。

沈凉生一步步走到床边，低头望向床上静静睡着的人。

脑中似有千头万绪，又似早已一切归无。

他拉了把椅子在床边坐下，沉默地望着秦敬，想从脑中那片虚无里捞出一点什么来回忆，却觉得所有回忆都如流水般自指缝中漏走，什么都抓捞不起。

"等你死了……"心跳沉稳规律，仿佛滴水钟漏，默默数着亘古岁月，沈凉生轻声对睡着的人说，"我就忘了你。"

案头烛火突地一跳，摇曳烛光映亮床上人的脸，自眼角至颊边一道浅长伤疤，好像在睡梦中也听到了谁人低语，于是流了泪。

五日转瞬即过，秦敬按时醒来，睁眼便见沈凉生立在床头，下意识对他笑了笑。

笑完才记起现下身处何时何地，便又摇头笑了笑。

苗然这药服之仿若假死，是以五日水米未进也不觉得饥渴。秦敬自己下床整好衣衫，抬头望向沈凉生，许该说些什么，又不知该说什么，于是第三次笑了笑。

"事不宜迟，秦敬，请。"

沈凉生漠然地看着他，似在这五日间已然收整好全部思绪，重又变回初见时的那个人，不笑含煞，骨冷魂清。

秦敬忍不住生出一股错觉，以为他们之间那大半年光景，只是自己在这五日中做的一个长梦。

刑教内部通路复杂，机关纵横。幽深回廊中，每十步便点着一支牛油火把，值岗的教众远远见沈凉生走过来，皆单膝点地，躬身行礼。秦敬狐假虎威地跟在后面，只觉地势越走越高，心中诧异道，本以为那魔头的肉身会深藏于地宫之中，原来竟不是。

复又走了一盏茶时分，便进入一间空旷殿堂之中，纵高怕是个不止十丈，望之黑不见底。

沈凉生停下步子，转身望向秦敬。

"别动。"他沉声吩咐了一句，秦敬待要回话，但觉一阵头晕目眩，话到嘴边又咽了回去。沈凉生带着他猛地腾空跃起，跃至三丈高处身形一折，足尖轻点石壁，便又跃高三丈，如此反复两次，终于落到实地，将秦敬松开。

两人落脚处乃是一方于石壁上凭空突出的高台，眼前黑黢黢的，似是一扇精铁大门。

秦敬刚要开口，却见大门洞开，室内不知点了多少火烛，一时光芒刺目，不禁闭了闭眼。

这一闭眼的工夫，便觉被人拉着，一步步走进门去，走到石室中方才放开。

"押个人如此磨磨蹭蹭，我还以为你要留他再过一个年。"石室中四位堂主与两位长老都在，苗然是个不管什么时候都敢开玩笑的主儿，当下毫不客气地揶揄了一句。

"苗堂主，你这张嘴可真是我教一宝，什么时候教中缺钱了，你我二人寻个茶楼，搭档讲点段子，定可赚得盆满钵满。"

石室一隅有人接过话头，秦敬转头看去，只听身边沈凉生沉声禀道："代教主，人带到了。"

哦，原来这便是那位比刑教护法还要厉害三分的角色。秦敬打量了两眼，只见一个慈眉善目的中年人，微微有些发福，不像是个魔教教主，倒似个生意人，颇有点和气生财的意思。

"这位小兄弟，真是委屈你了。"人长得和气，话也说得和气，中年人走近两步，拍了拍秦敬的肩，"这辈子既是没投生好，黄泉路上就走快点，早早重投个好胎。"

秦敬不由一时哑口无言，心说我总算知道你们护法那张嘴是怎么练出来的了。亏得在下没心没肺，这要换个人，只怕还没做成血引，就得先被你们活活气死。

"代教主，时候差不多了，香这便点上吧？"

方吴两位长老一直掐着时辰，口中问过一句，见代教主点了头，便自手捧的盒子中取出一支粗若儿臂的长香，插在香炉中点燃，又将香炉毕恭毕敬地摆放在石室正中的铁棺上。

这铁棺甫进门时秦敬便已看到，心道那魔头的肉身定就存于棺中。

而这间石室，应是整个刑教最高的所在。

原来那人即便于假死之时仍不肯隐于地下，仍要自高处冷冷俯瞰这大好世间，静待重见天日之时，一手握于掌中。

魂香点起，代教主随即走至铁棺旁，盘膝坐下，阖目运功。室内一时静极，众人皆目不转睛地望着铁棺与棺旁之人，便连秦敬也有几分好奇，不知这魂引是怎么个引法。

这厢秦敬正在凝目细看，却见本负手立在身旁的沈凉生走前半步，微微错身，将自己挡住一半。

沈凉生站在秦敬身前，秦敬自是看不到他面上神情，只能觉出身前那人虽说挡着自己的身体，周身却仍散发出一股漠然至极的气息。

魂香虽然粗若儿臂，燃得却极快。香将燃尽时，突见棺旁打坐之人浑身猛地一震。

"成了。"代教主低声吐出两个字，便猝然委顿于地。他耗去一身元功，从此只如常人。

"我扶代教主回房休息，血引之事交予你了。"方长老同吴长老说过一句，背起地上已无知觉的人，飞身掠出门外。吴长老先收起棺上香炉，自袖中拿出一个小盒，径直向秦敬走去。

"我来吧。"沈凉生却迎前半步，淡声接过盒子，引着秦敬一步步走到棺边。

铁棺上方横着两根铁索，下头那根离棺盖约有两尺，距上头那根却足有一人高。每根铁索上又挂着两副铁铐，想是专为血引之人预备的刑架。

沈凉生丝毫不假他人之手，身影一晃，便已扯着秦敬稳稳立在下头那根铁索上。手下有条不紊，先将他双手铐紧，复弯下身去，铐牢双脚，秦敬整个人便被死死固定在铁棺上方，决计无法自行挣脱。

"沈护法，"苗然从旁观之，突地有些猜到沈凉生的意思，心中霎时一寒，口中勉强道了句，"属下身兼教医之职，还是让我来吧。"

"不必。"沈凉生冷漠地吐出两个字，仍自稳稳立在铁索上，启开手中盒子，取出一支比人的小指还要细上许多的铁管。

一片静穆中，沈凉生定定地望着秦敬，手中突地加力，插入秦敬心口。

从头至尾，沈凉生的手纹丝不颤，未有一分犹疑，亦不见一分动摇。

秦敬痛到极处眼前便是一黑，终于撑不住晕了过去。

目中最后所见，是沈凉生定定望着自己的眼。

眼中没有一丝感情，只有纯粹的漠然，与无边的死寂。

秦敬再度清醒时，石室中已然空下来，亦不复烛火通明之景，只寥落地点了两根蜡烛，昏暗得仿佛幽冥鬼蜮。

血引需要吊足七日……秦敬默默想着，不知已经过了多久。

也不知还要过多久。

真是货真价实的活受罪。

秦敬恍惚想到自己小时候，尚不懂事之时，每到心痛发作时总要撒泼打滚，不停号哭。

师父无计可施，只能抓着他的手，不停地说："敬儿莫怕，师父在这儿，师父陪着你。"

往往到了最后，已届耳顺之年的老人也要跟着自己一起掉泪。所以年岁渐长后，勿论犯病时有多痛，秦敬都会死死忍住，决计不肯再哭。

"师父，还好现下这光景您老人家是看不到了，否则不知该有多心疼。"秦敬默默忖道，这么想着，心口痛楚也似好过了一些。

只有真心待你的人才会为你心疼，秦敬勉力抬眼，望向石室一隅。

沈凉生无声地站在那个角落，隔着一室昏暗，秦敬看不清他面上神情，只觉得他站在那里不说不动，好似一尊石像。

昏了又醒，醒了再昏，不知折腾了多少时日，心口那里终于麻木。

每一次昏醒之间，秦敬总会抬目望向那个角落。

而沈凉生也总是在那里站着，像是自己在这里吊多久，他便在那里站多久，未有一瞬稍离。

"……什么时候了？"心痛好受了些，秦敬便也找回几分气力，头一次开口与沈凉生说了句话。

"已是最后一日。"

"哦……那快了，"秦敬闻言着实松了口气，心说这活受罪的日子总算快到头了，心情便跟着好了两分，竟肯跟对方开起玩笑，"我说你……不是一直在这儿站着吧……我又不会长翅膀飞了去……"

"秦敬。"

沈凉生也终于第一次自那昏暗一隅中走了出来，走到铁棺旁，微微抬头望向他，口中一字一句，慢慢沉声说道：

"你死了，我会继续活着。"

"你现下受得每一分苦楚，都是我给你的。"

"而这每一分苦楚，我都亲眼见过，牢牢记着。"

"从今往后，日日记住，夜夜梦见。"

"愿我余生每一日，日日活着受煎熬。"

……原来如此。

秦敬愣愣与他对望，对方眼中仍如当日所见那般，没有一丝感情，只有纯粹的漠然，与无边的死寂。

心中似有一声沉闷轰响，轰响之后终于满目疮痍，遍地荒芜。秦敬默默想到，原来他眼中的漠然与死寂不是给了自己。

而是给了他的余生。

暗室中再无人声。

秦敬未曾答话，只是静静垂下头，似是又晕过去。

两个多时辰之后，石室大门突被推开，两位长老与四位堂主鱼贯走入，不见有谁如何动作，满室火烛却瞬时重新亮起，照得室内犹如白昼。

"小沈，可还撑得住？"苗然走去沈凉生身边，低声问了一句。

这七日间沈凉生舍下所有教务，不吃不睡站在这儿，便是知他根基深厚，苗然也有些不大放心。说到底，无论再怎么有本事，终归是个人。

"无妨。"沈凉生却只淡淡点了点头，眼睛仍自盯着刑架上的人。

苗然心中长叹一声，什么都不想再说。

秦敬其实并未真晕过去。

便是真晕过去，到了最后一刻也能够醒过来。

等了这么久，就是在等这一刻。他血脉中早已埋下的前因会将他唤醒，等他结出最终的后果。

"沈凉生，你可知道……"

发觉血脉开始鼓噪那刻，秦敬突地开口，不顾尚有旁人在场，终于道出一句话：

"我真想要的东西，究竟是什么？"

话音甫落，便见一道金芒蓦然冲天而起。

秦敬字字催动从小习起，早已融入血脉之中的佛门心诀。

金湛佛光沛然澎湃，将石室正中的铁棺，与棺上悬吊的人一并包在其中。

"不好！"两位长老首先有所反应，手中兵器疾掷而出，瞬息间已到秦敬面前，却在那道纯净的佛光中无声粉碎，徒然跌落。

铁棺中突闻一声凄厉长号，不过几个刹那，惨号终于止歇，金芒亦重归于无。

室中六人速奔铁棺而去，急欲一探究竟。唯有沈凉生却是纵身而起，内劲到处铁索崩断，将从悬吊铁索上落下之人接住。

灭字心诀，字字皆以血肉身躯为凭。每念一字，全身血肉便随之干涸一分。

沈凉生亲眼看着那人以不可思议的速度衰老下去。

青丝白发，活人枯骨。

不过几个刹那，已似一具干尸。

"世人常说，一笑泯恩仇……笑一笑，就心境疏阔，长命百岁……"

单膝跪地，沈凉生抱着怀中只剩一口气的人，脑中一片空茫，眼中望着那张已无一丝血肉，唯余干枯面皮紧紧贴着头骨的脸，耳中听到一个苍老嘶哑的声音对他说：

"你笑一笑……忘了吧。"

"不可！"

那厢棺中情形也见分晓，虽能隐约看出人形，但决计不能再活了。

两位长老怒极恨极，当下以为沈凉生里通外敌，疾疾运掌攻去。

苗然虽也万分惊愕，总归留了一丝神智，赶忙厉喝一声，以一敌二挡了下来，生生被震出一口鲜血。

"两位长老，此事绝不是……"苗然不及平定内息，一边咳血一边欲要再劝，却见对面诸人直直望向自己身后，便也下意回头看去。

只见沈凉生站起身，怀中一具枯尸，面色却仍静如止水。

然后下一瞬，便觉满室烛火蓦地一暗，沈凉生竟猛地提尽十成元功，可摧山可翻海的劲力全数灌入怀中枯尸之中，那枯尸顿时化为漫天齑粉。

这般狠绝手段令在场诸人全是一愣，一时也忘了再追究。

怔忡间，沈凉生独自穿过漫天飞灰，一步一步走向门口。

走了几步，便静静倒了下去。

七日枯站，又妄动真气，即便根基深厚，也已伤了元神。

沈凉生再醒来时已是两日后，却非身处囹圄，而是躺在自己床上。

"醒了？"苗然坐在桌边，听见动静便起身走近，干脆解释道，"此事前因后果我已同其他人说了，你那个勾结外敌的罪名没人会再提。"

"或许他们并不全信，但不信又如何？"苗然看着沈凉生默默起身着衣，口中漫不经心道，"代教主元功已失，武林诸派却俱集结山下，琢磨了这两日，估摸已经琢磨出了入山破阵的法门。大战当前，信你会一起死守，总比信你真的叛教强。"

"总之醒了就好，我还要值夜，你自个儿再歇歇吧。"

苗然说完话转身向房外走去，却见对方举步跟上，回头皱眉道："这又是要去哪儿？小沈，你就让我少操点心行不行？"

沈凉生顿了一下，方才开口，语气中竟有一丝茫然："苗姨，让我再跟你待会儿。"

苗然突地有些想落泪，但眼泪早在多年之前便已流干，最后只抬起手，像小时候一样摸了摸他的头，轻声回道："那就跟苗姨去值夜吧，我们再一块儿待会儿。"

说是值夜，却也没什么事做。武林同盟之前忌惮刑教代教主与大护法联力施为，不敢贸然图之。现下既已稳操胜券，便不急于一时。浮屠山地势险峻，漏夜攻山非明智之举，是以这一夜，反倒格外安宁。

沈凉生同苗然一起信步走着，也无话可说。

半晌苗然先开口，重新提起方才的话头："这话我许不该说，但是小沈，关于死守一事，你再想一想。"

"……"

"两位长老势必会死守到底，几位堂主和主事……只怕想不死守也不一定能走脱。"

"……"

"但你若真要走，总有七成把握。你自个儿再想想吧。"

"苗姨，"沈凉生闻言接道，"来日之战，我会护你周全。"

"你的好意，苗姨心领了。"仿佛时光倒转，苗然笑起来，摇了摇头，"小沈，可还记得苗姨跟你说起的那位故人？"

"……记得。"

"当年他曾说过宁死也不愿再与我相见，可是今年过年的时候，我却忍不住偷偷去看了他一次。"

"他还活着，如今已是子孙满堂。"

"他最大的那个孙子，长得可是和他真像，便连年纪也和他当年差不多……"苗然顿了一下，似是想起了什么有趣的事情，面上笑意又深了两分，"我瞧着有意思，就跟在那孩子身边多走了一会儿。"

"结果你猜怎么着？"苗然笑出声，"他竟红着脸靠过来，问我是不是迷了路。"

"大年下的，街上都是赶集的人，哪儿来那么多迷路的姑娘，一看就是动了别的心思。"

"可就连这不入流的搭讪之词，都和当年那人一模一样。"

"那时候我就觉着……"苗然含笑看向沈凉生，轻叹了句，"苗姨这辈子，已经活得太久了。"

"小沈，来日之战，你不必管我。而你的生死，我也不会再管，全凭你意吧。"

又再沉默地走了一会儿，苗然突然停步，自袖内掏出一个锦囊，交予沈凉生。

"我想了想，这个东西，还是给你吧。"

"……"

"里面是什么物事，想必你也清楚。"

"……"

"你可当真那么恨他？"

"……"

"收着吧，都到这份儿上了，心里想什么就是什么，何必再为难自己。"

沈凉生抬手接过锦囊，轻飘飘地没什么重量，仿佛是空的。

"这都快子时了，你元神尚未全复，回去歇着吧。"

苗然说过这句，便自顾自地往前走了。沈凉生亦转身离去，却非径直回房，而是去了一趟浮屠山顶。

种火之山有梦草，昼缩入地，夜则出，亦名怀梦。

"传说梦草怀之能梦所思，沈护法何不采一株试试看？"

"无所思。"

当日对答犹萦在耳。只是那时他未曾料到，终有一日，自己也会去采一株梦草。

也会想去梦中看一看，自己究竟所思为何。

沈凉生闻见桃花香气。惊蛰已过，万物复苏，院落一角的桃花已开了少半，隐隐有股甜香。他就着花香徐徐走完一趟剑法，归剑入鞘，侧目便见临窗读书那人佯作无事低下头去，仿佛方才看猴戏一样看自己习剑的人不是他一般。

"秦大夫，"沈凉生负手踱近窗口，不咸不淡地问了句，"一个时辰了，你这书看了几页？"

"自然是看了不少页，"秦敬目不斜视，答得毫不心虚，还有余裕反问，"沈护法今日可已泡过药泉了？"

"暑气闷热，少泡一次也死不了。"沈凉生听见自己这样回答，心中十分诧异，眼前明明是春日之景，何来暑气一说？

"也是，要照我这个大夫说，你别老成天板着张死人脸，比吃什么灵丹妙药都管用，"沈凉生见秦敬扔下手中书卷，凑近窗口与自己打趣，"沈护法，你该多笑一笑，笑一笑才心境疏阔，长命百岁。"

"好，"沈凉生听见自己答得干脆，又莫名其妙地回道，"秦敬，我也祝你长命百岁。"

话说出口，沈凉生悚然一惊，他终于记起了，这不过是个梦。

而自己的所思，只是想在一场梦中，在一个春天里，对这人说一句：我祝你长命百岁。

话音甫落，沈凉生便见三千青丝顿成白发，眼前人的脸孔再无一丝血肉，唯余干枯的面皮紧紧贴着头颅，已是枯骨一具。

或许鏖战前的夜总是格外漫长。沈凉生睁眼时天仍黑着，四下一片宁静。于是他也静静躺着，伸手自怀中拿出梦草，复又摸到那个香囊。

囊中并无香料，只有苗然当日匆匆敛了一把的飞灰，像一小捧不融不化的雪。

沈凉生起身整装束发，推开房门，迎向此生最后一战。

"秦敬，当日那个誓言，恕我不能再允。"

战至最后，刑教教众死的死降的降，或有侥幸逃脱的，也难再成大气。

两位长老同四位堂主皆已身死，剩下一个沈凉生，或许能逃，却不想逃。

"不是因为恨你，只是试过方知，我做不到。"

旭日高悬，天理昭昭。犯下太多杀孽，终有清还那一日。

沈凉生处处见伤，手握佩剑，身周好手环伺，片刻对峙。

手中佩剑像感应到主人心意，突地嗡声长鸣。

不似示威，只似剑哭。

"恩仇两消，百岁相忘，我做不到。"

利剑仍自哀鸣，剑的主人却笑了。

一场夏雨早便止歇，绘着水墨芦花的纸伞早已委于泥尘，原来真的命数早定。

只是若能时光重头，再回到那一方天地，再对上那一双眼睛，再听到那一个人的问语。

他定愿笑着告诉他：

"但求一死。"

番外·浮梦

第一章　岁不我与

　　三月初天仍冷着，天时却长了。六点电影散场后，外头也不过将将擦黑。天宫戏院票价低廉，便是平日上座也有七八成。加之最近正逢上海阮姓女星香消玉殒一周年，虽说津城远在北地，各大戏院也纷纷赶趟，翻出几部佳人旧作重映，一时场场爆满。

　　今日天宫放的是部《野草闲花》，当年公映时沈凉生尚在英国念书，只在当地华人报纸上见过两张剧照。如今再看，荧幕上声赛黄鹂的卖花女早化作一抔尘灰，好好的有情人终成眷属的戏码，终成了一个笑话。

　　散场后人潮汹涌，摩肩接踵地往外挤。不过最近时局动荡，各路人物蛰居在津，人人自危，沈凉生亦被父亲强制要求带着保镖方能出门，是以场面再挤也同他没什么关系，两个保镖一左一右当先开路，沈凉生走在中间好似摩西渡红海。

　　眼见快到门口了，却闻身后一阵骚动，有人操着方言喝骂：

"挤什么挤，赶着投胎啊！"

沈凉生微微回头，原来是有人不知掉了什么东西，正弯着腰四下找，被人潮挤得来回跟跄，万一摔趴了，多半要被踩出个好歹。

沈凉生看那人着实狼狈，顿了一下，难得发了回善心，带着保镖退回几步，为他隔出一小方清静天地。

"劳驾让一让，哎，这位，您高抬贵脚……"那人只顾弯腰埋头，嘴里咕咕叨叨，倒是一口字正腔圆的国语，不带本地土音。待终于找到东西直起身，也是一副斯文读书人的模样，看面相挺年轻，穿着身蓝布夹袍，高高瘦瘦，未语先笑。

"多谢，"那人先礼貌道了声谢，又顺嘴开了句玩笑，"这人多得跟下饺子似的，再挤可就成片儿汤了。"

"不客气。"沈凉生淡淡点了下头，瞥见他手里攥的物事，原来是副黑框眼镜，镜片儿已被踩破了一边，镜腿儿也掉了一根，便是找回来也戴不成了。

"我说秦兄，怎么一眨眼你就不见影儿啦？"

过了这么会儿，人已经渐渐稀疏，不远处有个圆脸年轻人招呼着挤过来，待看清几个人对面立着的阵势，又疑惑地停了步子。

"小刘，我没事儿，"那人先转头对友人交代了一句，方同沈凉生告辞道，"这位……"想必不知如何称呼，却也没问，只笑着点点头，"回见。"

"再会。"

沈凉生答过一句，两人便继续各走各路。只是出了戏院大门，走出去十几步，沈凉生又鬼使神差地驻足回头望去。

二十一号路两侧商家林立，正是华灯初上的光景，人群熙熙攘攘，他却一眼便自其中捕捉到方才那人的背影。瘦长的身形套着件薄夹袍，足比身边敦实的同伴高出两个头，正微佝着身听友人讲话，边听边走，暮色中灰扑扑的一条背影，摇摇晃晃地没入人流，慢慢找不见了。

"秦兄，刚才那人你认识？"

"不认识。"

这厢闲话的主角却正是身后驻足回头之人，小刘好奇地追问了句："那你有没有问他叫什么名字？"

"你看他那身打扮，就知道跟我们不是一路人。瞎套近乎这码事儿，秦某可从来不做。"

"秦敬，你少跟我贫嘴。"小刘笑骂了一句，眉飞色舞道，"我倒觉得那人我在《商报画报》上见过，看着挺像沈克辰的二公子。"

时局动荡不安，隐居于津的各路人物多如过江之鲫。其中有野心不死的，时刻惦记着外头的风吹草动欲伺机再起；也有弃政从商的，沈克辰便算其中翘楚。

"那你定是认错了，若真是沈家的公子，看戏怎么着也要去小白楼那头才是，怎么会来劝业场凑热闹。"

"谁让平安自恃身价，极少上国产片。说不准人家沈公子也是阮小姐的影迷，特来观影以悼佳人呗。"

秦敬没再接他的话茬，专心垂头摆弄着破片儿掉腿儿的眼镜，一脸"心肝儿我对不住你"的丧气相。

"祖宗，您眼神儿不好就多看着路！"小刘没奈何地扯住他的袖子，生怕一不留神又弄丢了人。

秦敬眼神儿确实不大好，但他脾气可是一等一的好，被小刘数落了一句也不着恼，只是仍琢磨着，方才为他解围那人的脸，他瞅着也十分面善，搞不好真在报纸上见过。

"二少？"

沈凉生突然驻足回头站了半晌，随行保镖不由有些紧张，以为周围有什么动静，手已伸进怀里，暗暗握住枪柄。

"无事，走吧。"

走到泊车的地方，一人钻进前座，一人立在车旁，待沈凉生上了车，方陪他一起坐到后座。

沈凉生原本的车是辆雪佛兰，近来街上不太平，沈父担心他的安危，便逼着他换辆加装了防弹钢板的道济，可见对这个小儿子有多着急。

但这着急的缘由，关系着一个不光彩的秘密。

沈凉生的母亲有一半葡国血统，从事的行当不怎么正经。沈克辰将她给自己生的儿子接了回来，却碍于得罪不起正房太太的娘家，未敢将人纳进门，只养在外面，先头还给些花销，后来见她身子越来越差，怕医药费是个填不满的无底洞，索性不管不顾了。

病得形销骨立的女人曾硬撑着一口气跑到沈家闹事，来来回回只叫着沈家大太太的名字，声声号着我做鬼也不会放过你，阿凉，你要还认我这个娘就别放过她！

沈克辰多少顾念点以前的情分，只将人赶走了事，但自此沈凉生在沈家越发难以立足，十四岁便被送去英国，说是留洋，与流放也差不多。家里只给付了头两年的学费，后几年全靠自己半工半读，待到学成归国，并非为了认祖归宗，也并非想着为母报仇。说句实话，他对生母、沈父都没什么感情，只是权衡了一下形势，比起孤身在异国打拼，吃尽苦头也不一定能出头，还是回国有更多机会。

尤其是曾经的风云人物纷纷倒台后，沈太太那个得罪不起的娘家也是雨打风吹去，沈太太在沈克辰面前便再也说不上话，未等到沈凉生回国便郁郁而终。沈克辰于花甲之年鳏居在津，身边大儿子不太争气，午夜梦回时忆起当年爱过的女人，对小儿子实有几分歉疚，见沈凉生愿意回来，自是欣然应允。

沈凉生一个人在异国磨炼多年，归国做了少爷，外表是严谨而一丝不苟的，骨子里却是不择手段的秉性。此番回国，抱的就是捞一笔算一笔的念头，只待捞够了本便远走高飞，反正世界之大，哪里对他都一样。

从未觉得哪里是家乡，便处处皆是异乡，反而了无牵挂。

沈家大少原本只是"不太争气"，待沈凉生归国后，多少也有了些危机感。兄弟俩表面上还算过得去，暗地里都进行了几番较量，做大哥的一败涂地，好不容易燃起的一点志气被狠狠打压下去，人便越发颓唐，整日泡在马场，后来又迷上了赌回力球赛，回家就是伸手要钱，"不太争气"终变成了"太不争气"，沈克辰的精力又一年不如一年，待到沈凉生归国的第四个年头，已将沈家泰半生意投资掌握在手，走与不走，什么时候走，端看时局如何发展。

这段过往虽不光彩，却也难免有知道几分内情的熟人。背地里闲谈起来，对沈家二少的评价总离不开一句"会咬人的狗不叫"。

沈凉生不是不晓得这些风言风语，可压根不往心里去，又或者连有没有心都要两说。有时候连沈凉生自己都觉得，他这名字可真没取错。

确实活得凉薄。

车开出二十五号路，道上稍微清静了些。沈凉生八点在起士林还有个饭局，赶着回家换衣服，便叫司机提了速，却没开两个路口，又突道了句："慢点。"

驾车的保镖身法不错，开车的技术却不怎么样，闻言竟踩了脚刹车，沈凉生身子倾了倾，倒也没发火，只淡淡吩咐了声："没事了，继续开吧。"

车子继续往前驶去，沈凉生斜倚在皮座里，一手支头阖目养神，面上波澜不兴，心里头却有些不平静。

方才有那么一瞬，他透过车窗，瞥见路边一个高瘦人影，脱口而出叫了声"慢"，下一瞬又看清了，并不是方才影院里遇见的那个人。

明明素昧平生，不过是偶然的一段小插曲，却如此印象深刻，沈凉生自己也觉得十分讶异。

当夜饭局上，沈凉生难得喝多了些，午夜倒在床上，带着薄醉睡过去，却做了个非常清楚的梦——沈凉生竟梦见白日偶遇的那个人，一脸焦灼地立在自己跟前，嘴唇张张合合，似有什么极重要的事要与自己说，可在梦中他什么都听不清。

及至在床上睁开眼，沈凉生仍有些分不清是梦是醒。房内窗帘紧闭，厚重的丝绒幕帷阻断了外界光亮，亦把他的理性逻辑从现实中抽离开来，沈凉生躺在昏暗之中，竟生出一个很是荒唐的念头：他得找到那个人，再见他一面，问问他到底想与自己说什么。

既知那人姓秦，又似学生模样，沈凉生便盘算着是否要从津城几所高校找起。但待到起身拉开窗帘，迎入满室光亮，这荒唐念头便被光冲淡了几分。又忙了一上午正事，午间饭桌上再想起来，沈凉生已是觉得要如此大费周章地去找一个陌生人实在荒谬，就此撂下不提。

春去夏至，转眼到了暑末，大戏院竣工开幕，全城轰动，首场剧目便是一出《群英会》，台上名角济济，可算一场盛事。首演门票老早便被抢购一空，演出当日戏院门口挤了不少人，有抱着侥幸心思等退票的，有高声求卖站票的，一片喧哗热闹。

沈凉生对听戏没什么兴趣，不过建这戏院沈家参了不少股，于情于理都得出席。

车刚开上二十号路便堵得厉害，走走停停，沈凉生等得不耐烦，吩咐司机守在车上，自己推门下了车，顺着边道往戏院走去。

近日外界风平浪静，未再有人出过什么岔子，沈凉生也不再带保镖出门，随行只有一位女伴，还有位周姓秘书，三十来岁，容长脸，浓眉大眼，不但长得精神，而且颇会来事儿，算是沈凉生的臂膀之一。

女伴穿得时髦，只是蹬着高跟鞋走不快。沈凉生留洋多年，于这场面上的礼貌从不懈怠，自是不会催她，绅士地容她挽着自己慢慢溜达。

"文森，上回跟你说的舞会，你抽不抽得出空？"

与女伴交往时，沈凉生惯常只让她们称呼自己的洋名，闻言敷衍了句："到时再看吧。"

女伴很识趣，也不再追问，挽着他走了几步，却觉身边这位爷突然停了下来，顺着他的目光望过去，入眼乌压压一片人头，并不知他看的是个什么。

沈凉生也不知道自己是如何从满坑满谷的人群中，一眼便捕捉到数月未见的一道人影的。

仍是高瘦身形，只是蓝布夹袍换成了蓝布长衫，那副黑边眼镜这回倒是稳稳当当地戴在脸上，遮挡了斯文眉目，显得有些老气。

不找归不找，这般天上掉下来的机遇，没有不抓住的道理。他舍下挽着自己的女伴，大步走了过去，脱口而出道："你也来看戏？"

话问出口，沈凉生才觉得这话问得太过唐突，对方恐怕连自己是谁都不记得，只得补了句："几月前在天宫……"

"我记得，"秦敬却笑了，点点头，"可是巧了，上回多谢你。"

沈凉生也点了点头，自我介绍道："敝姓沈，沈凉生。不知贵姓……"

"免贵姓秦。"秦敬客气地答过一句，却未报出全名。沈凉生等的正是他的全名，见他不肯说，故意不再接话，气氛一时有些尴尬。

"沈公子可是来看戏？"秦敬虽做中式打扮，腕上却戴了块洋表，好似全不知气氛尴尬般抬手看了看点儿，含笑道："时候不早了，再不走可赶不上了。"

沈凉生听他叫自己沈公子，便猜到他大抵晓得自己的父亲是谁，又猜测着他不肯报出全名，多半是因为自己的身份，故而不愿与己结交。可这个缘由也并非全说得通，一来沈凉生行事多用沈父的名义，自己很是低调；二来报上的时政评论对沈家并不苛刻，也有收了好处的记者，写过几篇褒扬沈父的文章，大抵风评还算不错。

"既然都是看戏，便一起走吧。"秦敬马虎眼打得好，沈凉生也答得滴水不漏，左右是不肯放过这个机会。

"不了，我不是来看戏的。"秦敬仍然笑得礼貌，又微扬了扬下巴，打趣道，"沈公子，天晚风凉，莫叫佳人等太久。"

沈凉生随他的示意回头看了看，果见女伴同周秘书都跟了上来，正站在不远处觑着这边，显是穿得不够，紧紧裹着披肩。

"你等我一下。"

沈凉生说完便走过去，吩咐周秘书先领人去包厢就座，又走回来，仍立在原地同秦敬你退我进地闲扯。

"沈某不才，承蒙父荫，自己没什么作为，"沈凉生索性把话说开，"秦先生厌弃在下风评不佳，不愿与我同流合污也是没错。"

"沈公子说笑了。"秦敬方才不是不想溜，只是这么两句话的工夫也溜不到哪儿去，反倒躲得太明显，故而老实站在原处没动，没承想这位少爷回来头一句就给自己扣了顶"你嫌弃我"的帽子，一时头痛起来，心说小刘啊小刘，枉你号称自己最爱搜罗名流秘密，怎么就没告诉我沈二少是这么个自来熟的性子，可真够难打发。

不过话说回来，以秦敬的好脾气，这般不愿与人结交还是破天荒头一回，而且还没什么能摆得上台面的理由——他与沈凉生只有一面之缘，对方又曾好心帮过自己，怎么说都不该有讨厌这个人的理由。

况且就这一面之缘，自己却清清楚楚地记在了脑子里。甚至待小刘无聊地翻出旧报核实对方正是沈家二公子后，自己每次看报，看到有提及沈家的消息，都会不由自主地多瞟两眼。

如此说来，自己对这个人非但不讨厌，反而算是有好感的。只是抽冷子再偶遇，第一反应却是不想同这人有什么牵扯。总觉得若真同他牵扯上，后头准定没什么好事儿。这般莫名其妙的直觉，连秦敬自己都觉得好笑。

"那到底是什么地方，让在下入不得秦先生的眼？"

此番为了应酬，沈凉生穿得极正式，一身雪白西装立在夜色中，来来往往的人都免不了回头打量。这白西装可不是随便什么人都能穿的，沈凉生却偏将一身雪白华服衬出了十分颜色。许因那四分之一的葡国血统，他比秦敬还要高上两分，身姿劲削挺拔，活像从服饰画报上走下来的西洋模特。现下手插在裤袋里，闲适站立的姿态，自有一股风流倜傥的味道。

"哪里，沈公子一表人才，芝兰玉树……"秦敬虽晓得对方不过是开个玩笑，却也难得话说一半，不知该如何扯下去。

"总不会是因为我长得太吓人吧？"沈凉生看他支支吾吾，突地笑着瞥了他一眼，变本加厉地打趣起来。

说到长相，沈凉生长得自然离吓人差了十万八千里。那一点西洋血统从他面上并看不大出，仍是乌眸黑发，只是肤色比普通人要白皙几分，面目轮廓也比寻常人要深，鼻梁挺拔而嘴唇削薄，不笑时英俊肃美到了不近人情的地步，笑起来却如春阳乍现，冰雪消融，霓虹映照下眸子深得似口古井，掩在纤长的睫毛下，确是晃得人眼珠子疼的好相貌。

"唉。"秦敬被他看得愁眉苦脸地叹了口气，心说沈二少您想交什么样的朋友交不到，何苦如此不依不饶。

"别傻站着了，往前走走吧。"沈凉生倒不再逗他，只像熟稔友人一般伸手拍了拍他的肩，先迈开步子。

秦敬愣愣地跟着他往戏院的方向走了两步方才回过味，老实交代道："我真不是去看戏，你也知道这票多难买……"话说到这儿又猛地打住，只觉对方根本是设了套儿等着自己钻——票再难买，怕也难不住眼前这位少爷。

沈凉生闻言果然似笑非笑地看了他一眼，淡声道："再遇便是有缘，秦先生可愿赏脸在我那儿凑合凑合？"

"在下可不敢叨扰，"没完没了地被他打趣，秦敬也忍不住回嘴道，"那不是电灯胆——唔通气。"

秦敬虽是土生土长的北方人，这句广东方言倒也讲得和他那口国语一样，甚是字正腔圆。留洋华人多讲粤语，沈凉生自是听得明白，心知他在调侃自己带着女伴，不愿没眼色地夹在中间，当下也不勉强，却也没停下步子，只说你跟我走就是了。

秦敬心道这位可真是个不折不扣的少爷脾气，恐怕我行我素惯了，自己若再推辞便是不识抬举，难免惹他不快——虽说直觉不愿与对方有什么牵扯，但若当真惹恼了他，自己却也下意觉得不好受，于是再不多言，爽快地跟了上去。

沈家是戏院股东，自有专人负责接待，沈凉生同那人低语两句，便见那人快步往一层座席走去。

沈凉生陪秦敬站在明晃晃的大堂里，继续换着话题闲谈。

"看你年纪不大，还在读书？"

"沈公子好眼力。"

"哪一所？"

"圣功。"

沈凉生闻言一愣，没记错的话圣功不但是所中学，还是所女中。

秦敬见他愣住却噗地笑了，实话道："我早不读书了，是在圣功教书。"

"哦，那叫你先生倒是叫对了。"

沈凉生倒似不在意被他摆了一道，淡淡点了点头。秦敬记起还未告诉他自己的名字，如今也没有再隐瞒的必要，刚要自报家门，又见方才那人已然回转，对两人躬身道："两位这边请。"

秦敬知道这种演出，前几排的位子自然不会对公众发售，都是人情专座，却没想到沈凉生特为他把票换了换，只拣了不前不后一个位子，想是怕他坐在前头人情座里拘束。虽感激他用心周道，可也不便挑明了说，最后只是普通谢过，目送着沈凉生往二楼贵宾包厢走过去方才坐定。

"对了，"这头秦敬屁股还没坐热，那头沈凉生又走了回来，半弯下身，依然似对好友般拍了拍他的肩，凑近他耳边低声道，"下回见面，记得告诉我你叫什么名字。"

这莫名熟稔的态度让秦敬一愣，呆呆地坐到灯光暗下，好戏开场，却鬼使神差地回了下头，目光往二楼包厢扫过去。

中国大戏院的设计师俱是洋人，仿的是西式建筑，行的亦是西式做派。看戏也仿佛观影似的，台上灯火通明，台下却一片昏黑。

这样黑，又这样远，许多包厢中，秦敬却毫不费力地找到了那个人的身影。许是白西装太显眼了吧，他在心中自我解释道，脑中正听见台上念白："想大丈夫处世，遇知己之主，外托君臣之义，内结骨肉之恩，言必行，计必从，祸福共之。"

今次扮周瑜的是小生名角周妙香，一句念白字字珠玑，声声烁人，"祸福共之"四个字，道得极是情真意切，爽朗昂扬。

秦敬有些恍惚地转过头望回台上，心神不属地看完一出戏，中幕休息时灯亮起来，再往包厢看过去，却见那人想是已经全过场面应酬，提早离了席，不在那里了。

那句"下回相见再告诉我名字"自然只是玩笑，沈凉生当夜便吩咐周秘书去查圣功女中的教工名单，周秘书果然十分得力，隔日下午就将查得的资料送到沈凉生案头。不只有名字年龄排班课表，便连秦敬家里做什么，在哪儿念过书，大略有什么社会交往都查得一清二楚。

沈凉生大略翻了翻，却并无兴趣细看。那个奇特的梦他早已不再挂怀，却又被对方不愿与己深交的态度勾起些许好奇。商人惯会察言观色，沈凉生看出秦敬并非对自己没有好感，戏院那夜故意未与他再打招呼便先行离去，譬如放线钓鱼，一根线抻了两个礼拜方才去了趟圣功女中，只等对方下课后约他吃个便饭。

圣功女中在义庆里，沈凉生在宝士徒道办公，离得并不算远，车又开得顺畅，到时学校尚未放课。沈凉生将车子停在校门对面，摇下车窗点了支烟，本想就这么坐在车里等他出来，一支烟吸完又改了主意，下车往校门口走去。

门房见这位先生开着轿车，穿得体面，想必是个正经人，略问了问便放他进了校。校舍并不大，沈凉生又有秦敬的排班课表，轻松便找到了教室，不远不近立在窗外，往课室里望过去。

方才慢慢吸烟时沈凉生便琢磨着，不知这人站在讲台上是个什么模样。待到真见着了，和自己想象中有些一样，却又不大一样。

虽然已是九月中旬，但秋老虎反常的厉害，天仍有些燥热。秦敬仍架着那副黑边眼镜，却换了身西式打扮。因为天热，只穿着件白衬衫，配了条黑色西裤。衬衫领口并未扣严，袖子也挽到肘间，下摆扎在裤子里，越发显得腰瘦腿长。沈凉生望着他立在讲台上，手里拿着课本，讲的似是篇古文。至于究竟是哪一篇，沈凉生的国文比他的英文差出千里，自是全然不知，只觉得那人口中之乎者也与他那身装扮并不违和，像自己住了四年的这座城，中西合璧，自有一股风情。

沈凉生虽未正杵在窗边，却也有上课走神的女学生一扭脸便能看到他，愣了愣，悄悄拍了拍前座女生，如多米诺骨牌似的一个个传下去，少顷窗边两行学生再没人听课，一眼接着一眼地偷偷往外瞟。

到了这份儿上秦敬想看不见沈凉生也是不成了，略冲他点头笑了笑，又用手中书册敲了敲讲台，警告道："听课。"

可惜秦敬面上笑意仍未收回来，一句警告说得也没什么气势，反倒提醒了剩下埋头读书的学生，外头有新鲜事瞧。

台下学生无心听课，好在离下课只剩十来分钟，秦敬勉强把最后一段讲完，正踩上放课钟声。

"别光顾着玩儿，来周可有考试，回家记得温书，考坏了

104

谁都别来跟我哭。"

秦敬边收拾教案课本边点了一句，台下学生却是左耳进右耳出，一群小姑娘挤到讲台边叽叽喳喳：

"先生先生，外头那人是你朋友吗？"

"他是不是电影明星啊？我怎么没在电影里见过他？"

"先生，快说他叫什么名字……"

秦敬教的是初中部，一群小丫头同他没大没小惯了，七嘴八舌吵得人头痛。

"想知道，自己去问啊？"

秦敬下课后也实在没什么先生的样子，揶揄一个比自己小了十岁还拐弯的小姑娘也不嫌丢人。

小姑娘又看了看教室外那人，好看归好看，只是看着就有点吓人，撇撇嘴，老实道："我不敢。"

"噗，"秦敬忍不住笑出声，拿手中书册轻轻敲了敲她的头，"就敢跟我横，真是耗子扛枪窝里反。"

沈凉生站在外头望着秦敬跟学生说笑，倒不嫌他磨蹭，待到秦敬终于脱身走过来，方颔首招呼道："正巧路过，顺便找你吃个饭。"

"真的是路过？"明明只见过两面，却莫名觉得同这人已然熟稔，秦敬边带他往职员室走边随口开了个玩笑，"不是特地来找我？"

"也是特地来找你。"

秦敬闻言侧头看了他一眼，沈凉生面上并无什么表情，秦敬也看不出他这话是真是假，遂打了个哈哈道："那还真是劳驾。上回沈公子请在下看戏，这回便让我做东吧，只是这月中不上不下的日子，也请不起什么好的，二少可别嫌弃。"

"不会。"沈凉生也不推让，反正有来有往正好方便再来再往。

说话间进了职员室，秦敬抬眼便见自己位子上坐了个人，圆脸小眼，笑起来好像庙里供的弥勒佛，正是小刘这个闲人。

"哎哟喂，您老人家可算是下课了！"小刘虽不在圣功教书，却是常常过来找秦敬，此时正坐在他位子上喝茶翻报纸，自在得跟在自个儿家里似的。

"我说你怎么又过来了？"秦敬同他打小玩儿到大，自是不会客气，抢回自己的杯子喝了口水，"今天可没空搭理你，您还是自便吧。"

沈凉生并未跟到近前，只负手立在职员室门口，见同秦敬说话那人往自己这边望过来，似是有些面熟，遂淡淡点了下头。

"妈呀，两天没见，你这是打哪儿运来这么尊大神？"与沈凉生再偶遇的事秦敬并没与小刘说，小刘猛一见人，还以为是自己眼花，眨巴眨巴眼，压低声问了一句。

"你别这么鬼鬼祟祟的行不行？"秦敬边整着桌子边答道，"回头再跟你细说，总之今天真没空，顺便跟咱妈带声好儿，这礼拜天我就回去吃饭。"

"别这样啊！你先甭惦记老太太，先可怜可怜我吧！"小刘一听眉毛都耷拉了，苦着脸道，"今晚上本来是王师兄的场，结果他昨个儿吃坏了肚子，这都拉一天了，说话声儿比蚊子还小，站着都费劲，就指望你跟我回去救场呢！"

"不是还有李孝全？"

"他有别的场，实在是匀不开，秦兄，秦祖宗，你可别犹豫了，快应了我吧！"

事有轻重缓急，秦敬也知道这忙自己势必得帮，又觉得对不住沈凉生，有些为难地走到他面前，斟酌着如何开口。

"沈二少，实在对不住，这人今晚上先借我用用成不成？"小刘跟着秦敬走过去，知道他不好开口，赶忙从旁解释道，"真是有点急事儿，俗话说救场如救火，我这儿确实是火烧眉毛，想不出别的辙了，对不住，对不住！"

"这位……"

"小姓刘，大名刘宝祥，二少叫我小刘就成。"

"刘先生言重了，我找秦先生也没什么正事。"沈凉生倒似并不在意，答得十分礼貌，又补了一句，"既是救场如救火，便容在下送两位一程吧。"

"这哪儿敢当，太麻烦二少了，不成不成！"

"刘先生太客气了。"

"唉，您还是叫我小刘吧，您那头多叫一句，我就觉着自己得折个十年寿。"

"哪里，您也别跟我再客气了。"

两人这厢你来我往，倒是把秦敬晾在了一边。待到坐进车里，这一路更是光听小刘滔滔不绝，口若悬河，主动把自己和秦敬那点家底儿交代得一干二净。

"我说你那么多话能不能留着台上再说？"秦敬同他坐在后座，嫌他实在聒噪，忍不住插了一句。

"那可不成，台上还是得靠你撑场，"小刘笑呵呵地摆了摆手，又转向沈凉生道，"二少，您大概不知道，这小子的单口相声可是一绝，打小儿我爸就成天拿我跟他比，结果他倒好，谢了师脱了行，跑去念了师范学校，一门心思诲人不倦，我爸那遗憾劲儿就甭提了。"

周秘书查得的那些资料沈凉生并未细看，只略知晓秦敬父母都已去世，秦父生前是个说相声的。现下托小刘多嘴的福，沈凉生又知道了秦敬他爹和小刘的爹师出同门，排到他们这代是个什么辈分，同行里还有多少师兄师弟。

秦敬觉得沈凉生不会对这些事情感兴趣，却见他和小刘也算有问有答，一直未曾冷场，不由心道这人看面相傲慢得很，却还真跟自己先头想的很不一样，原来并非是个我行我素、高高在上的少爷，而是个做惯了买卖的生意人，骨子里圆滑且周到，三教九流都肯敷衍。

刘家自己有个茶馆，名字便叫"刘家茶馆"，开在南市那头，虽说不大，倒也在那片小有名气。

沈凉生将人送到茶馆门口，小刘先推门下了车，秦敬正要跟上，却见沈凉生回过头，问了自己一句："几点开场？"

"八点，"秦敬语带歉意道，"只是我得先熟悉一下台本儿，下回定不会爽约，真是对不住。"

"给我留个位子，我一会儿过去。"

秦敬闻言一愣，蹙眉笑道："快得了吧，怎么看你也不像个喜欢听相声的。"

"怎么着，饭不肯跟我吃，相声也不准我看？"

"哪儿能呢，"秦敬讪笑道，"随便你吧。"

南市这边是三不管地带，鱼龙混杂，沈凉生很少过来，找地方吃饭时转悠了一下，也是灯火通明，人声鼎沸，是迥然不同的热闹繁华。

快八点时回了刘家茶馆，秦敬想是在后台忙着排演，小刘也不见人影，却有个伶俐的小伙计守在门口，看到沈凉生便作揖道："沈爷吧？里边儿请，里边儿请！"

进了茶馆便见一阵喧哗扑面而来，比外头还要热闹许多。桌桌有客，不仅有站着的，更有自带马扎板凳的，生意着实不错。

茶馆小，也未设雅座，秦敬怕沈凉生受不得乌烟瘴气，给他留的桌子不靠台边，却挨着窗户。夜晚凉风习习，沈凉生一人独占一张桌子，手边是壶龙团茉莉，不是顶好的茶，却是香得很。

八点准时开场，小刘和秦敬双双走上台，都穿着长褂，一高一矮，一胖一瘦，往那里一站，还未出声，台下已有人笑了出来。

开场是一出讲问路的《地理图》，秦敬先开口，一口津城土音忒地纯正，与平时那口斯文标准的国语判若两人："听您说话的口音不是本地人吧？"

"我是北京人。"小刘跟了一句，京片子学得也挺地道。

"那您上这儿干嘛来了？"

"来找个人。"

"找谁呀？"

"找我哥哥。"

一句句听下去，后头便是秦敬给小刘指路，嘴皮子当真十分利索，百来个地名一口气从头报到尾，抑扬顿挫，清晰流利，博了个满堂彩。

台下掌声如雷，叫好不绝，秦敬却知道自己是紧张的。不是因为怕出岔子，这些段子他自小习起，背过太多遍，出也出不了大错，只是因为沈凉生坐在台下，他眼光扫到他，便有些没来由地紧张。

可是下一瞬，秦敬却见沈凉生笑了。

那个人独坐在窗边，一手支头，一手将茶盅举到唇边，眼睫微垂，含笑饮了一口茉莉香片。

不过只是瞬间，秦敬却觉着自己鼻间也飘过一缕茉莉的幽香，一颗心突地沉静下来，再不觉得紧张，接着又独演了段单口相声，是个长段子，贯口灵活，包袱抖得漂亮，哏也抓得巧妙，台下俱是听得津津有味。

沈凉生面上未再笑出来，眼中却一直带着一丝若有若无的笑意，就这么听他讲下去，不鼓掌，亦不叫好，只是慢慢饮着一壶渐凉的茶，静静听着台上一个故事连着一个故事，每一个故事都热闹欢喜。

散场时已过了十点，秦敬转日还有课，沈凉生便开车送他回家。

秦敬住得离茶馆不远，开车不过两分钟的事儿，好像刚启动就到了，也没说什么话。

老城区胡同狭窄，汽车开不进去，只能停在胡同口，秦敬说不必再送，沈凉生却还是下了车，同他并肩走进巷子里。

这么条小巷子，并未架路灯，幽深昏黑。秦敬住的还是父母留下的老房子，胡同靠尽头的一间独院。路不算长，只因巷子太黑，看不清脚下，故而走得格外慢。

深一脚浅一脚走到院门口，沈凉生将左手拎的纸袋递给他："不知道你有没有空吃晚饭，帮你带了点夜宵，热热再吃吧。"

"哦。"秦敬还真没注意到他左手拎着点心袋子，愣了一下，讷讷地接了过去。

"你到底也没告诉我你叫什么名字。"

"嗯？"秦敬这才回过神，调侃了句，"我可不信你不知道。"

"知道归知道，总得听你亲口说出来才算数。"

"秦敬，居敬行简的敬。"

"直说是恭敬的敬不就得了。"若非提前看过，沈凉生根本不晓得居敬行简是哪四个字，又有什么典故。

"沈公子，你这国文可真该补一补了。"秦敬笑着揶揄了他一句，又明知故问道，"那你的名字又是哪两个字？"

"凉水的凉，出生的生。"

"一碗凉水，生不逢时，真是个好名字。"

"别跟我贫嘴。"

两人立在院门口逗了半天闷子，终到了告别的时候。秦敬望着沈凉生的背影隐入黑暗方转身开了挂锁，推开院门，又反手将门掩好。

寂静夜色中只有缺油的门扉吱呀响了两下，秦敬却觉得自己仍能听见对方远去的脚步声。怀里抱着的纸袋贴着心口，袋子里的点心早已冷了，心口却是暖的。

这一回沈凉生倒是未叫秦敬多等，几日后便再次驱车去了圣功女中，接秦敬一起吃了顿便饭。

晚饭去的是玉华台，二楼清雅的一个小包间，台面上已摆了四道冷盘，看菜色也挺素雅，倒真是顿便饭，不似宴客般奢华。

"二少可真够朋友，还知道替我省钱。"秦敬落座后随口同沈凉生打趣。

"上回你请我听过相声，这顿还是我来吧。"

"不过是几个段子一壶茶，你就这么好打发？"

"你若真觉得对不住我……"沈凉生抬手为他斟满一杯洋河酒，"便利索着干了这杯吧。"

"行，上回本就是我爽约，原应自罚三杯，现在变作一杯，倒是我占便宜了。"秦敬也不推辞，干脆利落地饮净一盅酒。

"谁准你占便宜了？"沈凉生又再为他满上，淡淡道，"仍是三杯，一杯不准少。"

"沈公子，你怎么那么小气？"秦敬被他逗笑了，反正酒盅不大，也懒得计较这两杯的分量，依言一滴不漏地饮了下去。

玉华台经营的是正宗淮扬菜，洋河大曲亦产自江苏，入口绵，酒性软，颇具欺骗性。秦敬空腹喝了三杯，落肚半晌方觉出后劲辛辣，一股热气盘桓在胃中，又发散到全身，脑中虽还清明，却也面生薄红。

"吃点菜吧。"沈凉生觉着空腹喝太多对胃不好，遂执筷为他夹了道冷盘。

两人边吃边聊，秦敬又被劝了几杯，待热菜走完三道，已有些微醺，见沈凉生还为自己斟酒，赶忙推辞道："明天还有课，今晚回去也有卷子要改，真是不能再喝了。"

"其实今天是我生日，"沈凉生手下动作不停，一道清亮酒液不疾不徐注满杯子，"秦先生就舍命陪君子一回？"

"舍命陪君子可不是这么用的，"秦敬好笑道，"再者说，

112

今天真是你生日？骗我的吧？"

"先生好学问，我哪儿敢骗你，都是你骗我。"

"沈公子可别乱冤枉人，我什么时候骗过你？"

实则沈凉生也就那么随口一说，闻言却偏一本正经地想了想，末了总结道："既是还未骗过，就别开这个例了，往后也不许骗我。"

"沈公子，你多大了？怎么跟个小孩儿似的赖皮。"

"过完今日，就整二十六了。"

"那比我还大两岁……原来真是你生日？"秦敬见他说得认真，讶异问了一句。

"西历生日，"沈凉生顺着他的话面色泰然地胡扯，"家里只过阴历，阳历只有委屈先生陪我过了。"

"你少来吧，"秦敬笑着摇摇头，举起酒盅，"生日快乐。"

两人碰杯饮过，后头沈凉生再为他斟酒，秦敬也就不再推辞，左右寿星公最大，真的为他"舍命陪君子"一回就是了。

沈凉生的酒量是交际场上练出来的，这点酒还不够他垫底，秦敬却是真的有些醉了。有人醉了会哭，秦敬醉了只笑，颊边浅浅一个酒窝，看着讨喜得很。

一顿饭吃完已是八点多，秦敬跟着沈凉生走出饭店，冷风扑面一吹，脑子瞬时清明了些，往前走了两步，却又一个踉跄。

醉酒后最经不得风吹，短暂清醒后头便晕起来，自己根本走不稳当。沈凉生把人扶上车，边打火边道："你这么着回去我也不放心，我住得近些，你先去我那儿醒醒酒，好点了再送你回家。"

秦敬先前调侃沈凉生像小孩儿一样赖皮，如今自己醉了，口中言语却当真带了些孩子气："都是你，说不喝了还没完没了，我晚上回家还得改卷子。"

"算我不对还不行？大不了卷子我帮你改。"

"就您那水平？还不如我教的小丫头。"

秦敬回了句嘴便不出声了，迷迷瞪瞪地靠在车座里，似是睡了过去。

沈凉生并未与沈父一起住，自个儿在剑桥道置了幢宅子，离玉华台不算远。

宅子是座法式洋房，合着楼前花园占地足有两亩，大部分时候除了沈凉生只有几个佣人，冷冷清清的没什么人气。

车子开到镂花铁门前略停了停，待门房将铁门大敞方再开进去，停在楼侧青条石阶前。秦敬在车上浅眠了片刻，酒已醒了几分，不用人扶就自己下了车，往里打量了一眼，问了句："一会儿万一碰见沈老爷子，我要怎么打招呼？"

"我爸不住这儿，你也不必拘束。"沈凉生引他走上条阶，直接穿过正厅和大客厅，带他拐进书房，将人安置在长沙发里，"再睡会儿吧，卷子我给你改，保证不出错。"

"你当真的？"秦敬诧异地看了他一眼。

"不是怕你生我的气。"

"说我贫嘴，您贫起来也不差，"秦敬笑着从他手里接过一沓试卷，翻出夹在里面的答案纸，"愿意改就照着改吧，错一罚十。"

"罚我还是罚学生？"

“一块儿罚。”

佣人送茶进来，出去时轻手轻脚地带好门。秦敬躺在沙发里，脸朝着沙发背，虽说脑子还有些发飘，却也没什么睡意。书房中只有身后窸窸窣窣的卷纸轻响，秦敬翻了个身，往书桌那头望了过去。

沈凉生倒真在专心改着卷子，台灯暖热的光勾出他的侧影，一动不动地，仿佛画室中的石膏人像。

两个班的卷子不算多，沈凉生改完最后一份，理好卷纸，侧头便见秦敬已摘了眼镜，躺在沙发中半眯着眼。他起身走近，半弯下腰，低声问了句：“头还痛不痛？”

“还行。”秦敬酒已醒得差不多，闻言重戴上眼镜，站起身走到书柜边，随意浏览着架上书册。

沈凉生是彻头彻尾的现实主义者，读书也讲求实用原则，架子上都是些经济学和商品学的外文书，连本消遣的小说都没有。秦敬虽说英文还可以，但对这方面既无兴趣也无研究，当下想找点什么话题也找不着。

“哎？”秦敬目光逡巡了半天，终于见着本自己也读过的书，伸手抽了出来，“没想到你也会看这个。”

沈凉生走到他身边，见他手里拿的是本勃朗宁夫人的诗集，边淡淡回了句“也没怎么看过”边拿过来放回架上，关合柜门。

虽然沈凉生惯常便是这副不咸不淡的德性，秦敬却隐约觉出他有一丝不快，似是不愿就这个话题多谈。不过不管其中有什么缘由，都是沈凉生的私事，秦敬不会打听，但一时也找不到其他话说。

“会打桌球吗？”

115

"嗯？"沈凉生突地提起不相干的事，秦敬愣了愣才如实答了句，"没打过。"

"我教你。"

桌球起源于英国，在本土一直甚为风行。沈凉生念书时虽没闲心玩乐消遣，却很善于交际钻营，同学们有什么活动都爱拉上他，连女友都是他在台球桌上认识的，毕业后沈凉生执意回国，女方放不下他，情书一封封地跟了过来，沈凉生却一封也未回过，倒是桌球一直玩了下去，家中也单辟了间桌球室，就在书房旁边。

秦敬今日穿的是件中山装，不方便活动，两人进了桌球室，先各自把外套脱了，方一起站到球台边，沈凉生拣过滑石块擦了擦球杆，俯身开了球，也算做过了示范，姿势自是标准不过。

轮到秦敬趴在台边有样学样，球杆却全不听指挥，主球勉强擦过目标球，转了两转，无力地停了下来。

"腰放低。"

"手伸平。"

"手指分开些，贴紧。"沈凉生教秦敬打球，带着他的手微微拱起，摆到正确的位置，"先把姿势练好再说吧。"

"先是帮我改卷子，现下又教我打桌球，我说二少，你就这么好为人师？"秦敬随口与他开了个玩笑。

"既是做了学生，就该老实听话，"沈凉生顺着他玩笑道，"手臂放松，头低点，眼睛看前面。"

"可能是酒劲儿还没退，我现在看东西都重影，要不咱们今天还是算了吧，改天有空再学。"

实则秦敬对这些纨绔子弟的消遣并不感兴趣，耐着性子满足完沈二少的教学欲，眼见天色已晚，委婉地找了个借口以求脱身。

"我送你。"

"可别这么客气。"

沈凉生不再勉强，跟着他回书房拿了东西，将人送到厅口，道了句"好走"便转身离开了。

"先生？"

"……"

"先生！"

"嗯？"

距离那夜已过了三日，两人未再有什么联系，秦敬该吃吃，该睡睡，该上课上课，一切照旧。

"先生，我还是想问问您……"秦敬回过神，抬眼看见班上一个小丫头趴在讲台边，手里捏着张卷子，扭扭捏捏道，"这批语不是您写的吧？"

"什么批语？"那夜秦敬回家就倒头睡了。转日头一堂便有课，沈凉生替他改的卷子他也没再翻看就发了下去，反正只是小考，也不计入成绩，错了便错了吧。

"就是这句……"小姑娘将卷纸举到秦敬眼前，秦敬看了看便乐了。原来是这小丫头没仔细听课，一张卷子十道题目里有八道不会做，末了自己也觉得不像话，在卷子最后讨好写道："先生，我错了，下回定好好听讲，好好温书，再不这么着了。"

而沈凉生也有意思，在她那句话下面用英文批了一句"Time and tide wait for no man"，言简意赅，字如其人，流畅优美的

117

一行手写体，亦不失工整。

"怎么了？这批语还冤枉了你不成？"秦敬不好直说这卷子真不是他改的，只避重就轻教训了一句。

"我就知道不是你写的，"小姑娘却压根不怕他，连口中称呼都从"您"变回了"你"，嘿嘿笑道，"要是你写的，定会说什么'日月逝矣，岁不我与'，才不会写洋文。"

"就你心眼儿多，意思既然看得明白，就别光惦记着玩儿，认真读书才是正经。"

"先生，你别打岔，"小姑娘却不依不饶，继续同秦敬打听，"这字到底是谁写的？先生的朋友吗？"

"……"

"是不是上一回来学校找先生的那个人？长得特别好看的那个？"

"你打听这个干什么？"

"那就真是了？"小丫头一拍讲台，喜笑颜开道，"那这卷子我可得好好收着，留一辈子，当传家宝！"

真是孩子心性，秦敬看她蹦蹦跳跳地跑回位子收拾书包，笑着摇了摇头，夹着课本教案走出门，迎面仍是朗朗秋阳，却再不见什么人立在那里等着自己。

其实秦敬心知肚明，那夜沈凉生应是看出来了自己态度敷衍，故而道别时也有一丝不快。可他俩原本就不是一个世界的人，也并非志趣相投，勉强做朋友，一则做不来，二则硬要做也没有什么意思——这样想着，心中却划过一丝惆怅，秦敬摇摇头，快步往职员室走去。

在职员室里跟同事们笑闹几句，心中又重新踏实下来，秦敬晃晃悠悠地溜达出校门，却猛地刹住步子，往后退了退。

校门斜对面停的那辆汽车他是认识的，车里面的人他也是认识的。明明方才还遗憾与这人终究只是陌路，如今真见人找上门，秦敬却又只想着三十六计，走为上策。

秦敬掉头从后门出了校，以为自己只在门口打了一晃，正是下学的钟点，校门口那么多的人，沈凉生坐在车中定不会瞧见自己，却不知对方一眼便将他从人群中挑了出来。

沈凉生坐在车中静静吸着烟，烟雾后的眼微微眯着，看不出什么情绪。

秦敬会打后门出校，沈凉生不是猜不到，只是也没跟过去堵人——这人果然还是在躲着自己。

只是躲得了一时，还能躲一世？他沈二少想交的朋友，还没有人敢这么不识抬举。沈凉生慢慢吸完一支烟，将烟头在烟缸中碾灭，心中冷冷道了句：秦敬，你信不信，总有一天你会上赶着我。

这日秦敬回到家，草草吃了晚饭，独自坐在灯下备课。

秦敬信手翻着教案，又翻到那一篇《前赤壁赋》。他默默盯着一篇早已倒背如流的畅达文章，复想起沈凉生那一句"时不我待"，轻轻叹了口气。

明明只是微不足道的小事，秦敬却仍记得清楚，那日转头看到那个人前，自己正讲到一句"惟江上之清风，与山间之明月，耳得之而为声，目遇之而成色"。然后他转过头，便看到那个人潇洒挺拔地立在窗外，是令朗朗秋阳都为之一暗的风姿。

如今想来，自己不仅是今天在躲着他，实则从第一面开始，便有想躲着他的意思。

或许人真的有趋利避害的本能，当时直觉便预感到这人自己招惹不起，现下预感好似成了真，又似还远未成真。末及实现的预感是，他怕再同那人牵扯下去，自己会当真认下这个朋友，可对方所代表的那个名利场，他又肯定是半点不想沾惹的。

转日周秘书一大早就被沈凉生叫进经理室，出来时十分头痛，心中腹诽道，那位姓秦的教书先生看着貌不惊人，怎么里头那位少爷查了一次还不够，如今又要自己去查人家的兴趣喜好，还不许明着打听，这要如何查起，实在叫人为难。

挨延了半日，下午周秘书进去送文件，顺便斟酌着添了句："二少，我想了想，秦先生是个文人，要不您看我去踅摸点名人字画什么的，也算投其所好吧？"

"不用了。"沈凉生看着文件，头都不抬地回了一句。周秘书也辨不清他是个什么意思，只得蔫头耷脑地退了出去。

秦敬昨夜仔细理了理自己的心思，结果想了一天也没想好该怎么办。放学出了校门，没再看见那辆黑色的雪佛兰，不由松了口气。

"秦敬。"这头秦敬尚未自省完，就听身后有个熟悉的声音唤了自己的名字，一颗心猛地提到了嗓子眼儿，硬着头皮回过头也叫了句沈公子。

"哎？今天怎么换了这么副打扮？"这一回头秦敬却愣了，印象中沈凉生从来都是西装革履、一丝不苟的，今日却穿得很随便，白衬衫配了条深米色长裤，褐色暗格薄呢外套颇有些英伦风情，便连头发也未像平时那样用发蜡打得齐整，额发随意垂着，平白小了好几岁，看着像个还未毕业的学生。

"怎么了？不好看？"

"也不是……"

"一会儿有事吗？"

秦敬想说有事，可又当真没事，犹豫了一下，结果什么都没说。

"没事就一块儿走走吧。"沈凉生自作主张地做了决定，回身推起自行车，又叫秦敬吃了一惊。他虽早见沈凉生身后支着辆自行车，可怎么着也没想到是这位少爷骑来的——这也太不配了。

"没敢开车来，怕你见了又躲。"沈凉生似是猜到他在想什么一样，淡声解释了句。秦敬心说我躲的是你这个人，又不是你那辆车，却也多少惭愧于自己的小题大做，犹豫了一下便跟了上去，想着趁这个机会把话说开也好。

两个人中间隔着辆自行车，沿着街边慢慢往前溜达，一时也没有什么话。这一片建筑以英式风格居多，沈凉生推着车走了会儿，突地道了句："回来四年了，有的时候半夜醒来仍没什么归属感，总觉得还是一个人在外面飘着。"

"嗯？"秦敬虽知道沈凉生是留洋回来的，但两人之间从没谈起过这个话题。

"我十四岁不到就去了英国，二十二岁才回来……"沈凉生却难得欲言又止，轻摇了摇头，不再说下去。

"怪不得国文不怎么样。"秦敬见他面色略带两分沉郁，主动岔开了话头。

"往后有空时给我补补？"沈凉生侧头扫了他一眼。

秦敬默叹口气，下了决心，再不和他见面，也再没什么往后了。静了几秒钟，终于付诸口头道："沈凉生，我们……"

"秦敬，"沈凉生却突地打断他，低声问了句，"是我做错了什么，才让你如此不愿与我来往吗？"

秦敬沉默着望向沈凉生，沈凉生却不与他对视，只垂着眼静静推着车往前走，这样低的姿态，合着他口中问语，简直像在恳求。

沉默间穿过紫竹林，拐上了中街，路面猛然开阔，车也多起来。中街两侧多是银行洋行，街道上跑着不少小轿车，来来往往的黄包车上坐的人也都穿得体面，沈凉生衣着随意地推着自行车与秦敬走在一块儿，倒显得有些融不进这片风景。

秦敬先前顾虑他与沈凉生不是一条道上的人，可对方竟连这一层都想到了，不但着意打扮得像个新派学生，还搞了辆自行车来配套，明知是做戏给自己看，却又觉得他肯做戏也是花了心思。

"毕业之前，我就是在这家银行实习，"路过汇丰银行门口，沈凉生先开口道，"可是受了不少气。"

"难得有人敢给你气受，"秦敬见他换上一副闲聊口吻，也放松语气调侃道，"有些人就是势利眼，如今还不是上赶着和二少做生意，觉着痛快了吧？"

"你又拿我开涮。"沈凉生面上带了些"真拿你没辙"的神气，心中却赞同道，有人上赶着自己当然痛快，特别是靠自己算计得来的，别有一分快意。

出了中街便是万国桥，两人在海河边站了会儿，晚风挟着水腥打在面上，桥下小汽轮嘟嘟嘟地驶过去，远远传过来几声汽笛。

"天晚了。"

"嗯。"

"一起吃个饭？"

"改天吧。"

"也行。"

秦敬未把话说死，沈凉生也没得寸进尺，只调转车头道："送你回去吧。"

"快得了吧，打这儿走到南市得走到哪辈子去。"

"要不你上来，我带你？"沈凉生拍了拍车后架，斜眼望着秦敬，眼中似笑非笑。

"我坐电车回去。"秦敬赶紧提了个切实可行的方案。

"那我送你到车站。"

秦敬想说不用送了，可眼见对方半低着头，默默推着车往前走的样子，便有些开不了口。于是两个人一块儿走到电车站，沈凉生又陪他一起等了车，直到看见电车徐徐开过来，才低声对他道了句再见。

第二章　不过萍聚

既已说了再见，总归是要再见的。

沈凉生当真将戏做足全套，全然放下自己的少爷身段，每回去找秦敬都穿着便装，骑着自行车，约他去的也都是些寻常地方，不沾半点纸醉金迷的所在。

秦敬虽说一般乘电车上下班，家里也有辆放着攒灰的自行车，现下翻了出来，两个人一起骑过老城区的旧街巷、梧桐道。

九月底十月初，倘若不起大风，便是北地最好的时候。天气有些冷了，却冷得清新，头上天高得没有边际，车轮碾过道边沉积的落叶，细细沙沙的轻响。

沈凉生找秦敬吃饭也不再约那些大饭店，每回都让秦敬挑地方。不同的小馆子吃了几次之后，点评道最喜欢离秦敬家不远的一间包子铺。

包子铺是个回民老板开的，只卖牛羊肉包子，味道却比狗不理半点不差。笼屉一掀，水汽热腾腾地蒸上来，秦敬就要摘

124

了眼镜去擦镜片儿上的白雾，沈凉生趁这空当往两人的蘸碟里倒上醋，有眼力见得像是个天底下最合格的饭搭子。

这么着过了俩礼拜，两人统共见了四五面，说多不多，说少不少，相处时的气氛倒是完全缓和下来。

"礼拜天有事吗？"

"没有。"秦敬犹豫了一下才回答，倒不是还怕和沈凉生见面，只不过这礼拜天是他阳历生日，沈凉生这么问，秦敬也不晓得他是知道了还是不知道。

"那去宁园逛逛？"

秦敬本想调侃他一句，两个大男人闲着没事儿去公园溜达，亏您想得出来，可又转念一想，他们俩的身份、地位、交际圈，确实没有什么共通的娱乐场合，倒是逛公园，的确老少咸宜，人人都能去，也就把话咽了回去，末了只答了声好。

于是周日便去了宁园。园名取的是"宁静致远"之意，园中大半是古典景致，也掺杂了儿座现代建筑，东北边儿还弄了个小动物园，圈了一山猴子。

两个人站在栏杆边看了会儿猴子，登了致远塔，品评了一番铁路局局长的碑文，一边闲话些有的没的，一边沿着湖畔九曲长廊慢慢往前走。

"去划个船？"

眼看前头就是租船的亭子，沈凉生侧头问了秦敬一句。

"行啊。"

秦敬没有异议，两人便租了条小木船，一路往湖心荡过去。宁园的水面足有一百多亩，正是秋游的时候，但木船各自分散开去，湖面也不显得拥挤。

秦敬夸沈凉生船划得不错，沈凉生戏言道自己还曾是学校划艇队的编外队员，划个木船自然不在话下。

船到了湖心，沈凉生停了桨，小船随水慢慢漂着，午后阳光正好，风又不冷不热，人便舒服得有些昏昏欲睡。

"会游泳吗？"

"不会。"

"嗯，北方人不会水的多。"沈凉生随意回了句，又补道，"不要紧，船翻了我救你。"

"我说您能不能念叨点儿好？"秦敬斜靠在船帮上，笑着瞥了他一眼。

沈凉生又提起念书时的琐事，讲康桥，讲剑河，讲春天的樱花与夏日的垂柳。

秦敬默默听着，眼却不自觉地望向沈凉生的袖口。

今日沈凉生穿得是件灰色呢子外套，还是当年念书时买的，当作回忆留了下来，隔了五六年再穿尺码仍然合身，只是到底旧了，袖边磨得有点发白。

秦敬望着那略略发白的袖边，想着这么件旧衣服，估计是打箱子底儿翻出来的，倒是难为他还留着，可否也能算个恋旧的人。

"快看，"沈凉生突地指着湖面道，"有鱼，好大一条。"

"在哪儿呢？"秦敬探身去看，沈凉生随他一起探头望向水面，引得小船往一侧沉去，吓得秦敬这只旱鸭子忙用手攥紧船帮。

"没有鱼，骗你的。"沈凉生面上不笑，只眼神中有一丝作弄人得逞的笑意，秦敬脾气好，自然不会与他计较，况且这样的沈凉生反而让他觉得亲切，像念书时一起游园的同学，不像高高在上的沈家二少。

　　出了宁园，沈凉生问秦敬要不要去看电影。秦敬笑笑地看着他，揶揄问了句："票已经买好了？"

　　沈凉生倒是神色自若，不见半分被揭穿的尴尬，只点了点头，大言不惭地反问："先生觉得我现在是该说有备而来，还是有备无患？"

　　"你就贫吧。"

　　"近墨者黑，沈某也是不得已。"

　　戏票自然不是沈凉生亲自去买的，仍是周秘书替他跑了趟腿，排队时心里头嘀咕着，放着好好的平安、大华不去，偏要跟天宫这儿挤，这位少爷的心思可真够难琢磨的。

　　此中缘由周秘书虽不明白，秦敬却是清楚得很。坐在戏院里头看了小半场电影，心神又滑到了别处，忆起头次与沈凉生遇见的情景。当时以为不过是场萍聚，结果却又偶然遇见了第二次，竟似当真有缘。

　　"笑什么？"沈凉生眼仍盯着荧幕，身子却往秦敬那边靠了靠，低声问了一句。

　　"没什么。"

　　"总觉着你笑得古怪。"

　　"沈公子，咱这看的可是出喜剧，全戏院的人，估计就您还板着个脸。"

　　话音甫落，便看见沈凉生转过头来，竟很是捧场地对他笑了笑。

电影散场后天色早已全黑，两人取了自行车，缓缓沿着二十一号路往前溜达。路过一家眼镜店，沈凉生突地停了步子，问秦敬道："今天既是你生日，总准我送你点什么吧？"

秦敬闻言便想，果然他还是知道的，却也只回了句："我只过农历，免了吧。"

沈凉生见秦敬不肯停下，便也跟了上去，又问了句："多少度？"

"嗯？"

"眼镜。"

"不用了。"

"要是平白无故，我也不敢送东西给你，"沈凉生话音听着平淡，话里却偏带了点委屈的意思，"只为今天破个例，行不行？"

秦敬头痛，心说这人可是越来越长进，竟连讨巧卖乖都学会了，真让自己跟他没辙。末了暗叹口气，还是老老实实报了眼镜度数，又补了句："礼尚往来，您那生日到底是哪天，现在能说了吧？"

"早过了，明年提前告诉你。"

出了二十一号路，两人一起蹬上车，沈凉生送秦敬回家，一直送到了巷子口。

"里头黑，路不好走，就到这儿吧。"

"嗯。"

"下回可别送来送去的了，朋友间不作兴这么客气。"

"秦先生这是承认在下是你的朋友了？"

秦敬懒得与他耍嘴皮子，同他摆摆手，推着车走进巷子。

　

来周沈凉生又找秦敬吃了次饭，饭桌上提到眼镜配得了，让他礼拜天过去家里拿。

周日秦敬如约到了沈宅，佣人却道少爷临时有客人，麻烦先生等一等。

秦敬坐在大客厅里喝茶，等了约莫半个钟头，听见谈话声由远及近，沈凉生与一位四十来岁的中年人一路客套着进了客厅。看到秦敬，沈凉生只略点了点头，中年人却多打量了秦敬两眼，想是没见过沈凉生有这么个朋友，不过也没叫他引见。

沈凉生一直将人送上车才转回来，拍了拍秦敬的肩，带他上了二楼，走进一间小会客室，反手关上门，道了句随便坐，自己走到壁炉边，拿过壁炉上一个眼镜盒。

秦敬也没坐，跟到沈凉生身后，看他打开盒子，取出副银边眼镜，方笑道："你挑的？"

"嗯，戴上试试？"沈凉生将眼镜递给他，顺手摘下他脸上戴着的那副。

正是十月的最后一天，北地已薄有冬意，会客室的壁炉早便点了起来，炉前铺了张白虎皮地毯，单看皮毛成色便知价值不菲，美得昂贵，也美得残忍。

大约为了会客，沈凉生今日又回复到惯常装束，即便在自个儿家里也是西装笔挺，头发用发蜡打得一丝不苟。最近看多了他便装随意的模样，如今眼见他套回到那个奢华冷硬的壳子里，秦敬反倒有点不适应。

便如方才沈凉生的客人，那位中年男人倨傲地打量他的目光，也让他有一点不适应。

但既然决定要和沈凉生做朋友，这些恐怕早晚都要适应。

秦敬爸妈还活着的时候，虽然家境离富裕二字天差地远，却也含辛茹苦地供他吃、供他穿，秦敬想当老师，爸妈便砸锅卖铁也要送他去北京念师范学校。

后来过了几年，秦父一场急病撒手人寰。秦敬守过灵，下了葬，因为放心不下他妈，想要退学回津，惹得他娘戳着他的额头骂："咱家还有点家底儿，你当就缺你上学那俩钱？还是你当你老娘就这么不中用？"复叹了口气，轻轻给他揉着戳出的红印儿："你爹一直说你脑子好，回去念书吧，你出息了，你爹在地底下也高兴。"

再后来秦母又撑了两年，终于追着秦父走了。秦敬觉得自己是有预感的，他爸妈好了一辈子，也对他好了一辈子，虽然现在爸妈已经不在了，但秦敬也曾是被父母捧在手心里长大的孩子，上学读书学了新思想，并不觉得自己低人一等。

直到与沈凉生做了朋友，秦敬才不得不承认，自己不能活在理想主义的真空里，在沈二少周围的人看来，自己想必就是个攀附权贵的小人罢了。

秦敬戴上新镜子，多少有些不习惯，低头眨了眨眼。

再抬头，正见沈凉生微蹙起眉，问自己道："怎么了？你不高兴？"

"没有啊。"秦敬矢口否认。

"没不高兴，那就是委屈？"沈凉生的语气似是在开玩笑，面上却毫无笑意，"和我做朋友就那么让你委屈？"

秦敬诧异地眨眨眼："这又打哪儿来的话。"

"方才那位山西商会的会长，手里有些实权，一贯眼高于顶，我也要对他好言相陪……"沈凉生善于察言观色，更善揣摩人心，那位会长打量秦敬的眼神毫无礼貌可言，他自是也察觉到了不妥，现下有心向秦敬解释两句，又觉得把这些事摊开来说太没意思。

"哈哈，无妨，他怕以为我是来找你打秋风的穷亲戚……"秦敬打了个哈哈，想把这节岔过去，但看沈凉生一副不好糊弄的样子，只得再接再厉道，"不怕二少笑话，我只是突然有点想我妈了，这副眼镜是我妈给我买的，戴了这些年，突然这么换下来还真是不舍得。"

沈凉生知道秦敬不是小肚鸡肠的性子，倒有些信了这个解释。此时见他爱惜地摸着那副旧眼镜，突地才有了几分实感——周秘书调查来的资料中写的是一回事，秦敬自己口中说出来又是另一回事，沈凉生这才真正意识到，这人其实是无父无母，无兄弟姐妹，孤零零地一个人，守着父母留下来的旧物过日子。

他没有再说什么，只点了一支烟，慢慢抽完，回身把烟头扔进壁炉里，又静了几秒钟，方对秦敬说："我妈也早不在了，以后有事朋友间互相帮衬，也是一样的。"

"哦。"秦敬愣愣答了一声，不明白哪里就一样了，但也不是没听懂眼前这人的意思，无外乎是说以后会和自己"互相帮衬"。

可自己一个教书匠，能帮衬对方什么？倒是和沈家公子做朋友这样的"委屈",天底下有的是人想受,莫说几个白眼,唾面都有的是人愿意自干。

秦敬直到如今也不晓得自己为何能得对方青眼,但事到如今说什么"委屈",未免太过矫情,与不识抬举了。

然而秦敬没有想到,沈凉生这嘴竟如此灵验,前脚说"有事我会帮衬你",后脚秦敬下楼时,就因为不习惯新眼镜,踏空一阶崴了脚,被沈二少按在了家里养伤,还自作主张替他往学校挂了电话,足足请了三天假。

秦敬自觉单脚站着也可以上课,却硬是拗不过他,最终在沈宅窝了两天,第三日脚踝的肿一消,就赶紧溜回了学校,还被同事促狭笑侃道:"你这伤养得不错呀,是越病越精神,还是病中有什么好事儿?"

"能有什么好事儿?要不你也崴个脚试试?"

"比如佳人在侧,衣不解带,端茶倒水,红袖添香……"

"快打住,你小子一个教算学的,还跟我这儿班门弄斧?"秦敬听到这里就明白对方是个什么意思了,赶紧叫停,倒不是为了别的,只是为了顾全他人脸面。

正是上课的点儿,职员室里只有几个空堂的同事,其中有一位叫方华的女先生,对秦敬似乎有那么点意思,可也一直没挑明。

拿秦敬打趣的这哥们儿又对方姑娘存了点别样的心思,简单总结起来,就是个不尴不尬的三角关系。他那话听着是在跟秦敬开玩笑,其实一句句都是点给人家姑娘听,如此不知情识趣,也难怪一直没办法将人追到手。

方姑娘坐在自己桌子前批作业，却假装听不见他们说话，连头都不抬一下。只听到秦敬婉转为自己解围时，手中的红钢笔顿了一下，又继续批了下去。

方华教的也是算学，下堂课就在秦敬隔壁班，到了快上课的钟点，抱着一沓作业本，夹着三角板先走了出去。秦敬隔了段距离走在她后面，眼见快到教室了，前头的人却突然停了下来，转过身，面上有些欲言又止的神气。

"方先生，本子要掉了。"她站在那儿不出声，秦敬还得先找话题，指了指最上头的本子，笑着说了一句。

方华闻言低头拢了拢本子，三角板没夹稳，倒真"啪嗒"掉了下来。秦敬走前几步，帮她把三角板捡了起来，平放在本子上头。

"秦先生，你换眼镜了？"方华欲言又止了半天，最后说出口的却是句没什么要紧的闲话。

"嗯，朋友送的。"

"挺好看的。"

姑娘家脸皮薄，夸了秦敬一句，也不等他答话就转身走了，走了两步却又停下来，略回过头，同秦敬说了句谢谢。

操场上熙熙攘攘的，小姑娘们抓紧最后几分钟嬉笑玩闹，秦敬驻足看了一小会儿，默叹了口气，又笑着摇了摇头，晃晃悠悠地往自己班教室走去。

秦敬无所事事在沈家养伤时，沈凉生也给自己放了个短假，只每天早起去公司打一晃，中午便回家，两人聊聊天，看看报纸，下下西洋棋。

两日过了，秦敬回学校上课，沈二少不知是不是为了证明自己一诺千金，　大清早开车送秦敬上班，傍晚秦敬下课，又一路开车把他送回南市，车里竟带着一个保温壶，盛着厨房煲的猪蹄汤，宣称是以形补形。

"礼拜天你有没有事？一起吃个饭？"

"这礼拜？那我还真有事，得去我干娘家吃饭，就是小刘他们家。"

沈凉生边开车边瞥了他一眼，眼神似在指责秦老师只管旧友不顾新朋，秦敬有些好笑，忙解释道："这就入了冬了，我得过去帮小刘干点活儿，指着他一个人可干不过来。"

"干什么活儿？"

"贴煤饼子吧。"

"知道了。"

礼拜天秦敬去刘家贴了一上午煤饼子，吃过饭，又陪干娘聊了会儿天，聊到大娘打着呵欠去睡晌午觉，方跟小刘说上午出了一身汗，想去澡堂子洗个澡。

"行啊，一块儿去，你回家拿衣裳，我跟胡同口儿等你。"

于是秦敬回家拾掇换洗衣服，正拣干净袜子的空，听见小院儿外头有人叩门，还以为是小刘等不及找过来了，扬声喊了句："门没锁，进来吧。"

"我说你能不那么催命吗？"秦敬在里屋拿好衣服，边抱怨边走到外屋门口，却见沈凉生穿着黑色短大衣负手立在院子里，哎了一声，诧异问道，"你怎么来了？"

"怎么？不能来？"

秦敬心说这人是不是打哪儿受了气过来的，说话怎么夹枪带棒的："那倒不是，不过你来得还挺是时候，晚一步我就出门了。"

"去别人家卖苦力？"

"什么卖苦力，你少瞎说，"秦敬举举手里提的网兜，"这都下午了，活儿早干完了，我去澡堂了洗澡。"

沈凉生本就不乐意秦敬扔下他去帮小刘干活儿，当下走前几步，伸手接过网兜，毋庸置疑道："去我那儿洗吧，顺便一起吃晚饭。"

"也行，我去跟小刘说一声。"

秦敬点点头，让沈凉生先去开车，自己走去约好的胡同口跟小刘打了个招呼。

刘家住的胡同就在马路斜对面，小刘早就望见对街停着辆黑汽车，似是有些眼熟，待看到秦敬和沈凉生并肩从巷口走出来，小眼一眯，觉得这事儿有点邪乎。

刘家是开茶馆的，刘父过世之后，茶馆都是小刘在经营，人情世故上比秦敬要通透，心眼儿也多长了八个。上回他就看出来秦敬跟沈凉生关系不错，但想想人家二少要什么没有，总犯不着来算计他们，便没往心里去。可今天他见秦敬竟要爽了自己的约，去沈宅吃晚饭，心里又不踏实起来，怕自己这发小儿做人太实诚，跟沈凉生交情深了不小心吃什么暗亏，就直截了当地问了他一句："秦敬，你是不是跟沈二少交情挺不错的？"

"是还行。"

"唉，丑话说在前头，这有钱人心眼儿都多，你自己可留点神，千万别被人卖了还帮人家数钱。"

"嗯，我知道。"

"好比他要让你帮他签什么文件之类的，你可别瞎签，先来问问我。"

"噗，"秦敬听他这么说反而笑了，"哪儿能呢。"

"反正你当心点儿总没错，你妈当初可把你托付给我们家了，这要万一出了什么岔子，我还不得撞死在大娘牌位前谢罪。"

"哎哟喂，您快别咒我了。"

沈凉生坐在车里，看秦敬和小刘站在马路对面有说有笑，一副哥俩好的架势，手底下一时没忍住，按了按喇叭催他回来。

"小刘说他妈晚上炖肘子，"秦敬人是回来了，可头一句就惦记着吃，"你说你怎么赔我吧？"

"你想让我拿什么赔？"沈凉生发动车子，打着方向盘嗤了一声，"猪蹄汤你又没少喝。"

到了沈宅，秦敬熟门熟路地跑去自己上回住的客房洗澡，沈凉生与他斗嘴斗赢了，心情不错，大方吩咐厨房晚上加炖个肘子。

吃完晚饭，两个人去吸烟室里下棋，吸烟室的窗帘是洋式剪裁，厚重地覆满了整面墙，秦敬看着憋闷，进屋尚未开灯，先走去窗边，把合得严严实实的窗帘拨开一些，往外头看过去。法式窗子高而狭长，夜色跟被压扁了镶到镜框里似的，静谧平整，绘着隐约的星，与半圆半缺的月亮。

月光从拨开的窗帘中照进来，像从嫦娥的披帛上裁了一段银绸，在地板上波光潋滟地淌着。秦敬低声闲话道："沈凉生，你国文再不好，'床前明月光'总会背吧？一个人在外头时想不想家？"

"没想过，"沈凉生的口气并没什么逞强否认的意思，只淡淡陈述道，"其实一辈子不回来也无所谓。"

沈凉生的过去对于秦敬而言仍是一个谜，他记起上回谈及这个话题时对方面上沉郁的神气，终于忍不住问了句："怎么这么说？"

沈凉生也没隐瞒，简单给他讲了讲自己的出身，却到底不愿让他可怜自己，省下诸多不愉快的琐事细节不提，最后总结道："因为没留过什么好印象，所以也就不想了。"

虽然沈凉生没细说，秦敬却也能猜出他受过多少委屈：年纪小，又寄人篱下，挨了欺负也没地方哭。尽管很是同情，可又不好明着表现出来，只得转移话题道："原来你还是小半个洋人，看长相可看不出来。"

"小时候能看出来点。"

"有照片吗？"

"大概还有两张吧。"

"什么时候找出来给我看看？"

"那可不能白看。"

"看是抬举你，你还想怎么着？"

"你就继续嘴欠，一会儿下棋输了不要又求着我悔棋。"

这年津城的气候有些反常，先是秋老虎比往年都要厉害，入了冬却又比往年都要冷，十一月末便下了一场大雪。老人们约莫会说，世道不太平，老天爷也跟着变脸，但小孩儿是不管这一套的——下雪多好！

雪从晌午开始下，先淅淅沥沥地落了一点，而后便彻底下了起来。到了快放学的钟点，操场上已松松积了两寸来厚的白雪，满教室人心浮动，再没人有心思听讲，全盼着赶紧下课去痛痛快快地玩一场。

这时候就看出秦敬这个先生其实是不怎么称职的，未免太惯着学生了些。他看了看时间，还有十五分钟下课，干脆把课本一合，宣布道："今天就到这儿吧，我放你们出去玩会儿，可有一点，玩一会儿就赶紧回家，雪天路不好走，不准叫家里大人着急。"

小丫头们齐声高呼先生英明，众星拱月一般拥着秦敬跑出门。方华在隔壁班教算学，课也上得差不多了，正布置了习题给学生当堂做，听到操场上的动静，跟着她们往窗外看了眼，摇头笑道："得了，你们也出去玩儿吧，题目回家别忘了做。"

"怎么着，你也管不住她们了？"

秦敬站在操场边，监督着一群小丫头别疯过了头，转头见方华也提早下了课，带着她们班的学生走过来，笑着问了她一句。

"这倒不是，"方华笑笑地陪他一起立在操场边，"不是怕秦先生一个人被老吴罚，加上我，可就法不责众了。"

方华口中的老吴是指圣功女中的副校长，兼做教务长，为人正派随和，只让这帮年轻人叫他老吴。实际上他们是不会因为早放一会儿课这点事儿被老吴拉着写检讨的，方华这样说不过是开个玩笑，偏又玩笑得太亲切，秦敬觉着有些不好接话，干脆笑了笑，什么都没说。

"最近天挺冷的。"秦敬没答话，方华却又换了个话题同他寒暄。

"是挺冷的。"

"嗯……"方华顿了一下，还是鼓起勇气道，"我闲着没事，我妈让我学打毛线，就学着织了副手套，结果织大了……秦先生要不介意，就拿去戴吧。"

秦敬一时不知该说什么，他晓得那副手套肯定是特意为自己织的，人家姑娘一片好心，自己若拒绝，叫她怎么下得来台。只是不拒绝，又像是在给她一些不该有的希望了。

"看着她们玩儿，就好像自己也年轻了几岁似的。"方华不知是看出了他的犹豫，还是因为不好意思，抢先开口再换了个话题。

"方先生比我小吧？我还没嫌自己老，你也快别嫌了。"秦敬从善如流地接了一句，正好有几个学生跑过来拉他们打雪仗，两个人便一起嘻嘻哈哈地混到学生中去，什么尴尬气氛都化解了。

雪天确实路不好走，也不大好搭电车。沈凉生想到了这一点，虽没有与秦敬约好，也还是提早离了公司，开车去接秦敬下班。

车快开到校门口时，便见附近已挤了不少等着接孩子的大人，不好再往里头开，沈凉生索性找地方停了，步行进了校。

距离沈凉生上次进学校找秦敬已经过了两个多月，门房竟还记得他，客套了两句便请他进去了。沈凉生往里走了几步，瞧见操场上一片鸡飞狗跳，虽一眼就从一群小鸡仔儿里把秦敬这只公的拣了出来，却也疑惑地抬手看了看表，心说这还没到下课的时候，怎么这么热闹。

雪天与平日不同，天色虽是阴霾的，白雪却又反出了天光，倒比平时更亮了些。鸽灰的暮色中，秦敬一回头便望见了沈凉生，穿着黑色长大衣，戴着同色的浅顶软呢绅士帽，手插在大衣口袋中，潇洒地冲自己走过来。

操场上小姑娘们玩雪玩疯了，一时还没人注意到沈凉生。倒是有小丫头看秦敬站住了，趁机抓了捧雪，草草握实了，扔到秦敬背上，嘿嘿笑道："先生，这回你可又输了。"

"算你厉害行不行？真是怕了你了。"秦敬好笑地去拍背后沾的散雪，前两下是自己动手，最后一下便换了人——沈凉生走到他身边，抬手帮他掸了掸衣服。

"啊……"小姑娘这才看到沈凉生，想起自己是见过他的，他还给自己的卷子写过批语，当下又高兴又害羞，觉得在他面前丢了人，忸怩了一下，还是壮着胆子道："先生是秦先生的朋友吧？我，我上回的卷子没考好……"

"哦……"沈凉生也想起了那张卖乖讨饶的卷子，看小姑娘挺可爱，故意板着脸逗她，"那你后来有没有认真念书？"

"我念了的，不信您问先生……"沈凉生不苟言笑时挺有威慑力，小姑娘被他逗得当了真，怯怯地去拉秦敬的袖口。

"你别吓唬她，"秦敬安慰地拍了拍小姑娘的头，"你也不用怕他，怕他干吗？"

"以后多听先生的话，别老欺负他，"沈凉生见秦敬拆自己的台，便也伸手摸了摸小姑娘的头。

小姑娘被他摸了下头，脸红了起来，不好意思地跑了开去。跑得太匆忙，不小心撞到了方华，干脆一把抱住她的腰，撒娇地叫了句："方先生。"

方华揽着小丫头，含笑看了过来，看见沈凉生，猜到大约是秦敬的朋友，客气地颔首打了个招呼。

此时恰好敲了放课钟，方华笑着往职员室的方向指了指，意思是我先回去了。秦敬便也笑着点了点头。

方华一个人回到职员室，见屋里一时还没别人，便快步走到自己桌前拉开抽屉，把那副织好许久却一直找不到机会送的手套拿了出来，又赶去秦敬的桌子前，看桌上放着一沓作业本，便麻利地把那幅手套夹到了本子中间。

她想自己总该是要大胆一些的：喜欢了，就要大胆一些，一针一线织出来的心意，她想要送出去。

哪怕可能得不着回应，也想要送出去。

秦敬还泡在操场上，赶鸭子一样催促着小姑娘们去教室拿书包，赶紧回家才是正理。

沈凉生倒没不耐烦，站在一边等了会儿，方陪他一起往教职员室走了过去。

那叠作业秦敬是要带回家改的，他瞧见那副夹在本子间的毛线手套，下意识地往方华那边看了一眼，却也没说什么，若无其事地拿了个布兜，把作业本和手套一起装了进去。

"晚上想吃什么？"坐进车里，沈凉生边打火边问了秦敬一句。

"随便，你想吃什么？"

"火锅行吗？"

"行啊。"

沈凉生调转车头，直接开上了去剑桥道的路。

车开出去几分钟，沈凉生突地淡声问了一句："不拿出来

141

看看？"

"啊？"

"人家费心织了半天，你随手往兜里一扔就完了？"

秦敬心说他倒敏锐，怎么就能猜出来那副手套是别人送的。

"不是随手一扔，改天再找机会还她。"

"为什么不留下来？"

"我的情况你也知道，配不上人家好姑娘。"

沈凉生边开车边不咸不淡地瞥了秦敬一眼，心道你也没缺鼻子少眼，何来配不上一说，但到底是秦敬的私事，便也不再发表意见。

"不过配你却是绰绰有余，"沈凉生闭口不言，秦敬却又不着调地与他开玩笑，"咱俩这朋友，还是非常可以长长久久做下去的。"

那夜入睡后，秦敬做了一个古怪的梦，梦见自己在庙里头撞钟。

梦中是夕阳西下的光景，他仿佛身处一座千年古刹之中，独自爬过钟塔高陡盘旋的木梯，为着去敲响一口晚钟。

古怪的是秦敬在梦中看到自己撞钟的手——视野中只有一双手，瘦得骨节都突了出来，搭在手腕处的衣服却不像是僧衣，而是古时候的书生装扮，舒袍缓袖，垂在木头做的钟杵上，斑驳的木色衬着那样的衣衫，与那样一双手，竟有股莫名的苍凉。

他听到钟声响了，苍凉地回荡在空山之中，落日下天穹染血般的红。

佛钟经久不歇，听久了竟像一首挽歌。

第三章　孤独边缘

　　转日是周六，沈凉生没什么特别要紧的应酬，眼见外面白茫一片，路十分难走，便又提早出了公司，去学校接秦敬下课，连周秘书都看出来了，二少大约最近跟那位教书先生走得挺近。

　　周秘书此人不能说有太大的能耐，但确实有些看人的眼光，否则当年也不会首先倒戈到了沈凉生这边。他倒是有心学一下秦敬与人交朋友的手段，可又实在看不出此人有何特别之处，值得沈二少如此相交，最终只得在心里艳羡，看来人和人之间还是要讲一个缘分的。

　　秦敬下班出了校门，便见沈凉生的车已经等在那儿，他拉门坐了进去，看着驾驶座上的人，光笑不说话。

　　沈凉生发动车子，被他笑得发毛，忍不住问了句："什么事儿笑成这样？"

　　"笑你太够朋友，我猜你会来接我，结果你还真来了。"

前头路口换了交通灯，沈凉生踩下刹车，征求秦敬的意见："得你一句夸不容易，晚上想吃什么？"

"我都行，你想吃什么？"

"起士林？去过吗？"

"没有，正好跟你见见世面。"

"吃得惯吗？"

"我无所谓。"

起士林是津门西餐厅中的老字号，开在小白楼那头，距义庆里驾车也就十来分钟的工夫。餐厅本是个德国人开的，但自打这片地界儿聚居的俄国人越来越多，于是连起士林的西菜都渐渐添了些俄国风味。

餐厅既开在了中国，菜做得便也不那么西化了。不过津城人打小儿喝的是海河水，煮开了喝也带点咸苦，久而久之，吃东西多半口都重，本地化了的西菜对秦敬而言也还是有些淡。这点小事秦敬并未讲出口，可沈凉生不知怎么就是看出来了，直接唤了个白俄侍应，叫他拿点食盐过来。

沈凉生同侍应讲的是英文，秦敬听得明白，听完又乐了半天——这一刻他突地能够确信了，对方是真拿自己当作朋友看待的。

"吃饱了吗？"沈凉生见他又笑得怪里怪气，在桌下很不讲究地轻轻踹了他一脚。

"啊？饱了吧。"

沈凉生听得那个"吧"字，有点好笑地说他："多大的人了，连自己饱没饱都不知道？"

"饱了。"秦敬老老实实地把"吧"字去了，嘿嘿一笑，掉头去看玻璃窗外的夜色。

其实他还真吃不惯西餐，吃了跟没吃一样，也不知道自己饱没饱，倒是心里难得满满当当的，感觉像小时候偶尔闹个头疼脑热，他妈给他擀面条，拿大海碗盛了，卧两个溏心的鸡蛋，热热乎乎一整碗吃下去，比喝药还管用，什么病都好了。

当初秦敬曾跪在爸妈坟前磕过头，请二老尽管放心走，不用再惦记着自己了。他向他们保证，往后的日子他一个人也能过得好。

不过也难免有时候，下班回家推开院门儿，秦敬会突然恍惚一下，觉得其实爹还在，娘也还在，等着他的并不是间空屋子。

有时他去小刘家吃饭，热热闹闹一大家子人，他混在其中，和人家一起热闹完了，回到自己家里，便更觉得孤独。

他搬到爹娘住过的屋里睡，睡不着时就在心里偷偷摸摸地跟爸妈聊会儿天，汇报一下今天吃了什么，教了什么课文，哪个学生又忘了做作业，直到无声无息地聊累了，也就能够睡过去了。

但自打同沈凉生越走越近，这种孤独的时刻便越来越少了，仿佛空了一块的心又被重填进了土，埋进一颗树种，又长出一株新芽。

可能因为沈凉生也是孤独的吧，秦敬自以为是地想着。他们像是两颗孤独的种子，从泥土中冒出头来，才发现身边还有一株同伴，于是摇摆着叶子互相打了个招呼：你好啊！

沈凉生不知道秦敬在想什么，只是望着对方面向窗外的侧影，那样柔和的表情竟也有一刻让他十分难得地回忆起自己的母亲。

并不是没有过好时光。沈凉生在生母身边长到六岁，被接进沈家大宅之后，每个月也有两次，沈克辰会带着他回去看她。

那时沈克辰还乐意照顾她，她也还没什么怨尤地爱着他。心甘情愿地，一个人守着一间公寓，等待着每月两次的会面。

沈母虽有一半葡国血统，却不会讲葡萄牙语，只会讲英文和中文。或许因为对未曾回去过的祖国多少有丝向往，她格外偏爱勃朗宁夫人所写的《葡萄牙人的十四行诗》。

那时沈凉生每回去看她，为她弹新学的钢琴曲，她就坐在钢琴边为他们读诗，倒也有些一家三口和乐融融的气氛。

沈凉生打小脑子好，记性也好。现如今他还能背出儿时学过的英文诗，却几乎忘了他的母亲也曾非常美过。印象深刻的总是后来那个撕心裂肺扒着铁门大吼的女人，大约人是不能一门心思苦等死等的，等来等去，一不留神就被时间折磨疯了。

不过现下他又想起来了，母亲也曾那样美过。记起她在阳光丰沛的午后，用柔和的表情半背半念出一首十四行诗，再一句句译成中文，明着是教沈凉生背诗，实际却是对沈父暗诉衷情："舍下我，走吧。

可是我觉得，从此我就一直徘徊在你的身影里。

在那孤独的生命的边缘，从今再不能掌握自己的心灵。

或是坦然地把这手伸向日光，像从前那样。

约束自己不去感受你的指尖，碰上我的掌心。"

隔着影影绰绰的烛光，两人各怀心事地沉默了。沈凉生吸完一支烟，首先收整心思，招适应过来结账。

"先生，您的账已经有人结过了。"

沈凉生有些意外，顺着侍应示意的方向看了看，微微一愣，快步走了过去，恭敬地叫了声："世伯。"

"小沈，咱爷儿俩叫有段日子没见了吧？"

帮沈凉生结账的这位老爷子姓王，也是津城里排得上号的一位人物。与沈克辰靠攒下的家底在津重新发迹不同，王家虽然看上去很是低调，但不管这几十年间时局如何变迁，可真能称得上是任尔东南西北风，我自靠完东山靠西山，就是不倒。所以哪怕两家间其实并无什么太深的渊源，单冲这份摸不着底的人脉关系，沈凉生也肯上赶着叫王老爷子一声"世伯"。

"得了，不就一顿饭嘛，"王老爷子见沈凉生欲张口道谢，大大咧咧地摆了下手，"小沈，这丫头是我们家小闺女，刚打美国回来，"又转向方桌对面，似真似假地训斥了句，"你说你，好好的中国饭不吃，非拽着我来这破地儿吃饭，小沈，你替我说说她！"

"爸，您能不能别老人来疯？"这位王小姐估计跟王老爷子没大没小惯了，也不见什么忸怩神色，大大方方地同沈凉生握手，又自我介绍了一次，"我叫王芝芝，"顺便白了她爹一眼，补了句，"你还是叫我Jenny吧，家父取的这名字实在寒碜人，什么吱吱，我还喳喳呢。"

"沈凉生，"沈凉生握了握她的手，也补了句，"Vincent。"

这就算认识了。王老爷子今年六十四，王珍妮小姐却不过刚满二十。中年得女自是宝贝得要命，虽因为犟不过闺女，忍着心疼送她出去喝了两年洋墨水，却又因为实在想她，硬逼着人办了一年休学，回津住段日子再说。

王珍妮嫌老爷子管她管得太多，自打回国就变着法儿折腾她爹，明知老爷子痛恨西菜，还非要拉他来起士林吃饭，结果无意间看见了沈凉生，心头一跳，忍不住在桌子底下轻轻踹了她爹一脚："爸，快看窗户边那桌。唉，您说人家那脸是怎么长的，您怎么就不说把我生成那样儿呢？"

王老爷子一瞧，得，原来是熟人。虽嫌自己家闺女没羞没臊，却觉着让这俩孩子认识一下也好。沈家这个小儿子的本事他心中有数，模样又的确不错，万一真跟自己闺女对上眼了，她那个破学约莫也就不用回去念了，可不是正好。

老狐狸帮沈凉生结了账，等他自己送上门，三人聊过几句，又大手一挥道："今晚上高兴，我做东，咱一块儿去安娜坐坐！"

"世伯，我今天跟朋友过来谈点事情。不如改天吧，晚辈做东，您跟王小姐肯赏脸就行。"

"叫你朋友一块儿啊，"老爷子不是没看见秦敬，兴致高昂地续道，"加上你朋友，这不正好凑一桌嘛！"

"爸，这又不是凑麻将搭子，"王珍妮哭笑不得地说道，"再说了，有您这样的吗？带着闺女逛舞厅？也就您做得出来！"

"背着我理了这么个假小子的头，现在又知道自己是个闺女了？"老爷子梗着脖子跟闺女斗嘴，王珍妮却不理他了，只转向沈凉生，笑着为他解围："Vince，你去忙你的吧，不用管我爸，改天有空再聚。"

王芝芝本来就是个假小子似的直爽脾气，在美国待了两年，更加没有遮拦，也不管沈凉生仍叫她王小姐，直接先在称呼上拉近了一层。沈凉生不是不明白她的意思，却也随着她回了一句："一定。"

沈凉生应酬完了，回到桌边，与秦敬一道出了餐厅，站在门口等车童把车开过来的空，出声问道："冷吗？"

"还行，"秦敬摇头，看了看不远处，"你瞧人家姑娘还穿着裙子呢。"

沈凉生跟着他的目光望过去，不远处便是圣安娜跳舞厅，霓虹灯牌下站着三个白俄舞女，也或许是流莺，聚在一块儿边聊天边吸烟，大衣只盖过膝盖，露出包着薄薄一层玻璃丝袜的小腿，有一搭没一搭地用高跟鞋踢着地上的残雪。

流亡的白俄人里有混得好的，也有不少穷人，为了能吃上饭什么都肯做。但如今这些看着落魄的人里，往上数一代保不准就是什么贵族，只是失了钱权二字，能留住条命就算不错了。圣安娜跳舞厅里便有不少舞小姐，打着以前的风光头衔出卖色相，客人也很吃这一套——先装模作样地称呼她们一句"伯爵小姐"，再一起不怀好意地哄堂大笑。

所以说这世道，总是风水轮流转，今日风光，不代表明日就不会落魄。沈凉生深谙这个道理，因此从来没有在国内娶妻生子，扎根长住的打算。早年独自在异乡求存的日子将他变成了一个彻头彻尾的投机主义者与利己主义者，投了多少资本，收回多少利钱，心中一本明账。

既不欲同王珍妮有太多牵扯，沈凉生也就没主动打电话约她见面。

可架不住人家王小姐实在放得开，先把电话挂到了沈宅。

即便不打算和她建立什么关系，但冲着王老爷子的面子，沈凉生也会将人敷衍妥帖。她约他，他无不答应，只是言行举止间不温不火，不远不近，既礼貌周道得让人挑不出丁点不是，又令人心头生生憋出一口闷气。

一口闷气憋了两天，王珍妮也想明白了，知道他对自己九成九没意思，现下摆出这副伪善的态度，约莫是不愿同王家生了罅隙，只想等自己厌了烦了，主动放弃追求他便天下太平。

若换了别的姑娘碰见这种情形，性子柔弱的大约会哀哀戚戚地叹一声"你既无心我便休"；性子倔强的大抵会越挫越勇，不撞南墙不回头；性子泼辣的没准就要指着沈凉生的鼻子逼问一句："行还是不行，你赶紧给我说清楚！"

但王珍妮王小姐偏是个性子无赖的闲人，旖旎心思一去，再看着沈凉生那张不动声色的脸，揣摩到他来回算计的心思，就觉得这个人真够欠的，换句话说，就是活得太装相。

于是王小姐终于放过她爹那把老骨头，闲着没事儿就去折腾沈凉生，惹猫逗狗似的，靠逗沈二少玩儿打发无聊时光，心说你就装吧，看你能装到什么时候。

沈凉生那头也渐渐看出了门道，王珍妮对他的态度八成已经无关风月，就是嫌日子过得没劲，拉自己一块儿唱大戏，于是对她也就不那么客气了，不耐烦起来便直接讽刺她一句："看来我们家厨子手艺是真好，招得王小姐没完没了过来蹭饭。"

"饭嘛，都是别人家的吃着才香，"王珍妮把她爹那副大大咧咧的做派学到了十足十，本就理了个假小子的头，这日还穿了套男装，大马金刀地坐在沈宅的小客厅里，边闲在地嗑瓜子边问沈凉生，"我小秦哥哥今晚上来不来？"

"他怎么着就成你哥哥了？"沈凉生放下报纸扫了她一眼，

颇有些不乐意地反问。王珍妮往沈家跑得勤了，又总厚着脸皮不请自来，难免会碰着秦敬，知道是沈凉生的好朋友，头一回算认识了，第二回算熟悉了，到了第三回，"秦先生"就莫名其妙地成了"小秦哥哥"。

王珍妮无赖归无赖，却没有那狗眼看人低的坏毛病，她又不傻，觉出秦敬待人实诚，比沈凉生那个不阴不阳的脾气强出八百里地去，也不在乎他并不是哪家的公子少爷，愿意同他交朋友。聊天时听到他会说相声，便吵吵着要拜他为师，又说自个儿也很有艺术天赋，模仿卓别林的电影可是一绝，当场站起身演了一段儿，倒真有那么点意思。

王家是津门土著，王珍妮留了两年洋，但根儿里还是土生土长的津城人，跟秦敬这个津城人凑到一块儿，除了贫还是贫。有时候沈凉生听着他俩凑到一块儿拿津城话胡侃瞎聊，觉得脑仁儿都疼起来，算是三个人里日子过得最不舒坦的那个，恨不得干脆演一出"王门立雪"，求王老爷子好好管教一下他家宝贝闺女，别再放她来自己眼皮子底下捣乱。

转眼到了十二月底，从耶诞到新年，各家的交际派对就没消停过。沈凉生自然也不能免俗，定了日子，发了请柬，只等人上门热闹一场就得了。

圣功的出资人多是教会神甫和教友，算是所教会学校，耶诞自然是要放假的。沈凉生问明秦敬新年那天没有事，便约了他一起过新年。

派对定在了三十一号晚上，王珍妮痛悔道自己那天已经约出去了，沈凉生点头说真是遗憾，心里补了句，你还不赶紧回美国念你那个书可真是遗憾。

王珍妮不在，便没人撺掇秦敬一块儿凑热闹，他也乐得清静，不管楼下派对如何进行，自己一个人待在楼上卧室里看书。反正沈凉生的熟人朋友他一概不认识，也不会去主动结识应酬，沈凉生怕那个乌烟瘴气的名利场让他不自在，也没有把他介绍给任何人。

"人都散了？"

"还没有。"

"那你上来干吗？"

秦敬点着台灯看了会儿自己带过来的闲书，听见沈凉生推门进来，抬眼看了看他，又把目光挪回到书上。

沈凉生走近两步，沉默着没答话。

秦敬扫了几行字，见他还不出声，只一味盯着自己瞧，便也放下书看回去。这才发现沈凉生虽说仍板着个脸，面上却有点发红，笑着问了句："你是不是喝多了？要躺会儿吗？"

"不用。"

楼下的乐声与喧笑声远远飘上来，时近午夜仍闹得厉害。津城这地界儿不中不洋，虽说过的是西历年，行的多少也是中式做派，底下一屋子人还等着沈凉生举杯祝酒，同贺大伙儿又平平安安混过一年，共盼来年照样混得红火，个儿顶个儿的财源广进，生意兴隆。

"秦敬，"沈凉生上来只为在与那一屋子人跨年前，先与秦敬单独打个招呼，此时顿了一下方道，"咱们再见可就是明年了。"

"啊？"秦敬愣了下，又想了想，莞尔笑道，"别说还真是。"

"明年见。"

"嗯，明年见。"

沈凉生走了，秦敬一个人待了一会儿，难免有些发困，为了提精神，便想从脑子里寻些事情来琢磨。

楼下许是已经倒数过了，人声突地高起来，热闹喧哗的，陌生而遥远。

秦敬抬起脸，默默望向窗外的夜色。仍是跟镶在镜框里的画片一样，隔着一层冰凉的玻璃，静谧平整，绘着隐约的星与未圆的月亮。

下一刻于这寂寞的星与月之间突地开出花来，想是有人去楼前花园里点了贺年的花炮，几枚窜得高的正正炸在了窗户外头，映亮窗外的夜色。

分分秒秒间，烟花开了又谢，在夜色中，在瞳孔中，许久后让人再想起来，只觉这一幕短得像他与他之间所有的过往，又长得像耗尽了自己的余生。

尽管西历新年是一月一日，但对于普通老百姓来说，还是得过了春节才觉着是真的辞了旧迎了新，墙上挂的皇历又再另起一篇。

年三十沈凉生肯定得回沈父那头吃顿团圆饭，秦敬也有自个儿的安排。自打父母过世之后，每年三十他都是在小刘他们家过，今年自然也不例外，于是年二十七俩人碰了回面，后头几天就各忙各的去了。

三十下午，沈凉生回了沈父的公馆，进了门儿，下人接了

153

大衣帽子，又传话道："老爷现下在佛堂里，说二少来了就过去找他。"

沈凉生点点头，径直朝佛堂走了过去，立在门口敲了敲门，听见沈克辰说进来，方推门而入，扑面便是一股浓厚的佛香味道，多少觉着有些刺鼻。

沈克辰许是因为早年做过些亏心事，到老了分外惜命，见自己这个二儿子还算出息，一份家业也算后继有人，便逐渐放了手，摆出副潜心向佛的态度来，以图多活几年，千万别遭什么报应。

沈凉生自是完全不信这一套的，但为了投合沈克辰的心意，进门先恭恭敬敬叫了声"父亲"，又取香点了供到佛前，这才坐下来陪沈克辰说些闲话。

沈克辰今年已六十过半，因着注重保养，身材没怎么发福，精神头也不错，看着矍铄得很。他当初虽不大看得上沈凉生——多半还是因为血统之故，找女人和养儿子可是两码事——任由沈太太打着"为了让他受点好教育"的幌子将人打发得远远的，但如今眼看只能指望他把沈家发扬光大，也就只好把"血统论"抛去一边，亡羊补牢地演起一出父慈子孝的戏码。

好在沈凉生那点西洋血统愈大愈不明显，面貌虽泰半像他母亲，剩下那一小半中却也带着沈克辰早年的风骨，倒真让沈克辰越看越喜欢，又心存着内疚补救的念头，这几年对他好，也确是份真心实意。

父子俩先聊了些生意上的事，从沈家自己的纱厂聊到外国人近期在津城商会中的动作，盘点了下哪家又与所谓的"兴中公司"和以东阳拓植为首的财团建立了关系，复又评议了一番来年的局势，沈克辰这才有些犹疑地开口："照我看……"

三个字说完半天，却迟迟不见下文。实际沈克辰是想着提点沈凉生几句，又斟酌着该如何说起。沈克辰年纪大了，胆子却小了起来，菩萨可看着呢，这份心思说出来，他怕遭报应。

"您放心吧，"沈凉生何尝不知道他在想什么，淡淡接过话头，"我再看看，有机会就掂量着办。"

沈克辰心喜他体察人意，赞许地点头："你办事我总是放心的。"话音一转，又转去沈凉生的私事上头，"对了，听说你最近跟王家那小丫头处得不错？"

"王小姐人挺有意思。"虽然俩人间早就是个郎无心妾也没意的景况了，沈凉生却故意没跟沈父挑明了说，只不清不楚地敷衍了一句。

"王家那丫头我也见过，模样不错，"沈克辰笑着饮了口茶，"性子也热闹，跟你正好互补。"

"嗯。"

"你这过了年就二十七了，差不多也该收收心了。"沈父放下茶盅，抬眼看了看沈凉生，继续笑道，"不过我跟你这么大时也不认头，我这不是说你，只是玩儿归玩儿，正事儿可不能耽误。"

沈凉生自宅里的下人虽说和沈公馆里的是两拨人，但来来回回送取个东西，两边走动多了，保不准就有哪个爱嚼嘴皮子的，言语间透露了一点风声。沈父多少听闻沈凉生最近添了个好朋友，经常去他家中做客，却不是什么有头脸的人物，便连对方的名字都不屑问起，这话不过是点沈凉生一句，愿意交个把穷朋友没什么，婚姻大事可必须讲究门当户对。

沈凉生听明白了他的意思，点了下头敷衍过去。

"总之我对你是十分放心的，"沈父又强调了一次，深深叹了口气，"不像你大哥……"之后便恨恨地沉默了，心说自己怕是已经遭了报应，这个烂泥糊不上墙的大儿子简直是问自己讨债来的。

沈凉生拣无关紧要的话宽慰了老爷子几句，就听外头有佣人轻轻叩了两下门："老爷，大少爷和大少奶奶来了。"

沈凉生的大哥比他年长了近十岁，本来两人中间还有个女孩儿，可惜尚在襁褓里便夭折了，这也是导致沈太太一直郁郁着想不开，归其了抱病而终的原因之一。

大儿子不长进，沈克辰自是要多操点心，左挑右选地给他安排了桩门当户对的亲事。可惜七八年下来，夫妻俩始终未有子嗣，想必这段夫妻关系早就名存实亡了，只是碍着两家面子，不能真的离婚罢了。

即便恨他不成器，这大过年的，沈克辰也不想给他脸子看，等着开晚饭的空，一家四口坐下来摸了几圈麻将，气氛还算和乐。大少奶奶娘家姓李，闺名婉娴，但不论是面相还是性子都跟名字不大相符，非要说的话，就是个精明刻薄的主儿，婚离不了，但日子早就各过各的，钱也是单算的。

牌桌上沈凉生看自己这位大嫂穿得花里胡哨，手指头上的钻戒在电灯泡下一亮一亮地耀人眼。反观自己这位大哥，过年回家也不说穿得齐整点，西装半新不旧的，领子都没熨平，可见不光是正事无用，在家里恐怕也没什么地位。

沈凉生和他大哥正好坐对家，这头不咸不淡地扫了一眼，那头也不是无知无觉，当下抬眼看了回去。

四目相对，做大哥的先讪笑了笑，心知对方看不起自己，却也不敢发作。其实他还记得沈凉生小时候的模样，长得活像个洋娃娃，很少说话，也很少笑，被自己抱到膝头只乖乖坐着，怎么掐他的脸都不哭，好玩得很。

　　可惜这样的光景是一去不复返了，现下他斗不过他，只能去讨好他，却连讨好都不知该如何讨起，打心眼里是有些怕了他的。

　　家宴过后，沈凉生的大哥讪讪地跟沈父说有点事想去书房谈，八成还是为了要钱。剩下沈凉生同他大嫂坐在客厅里，也没什么话聊。

　　李婉娴端端正正地坐在沙发里，用涂了红色蔻丹的手剥花生，细细捻去花生皮子，根本不搭理沈凉生。她深恨这段名存实亡、好像坐监一样的婚姻关系，连带着把沈家上下恨了个遍，看谁都不顺眼。

　　沈凉生也不去找话题同她寒暄，有一搭没一搭地翻着报纸，突地眉头轻皱了皱，往书房那头看了一眼。

　　李婉娴也听着了书房里的动静，隐约似是吵了起来，嘴角一挑，反倒是笑了，全然一副事不关己的看戏姿态。

　　"滚！都给我滚！滚！"书房门被砰的一声推开，势大力沉地拍在墙上，合着沈父气急败坏的咆哮，敲锣打鼓一般热闹。

　　李婉娴却懒得再看下去，起身拂了拂衣服上的花生皮，自顾自地带着那点冷笑吩咐下人取大衣，倒真依言准备"滚"了。

　　余下沈凉生这条池鱼，也懒得去哄老爷子。沈父那脾气一上来，谁哄都没用，他才不会去自讨没趣，仍坐在沙发里，见着他大哥有些狼狈地快步走进客厅，方好整以暇地站起身，闲闲地问了句："大嫂已经带着司机先走了，我送送你？"

对方闻言愣了愣，末了叹口气，微微点了下头。

说也怪了，他有胆子跟沈克辰对吵，却不敢跟沈凉生炸刺儿。明知道沈凉生若不回来，自己也不会落到如今这步田地，却敢怒不敢言，慢慢地，竟连怒都不敢了。

这日沈凉生是自己开车来的，两人上了车，默默开出去一段，沈凉生边打方向盘边伸手去摸香烟匣子，这头烟刚衔到嘴里，那头火儿已递了上来。

借着火光，沈凉生扫了他大哥一眼，其实因着沈克辰和沈太太长得都不错，这个大儿子虽不成器，形容倒不是猥琐的。即便三十多岁仍然一事无成，看上去却也仪表堂堂，颇有点金玉其外败絮其中的意思。

现下他摆出这副讨好的态度，沈凉生知道他是为着什么，又觉着这张脸着意做小伏低起来很有喜剧色彩，顿了一下，淡声许了句："过完年你来公司，我让会计开张支票给你。"

"阿凉，还是你对我好。"或许沈凉生的不要脸很有些遗传因素在里面，对方听着这句话便喜笑颜开，继续放软声问他，"阿凉，你最近是不是瘦了？"

沈凉生衔着烟皱了皱眉，他顶烦他叫自己的小名，便不再肯回话搭理他了。

送完人到家已过了十点，下人大多告了假回去过年，宅子里冷冷清清的，也没什么年节的气氛。

沈凉生并无守岁的习惯，洗过澡上了床，一时半会儿却又睡不着，想起沈父点他的话，琢磨着过完年得把宅子里的人好好整顿整顿。

这几年家里生意的经营权虽被沈凉生攥在了手中，但大多数地契股份写的还是沈父的名字。先头沈凉生想着能捞一笔是一笔，但在现在这样大好的形势下，不把大头捞走他是绝不甘心的。

哪怕为着那张遗嘱，沈凉生也不会真做出什么忤逆沈父的事情来。婚是肯定要结的，兴许都拖不到明年。

婚事被人左右的不快让沈凉生心中有些焦躁，来回翻了两次身，索性坐起来，重又穿戴整齐，开车去了南市。

秦敬在小刘家吃了年夜饭，又一起守岁吃了饺子，放过鞭炮，这才带着几分醉意晃晃悠悠地回了自己家，把炉子拾掇好了，开了扇小气窗通风，准备上床睡觉。

正铺床的当口，突听小院儿外头有人敲门。秦敬愣了愣，还以为是自己听错了，待又听见一遍，才确定院外真的有人，不知怎么就猜到是沈凉生，快步走去开了门闩。

"都这点儿了，你也不问声是谁就开门。"沈凉生嫌他做事毛毛糙糙，两下里一打照面，不解释为何突然过来，却先劈头说了他一句。

"沈公子，过年好。"秦敬笑嘻嘻的，才不理沈凉生那套。

"你是不是喝多了？"沈凉生见他笑成这样，脸又有些发红，就猜他约莫是有些醉了。

"可不，"秦敬一喝醉话就多，唠唠叨叨地跟沈凉生抱怨，"你是不知道我干娘，哎哟喂，那叫一个能喝，灌二锅头跟灌白开水似的，晚饭桌儿上喝完，吃饺子时还拉着我喝，非说什么'饺子就酒越喝越有',这能有什么……"

沈凉生看他自己嘀嘀咕咕的就觉着很有意思,秦敬这两天光忙着给自己家和干娘家扫房擦玻璃,又陪小刘一块儿置办年货,也没什么闲工夫休息。现下见着沈凉生,倒突然觉出或许打心眼里还是希望与他一起过这个年的。

秦敬自家年夜饭不开火,也没什么现成的下酒菜,两人就就着花生米又喝了一顿年酒,最后都喝得人事不知,倒头便睡。

第二日沈凉生快十一点才醒,秦敬昨夜喝得比他多,还在一边睡得死沉。

沈凉生静静躺着,身上盖着的是旧式的老棉被,沉甸甸的,虽然不比洋式羽绒被暖和,却感觉分外踏实。

新一年的太阳透过窗棂晒进来,盯得久了,再闭上眼,眼中便有块光斑,又逐渐碎成细小的光点,像蠛蠓一般在眼中飞舞着,划出命运飘忽不定的轨迹。

"秦敬,秦兄,起了吧?"

院外突然传来人声,沈凉生听着像小刘,便推了推秦敬:"拜年的人来了,赶紧起吧。"

小刘嗓门大,再被沈凉生一推,秦敬一激灵就醒了过来,扬声回了句:"没起呢,你等会儿。"

小刘是个自来熟了,根本不用秦敬招呼,直接推门进了院,立在屋外抱怨:"祖宗,你快点,这外头天寒地冻的……哎我说你怎么院门不锁,外屋门也不锁,倒还真不怕遭贼。"

他嫌院子里太冷,哪儿管秦敬起没起,手快地拧了拧外屋门把,见没反锁便自顾自地走了进来,劈头看见沈凉生,先是眉头一皱,又忙挤出笑脸周全:"二少,过年好!"

"过年好。"沈凉生昨夜和衣而眠，现下随手理了理衣服，拎起大衣与秦敬告别："那我先回去了，这几天要应付拜年的，初四下午过来找你。"

"好。"秦敬应了一声。

沈凉生走后，小刘抬头看了眼挂钟，赶紧拉了拉秦敬："麻利着跟我回家吧，老太太早起做了扣肉，这都等不到晚上了，喊你过去吃中午饭。"

换过衣服出了门，小刘站在秦敬身后，看着他给院门上挂锁，嘀嘀咕咕地数落他："那个沈二少又来干什么？跟你说，别和这些心眼多的人走么近，你可倒好，根本把我的话当耳边风。"

"他有心事，过来找我喝个酒而已。"

"他那么多朋友，干吗非大三十的找你喝酒？"小刘不放心地追问，"我说，他没欺负你吧？"

"嗯？"秦敬啪嗒将锁头扣死，大言不惭道，"没啊，都是我欺负他。"

"就你？"小刘翻了翻白眼，心说那位少爷一看就是个不好相与的主儿，不放心地嘱咐了一句，"他要是敢欺负你……"

"你就去拿砖头砸他家玻璃。"秦敬嘴快地接过话头，与小刘相视一笑。两人都想起他们小时候，虽说秦敬比小刘大了几个月，但若有不开眼的浑小子欺负到秦敬头上，都是小刘替他拔闯，蔫坏损地拿碎砖头去砸人家玻璃或者窗户纸，偶尔两次东窗事发，被小刘他妈拿笤帚疙瘩追得满院子上蹿下跳。

一块儿闯祸，一块儿挨罚，一块儿抢饭吃长到那么大，这样的兄弟，甭管出了什么事儿，都是要一直做下去的。

转眼到了年初四，秦敬一觉睡到八点多，起来翻了会儿书，听见院外有人叩门，模糊记起沈凉生说初四要来找他，便撂下书走出去开门，边拉门边说了句："你倒是……"

秦敬本想说你倒是早，结果看到门外边站着的人就愣住了，愣了两秒方改口招呼道："方先生。"

"秦先生，不好意思，来得冒昧了。"方华清清爽爽地立在外头，因着过年穿得鲜亮，一件竹青色的短大衣，配了条嫩黄的毛围巾，头发编了两条辫子垂下来，整个人都带出几许春天的味道。

"哪儿的话，"秦敬赶紧侧身把她让进来，"真是稀客！嗯，我屋子里乱了点，要不麻烦你等会儿，我先收拾收拾……"

"不用了，"方华看他这副多少有些手足无措的样子，噗地笑出声，客气着回了句，"没打扰到你就好。"

"不打扰，方先生过年好。"秦敬也笑了，虽有点忐忑她找上门来的用意，面上却不流露分毫，只当作是同事间普通拜个年。

两人进了门，秦敬让过座，又转去厨房烧水沏茶。秦敬在厨间等水开的空儿，方华一个人坐在桌边，借着打量屋里的陈设平定自己的心跳。她也就是表面上看着镇静罢了，实则心里也是七上八下，在家里给自己打了半天气，才拎着东西出门拜了这个年。

"当心烫。"秦敬拎着烧开的水和两个洗净的玻璃杯子走进屋，拿过茶叶沏好茶，将其中一杯推给她，自己在桌子对面坐了下来。

"谢谢。"方华轻轻应了一声，双手虚虚拢住玻璃杯，刚平定几分的心跳重又快起来。他给她一杯待客的热茶，她都觉着心头也跟这杯子一样不停往外冒热气。

"对不住，家里也没准备什么过年的东西，没什么能招待你的。"

"没事儿。"

"年过得还不错吧？"

"挺好的。"

"……"

"秦先生呢？"

"也挺好的。"

两人寒暄了几句，一头有点冷场，一头又都在想话题，最后不约而同地开口："你……"

"你先说。"方华笑出来，让了秦敬一句。

"你气色不错。"秦敬也笑了笑，拣了句姑娘家爱听，又不算唐突的话夸她。

方华心里再怎么敲小鼓，面上还是大方的，闻言含笑打量秦敬，同样夸了句："秦先生气色也不错，看着像比放假前胖了点。"

"真的？"秦敬抬手掐了掐自己的脸，"不是吧，那天还有人说我怎么吃都不长肉。"

方华不答话，只笑笑地看着他。这样的目光多少已有些不加掩饰了，秦敬对上她的眼，心里头什么都明白，面上却仍笑着问："你爸妈挺好的？"

"我爸妈挺好的，大哥大嫂也挺好的，"方华故意跟他开玩笑，侧头揶揄道，"我还有个弟弟，也挺好的，秦先生还有什么想问的？"

秦敬笑着摇了摇头，心里却已默默下了决定，可不能再这么拖下去了，既然早晚要说清楚，那就晚不如早。

"对了，"方华佯装是刚想起来一样，打开自己带来的布兜，拿出几个饭盒，"我知道秦先生……"略顿了一下，鼓起劲儿把话说完，"秦先生一个人住，就带了点菜过来，手艺不好，秦先生别笑话。"

她知道他爹娘都去了，怕他一个人过年吃不好，猜着他的口味，亲手做菜给他送过来。不是什么金贵的东西，但这份真心真意，实在让人不敢领受。

秦敬不敢受，却不直接推拒，甚至还打开盖子闻了闻，兴致勃勃地夸道："方先生真贤惠，谁娶了你可有口福了，我就厚着脸皮沾沾你家往后那位的光。"

方华觉着自己其实并非没有预感，只是怎么都不肯死心，非得跟做算术题似的，明明白白地求个答案。

手心里笼着的玻璃杯慢慢凉了，方华盯着杯沿沉默，直到茶水全凉透了，才又笑着开口："秦先生说笑了，往后没有哪位，你也不是沾光。"

秦敬刚刚委婉地拒绝了她，现下也只能更狠心地，一鼓作气拒绝下去："那我可真是不敢当。"

方华又沉默了几秒，压了压眼中酸楚，心中警告自己：你可不准哭，这大过年的，别哭哭啼啼的，给人家添堵。

"时候不早了，家里还等着我回去吃晌午饭，"好不容易把涌到眼边儿的泪意逼回去，她赶紧站起身，还算妥帖地同他道别，"这菜秦先生留着吃吧，饭盒也不着急还我，过两天上了班再说。"

"我送送你。"

"不用了。"

"送送吧。"

"不用了。"

"还是送送吧。"

方华不敢再推,生怕再说一句就哭出来。两人默默地出门,默默地走到胡同口,默默地停下步子。秦敬想问她是怎么来的,琢磨着是要帮她叫辆黄包车还是送她去电车站,方华却首先出声,低低唤了他的名字:"秦敬。"

"嗯?"他虽是拒绝别人的那方,此时心里却也不大好受,侧头应了一声,想到这大约是头一回——估计也是最后一回了——她没有客气地叫自己"秦先生"。

方华却没再说话,只转过身面向他,突地走前一步,把额头抵在他胸口,忍了半天的眼泪无声无息地掉下来。

马路边儿人来人往的,她也不在乎脸面了,反正就这么一回,随便别人怎么笑话吧。

秦敬犹疑地抬起手,觉着不该再给她这样虚妄的安慰,却终究狠不下心,最后还是轻轻地摸了摸她的头。

"你就是对人太好。"方华反倒直起身,垂眼说了句,"是我没福气。"而后便转身快步走了,没有再回头。

秦敬立在原地,目送她沿着便道越走越远,越走越快,竹青色的背影看着有些伶仃。他有些不放心让她这么一个人回家,可也不能再追上去,正心烦意乱的当口,突又瞥见马路对过有辆熟悉的黑色轿车,沈凉生立在车边,见自己望过去,竟没有

165

打招呼，又拉门坐进车里，一踩油门走了。

其实沈凉生本不会这么早来找秦敬的，只是晚上临时插进个推不掉的饭局，才特地在上午就出了门，想跟他一块儿吃个午饭。

车开到地方，刚要调头去马路对面泊车，便见秦敬和方华肩并肩从胡同里走出来，后头该看的不该看的全让沈凉生看了个满眼。

他眼见人家姑娘都走半天了，秦敬还傻愣着立在那儿，一副犹犹豫豫要追不追的德性，只以为他要先处理私务，没空招呼自己，便索性先上车走了。

秦敬愣在原地，不明白沈凉生为什么掉头走了，可他一个两条腿的，也跑不过人家四个轮子的，没法追上去问，思前想后，最终得出结论：沈二少归其了还是个少爷脾气，兴许是哪里怠慢了他，触到了他的逆鳞。

第二日一早秦敬便去了沈宅，沈凉生却不在，想是人贵事忙，年节下应酬太多。不过反正早就熟门熟路了，秦敬索性也没回家，泡在沈宅等了他一整天，直到九点多才把人等回来。

沈凉生一进门就听下人禀道秦先生过来了，便直接上了楼，推开楼上小书房的门，果见秦敬靠在长沙发里看书。

"你倒自在。"

秦敬扔下书，嬉皮笑脸地跟他解释，昨天并没有怠慢他的意思，沈公子沈二少您可千万别跟那儿自己生闷气。

"谁生气了？"沈凉生莫名其妙地瞪了他一眼，"我看你就和王芝芝一样，来我家蹭书看还要找一个冠冕堂皇的借口。"

三月的时候，又在画报一角见着了那位阮姓女星的遗照，令秦敬忆起自己跟沈凉生差不多就是去年这时候遇见的。他还记得那时候的情景，自己正弯着腰趔摸眼镜，满目都是匆匆忙忙的人脚。后来身周突然清静了不少，找着镜子直起身，便见到沈凉生负手立在跟前。尽管眼神儿不好，那刻却也觉得眼前一亮。许是弯腰久了有些头晕，耳中微微嗡鸣，竟感到有点慌张，随口扯了个玩笑掩饰。

想到这里时秦敬抬眼望去，眼前是宁园碧波荡漾的水面，他们沿着湖岸慢慢走，去看早放的桃花。

桃花林中有群高校学生趁着这大好春光凑在一块儿排戏，秦敬驻足偷听了几句，听出是《雷雨》中的一幕。

前年《雷雨》在津公演时秦敬便去看过，去年曹禺在《文学月刊》上连载《日出》，他也一路追看了下来，对跋中所言深以为然。

沈凉生对这些并不感兴趣，但听秦敬提起，却也愿意听他说。两人在桃花林中缓缓趔着步子，秦敬给他讲小说，讲话剧，讲曹禺在《日出》的跋中写过的话：

"我渴望着一线阳光。我想太阳我多半不及见了，我也希望我这一生里能看到平地轰起一声雷，把盘踞在地面上的魑魅魍魉击个糜烂，哪怕因而大陆便沉为海。"

其实两人平日里通常不谈论时事，秦敬多少也看出来了，沈凉生对这周遭的一切并没什么太深的感情。他在这个地方度过的童年没留下什么好回忆，又早早去了国外，因此变成这副淡薄的性子。他倒不想去指责他什么，只索性不跟他谈这个话题，恐怕说得深了，两个人就要为这事儿吵一场。毕竟再怎么

167

有原因，真要说起来，他也不能认同他的想法。

沈凉生不是猜不出奉敬的心思，但他关注时局发展只是为了做生意，加之留洋多年彻底学来了洋人那套"各存己见，不必求同"的做派，所以哪怕就是真说起来了，也不会为了这种事儿跟秦敬闹矛盾——他骨子里是个商人，思维方式也是商人那一套，总认为什么事都有交换条件，谈判斡旋的余地。

于是现下秦敬难得地跟他表达了自己的态度，沈凉生也没就这个话题深谈，他觉得现在还没到深谈的时候。他只是望向秦敬，眼见好友一袭中式长衫，挺拔地立在花树下，面上神色并不似口中背诵出的字句一般慷慨，却是恬静而深情的，默默注视着不远处波光粼粼的春水。

"秦先生，你可不会游泳，"沈凉生沉吟两秒，故作轻松玩笑道，"要掉进湖里我还能救救你，若沉进海里，咱俩也就只能一块儿淹死了事了。"

要说这个三月，沈凉生过得可真舒心。不说别的，单凭王珍妮王小姐终于靠着"一哭二闹三上吊"的泼皮伎俩说服了她家老爷子，定下了回美国的船票，就够让他满意的了。

"小秦哥哥，我要先去上海看朋友，再从那边坐船走，你有没有空来火车站送我？"

"他没空，"沈凉生在一旁不阴不阳道，"不过这样的喜事，我倒愿意空出时间见王小姐最后一面。"

"沈公子，难不成你忘了，你现在可是被我抛弃的伤心人，"打嘴仗王珍妮从不让人，立马反唇相讥道，"你去送我，好歹也得做做样子哭一场吧？你哭得出来吗？就算你哭得出来，我还怕我笑场呢。"

沈凉生淡淡瞥了她一眼，看在这小无赖就要滚了的份上，懒得再跟她计较。

说是不送，到了要走的那天，两人还是一起去了车站送人。沈凉生大半是为了周全人情场面，秦敬却是真心喜欢这个小妹妹，想再见她一面。

王老爷子是要一直把人送到上海的，故而车站一见，情绪尚且不错，并没什么"离愁盖过天"的意思。他只以为是自家姑娘没看上沈凉生，一头怪她眼光太高，一头多少对沈凉生有些抱歉，不过碍于长辈的架子不能表现出来，最后只拍了拍沈凉生的肩，玩笑了句："唉，我家这丫头就是太没长性，烦了你这么些日子，这又哭着喊着滚了，往后咱爷儿俩可都省心喽。"

"您可千万别这么说。"沈凉生同老爷子客气完了，目送他先一步上了火车，方才转去旁边和王珍妮再说两句话。

"小沈哥哥，你快哭，再不哭可没机会了。"王珍妮笑着揶揄了他一句，又转向秦敬道，"不过小秦哥哥千万别哭，我可不忍心。"

"别贫了，回了美国好好照顾自己，交朋友也当心点，你那自来熟的性子多少改改吧。"沈凉生其实也不是真讨厌她。说实话，王珍妮有时的个性脾气跟秦敬还真像，那声哥哥也不全是瞎叫，就冲这点沈凉生也没法当真讨厌她，是以到了最后，也愿意正色嘱咐她两句。

"你别那么严肃行不行，"沈凉生一旦正经起来，王珍妮就没辙了，垂下头嘀咕道，"念完书我还回来呢，别真搞得跟见最后一面似的。"

"就是，"秦敬见她有点难过，安慰地拍了拍她的头，"下次回来可就是大姑娘了。"

"你们，你们真讨厌！"王珍妮方才还笑得欢实，被秦敬拍了下头，反倒把人给拍哭了，"我本来没想哭的，讨厌死了！"

不过哭也没哭多久，抽搭了两声便止住了，面上重又笑开来，直到上了车，火车开动了，还从包厢里探出头来，笑着挥手喊了句："小沈哥哥，小秦哥哥，再见！"

那一年早春，三个年轻人在汽笛声中挥手告别，都以为往后地久天长，总有重见之日，然而却谁都没有想到，这真就是他们所能见的最后一面。

而后因为时事发展，王珍妮一直未曾回国，而她二十七岁便遭遇车祸去世的消息，也因后来王家举家迁去了美国，彻底与这边断了联系，一直未曾传回国内。

世事多囧，故而有时再见两个字说出来，却是永别。

进入四月中旬，天气猛一下热了起来。秦敬依旧时常来沈宅做客，有时看书看晚了就住下，因着全无架子，与一干下人混得挺熟，每回他一过来，厨房就净拣他爱吃的菜往上端，招得沈凉生在饭桌上取笑他："秦先生，您这还真是人见人爱。"

"哈，在下别的没有，就是人缘儿好，"秦敬是不肯在嘴上吃亏的，当下用筷子敲了敲菜盘边儿，"沈公子，多点吃菜，这不是还盘你的口味。"

天气闷热了几日，末了果然下了场大雨。雨从下午两点多开始下，忽大忽小，一直未停。秦敬这日下午只排了头一堂课，下了课坐在职员室里，听着外头哗啦哗啦的雨声，莫名就是静不下心。

这日早起天还好好的，一副万里无云的景况，沈凉生平时开的那辆雪佛兰送去保养了，车库里虽还有那辆加了钢板的道济，但已许久没开过，大约油都不剩下多少。沈凉生年后换了办公的地方，单租了一幢洋楼，离剑桥道溜达一会儿也就到了，所以也没想着折腾，早起俩人一块儿出了门，秦敬去坐电车，他自步行去了公司。

秦敬批完作业，想了一想，还是告了个假，提前出了校门。

秦敬在职员室里常备着一把雨伞，他下了电车，撑着伞走去沈凉生的公司，心说每次都是沈凉生接他，这回可算换自己接他下班。

沈凉生换了办公的地方，门房也换了个新的。俗话说新官上任三把火，这门房也不例外，很是着紧这件稳当的好差事，来往的人定会仔细问了，生怕手漏放了什么不该放的人进去。

秦敬是个生面孔，又穿得朴素，蓝衫布鞋，看着就不像什么生意人。门房听他张口就要找顶头的东家，又说没有约过，面上客气道您等会儿，却不敢把人放进去，只自己先进楼通报。

秦敬也不以为意，打着把黑油布伞立在铁门边，并没不识趣地跟过去站进廊里避雨。

这日周秘书正好出去办事了，公司里除了他，再没人听过秦敬的大名。另一个秘书跟沈凉生说有位秦姓的先生找，沈凉生手中的钢笔顿了一下，却没答话，只起身走到窗边往外看了一眼，方淡声道了句："知道了，你出去吧。"

小秘书见他这不怎么热络的态度，也没多事儿地把人请进来，就这么把秦敬撂在了雨地里。

虽因下雨天色昏沉，沈凉生办公室里却也未开大灯，只拧了盏台灯看文件。

昏暗的房间中，他站在二楼窗边，半隐在窗帘后头。透过白茫的水雾，那人一身长衫立在雨里，伞面遮去了头脸，唯能望见他执伞的姿态，灰蓝的布衫，高高瘦瘦的单薄身形。

北地的晚春热时很热，下起雨来却又很冷。沈凉生明知他是特意来接自己，穿得那么薄，站久了怕是会病一场，却故意挨延着不叫他上来。

玻璃窗上溯了些雨点子，衬得玻璃像块滴水的薄冰似的，看着就森森地泛凉气。沈凉生的脸模模糊糊地映在窗户上，显得格外苍白，眉眼又像浸透了玻璃的凉，鬼影子一样有点瘆人。他望着秦敬立在风雨中等着自己，心中突生出一种似曾相识的恍惚——

执伞的人。润湿的长衫。遥似旧梦的雨声。

秦敬在雨里站久了，当晚果然因为受寒发了低烧。沈凉生留秦敬住下，待他服药睡了，走去楼下书房，取了份放了几天的文件和印泥上来。

自打过年那夜睡在秦家，沈凉生看那院子实在破旧，便琢磨着要送处房子给秦敬。之余别人这是一份大礼，对于沈公子的家底，一间公寓还远不在他眼中。

周秘书本把房子选在了"安乐村"，沈凉生去看了一圈，仍嫌条件不好，邻居太多，最后钦定了茂根大楼里一套高级公寓，一层只有两户，沈凉生觉着不错，索性两户都买了下来。

然而沈公子也知道，他眼中的小礼物，秦敬是决计不会收的。于是签房契时沈凉生走了点关系，连证人画押都在秦敬缺席的情况下办完了，就差秦敬签个名，再按一个手印便得。

他取了房契印泥，侧坐在床边看着秦敬睡得傻了吧唧的，因着烧还没褪，脸上有些泛红，嘴角还流了点口水。

沈凉生带着一点恶作剧的兴味，轻轻拿起他的手，手指在印泥里按了按，落到契纸上。

按完手印，沈凉生并没拿毛巾擦去秦敬指腹上的印泥红渍，想借此搞出个开口的契机，等秦敬转天起来主动问个明白。

秦敬的烧到第二日早起时已全褪了，睁眼时觉得神清气爽。

刷牙时他看见手上的红渍，纳闷地洗了手，坐到早饭桌上，问沈凉生知不知道是怎么回事儿。

"你先吃饭。"沈凉生自己已经吃完了，边喝咖啡边看报纸，面上半点不见心虚之色。

"说吧，你背着我干吗了？"秦敬无心吃饭，只想起小刘先前跟自己说的那番话，虽没觉得沈凉生会害自己，却隐约有所预感，他一定是自作主张干了什么。

"背着你把你给卖了，"沈凉生这才不动声色地开口，"你要不要数数自己最后卖了个什么价？"

秦敬一时也不知道该说什么，沈凉生这人不管是开玩笑还是认真说话都是同一副面无表情的嘴脸，但秦敬好歹同他相处了那么些日子，此刻清楚地觉察到对方不是在开玩笑，决计是非常认真的。

"秦敬，你是个聪明人，很多事我不说你也明白。"沈凉生走到餐柜前，拿过按了手印的房契递给他，倒真不再拐弯抹角，头一回同他开诚布公。

"我们认识这些日子，想必你也能看出来，我朋友不多，来往都是利益之交，彼此算计能从对方那里得到什么好处，但你我之间，不必搞这些花活。"

自相识以来，秦敬确实未从沈凉生那里讨过什么好处，在沈宅蹭饭吃、蹭书看或许算他沾了沈凉生的便宜，但朋友之间本就无须算得这样清，秦敬一笔好字，每每来时也会帮沈凉生誊抄一些信件公文，乃至处理一些生意文件，也没见沈凉生真把他当半个秘书，按月给他开一份薪水。

"你那房子确实旧了，夏漏雨冬灌风，我沈某与人相交，向来没有我吃山珍海味，朋友吃糠菜窝头的道理，"沈凉生难得放柔声音劝道："俗物虽然有价，但你若真心交我这个朋友，就不必与我计算这些，这张纸你要愿意就签个名，不愿意就撕了吧。"

秦敬沉默地听他说完，恍惚间觉得时光倒转，回到他与沈凉生刚认识不久的时候。

那时这个人也是如此低姿态地，以退为进地架设起陷阱。

但这一回是迥然不同的，这房子秦敬绝不能要，甚至无关乎气节，而是拿人手短这个道理，哪怕不是个聪明人都能明白。秦敬知道这个名一旦签下去，自己就真把自己给卖了，从此就和沈凉生彻底绑在了一条绳上，而他甚至都不清楚，沈凉生当初到底为何对自己青眼有加。

"秦敬，这事儿回头再说，"沈凉生也不想逼他逼得太紧，等了一会儿，抬手看了眼表，转换话题道："你再不走就要迟到了。"

这日秦敬本就因为头天发烧起晚了些，又拖拖拉拉地说了半天话，闻言看了眼挂钟，才想起今天自己头堂就有课，再不走连课都赶不上。

沈凉生已吩咐司机把那辆道济打扫一新，加满了油，他让司机开车送秦敬上班，还随车给他带了厨房收拾好的食盒跟保温桶，嘱咐了句："路上吃吧。"

秦敬神思不属地上了车，哪里吃得下去东西，一直抱着食盒提兜没动，侧头望着窗外。想到沈凉生其人，心里乱得厉害。

他知道沈凉生确实是真把自己当朋友的，比如吃饭这事，秦敬离家念书时就不着紧自己的胃口，后来父母都去了，一个人住更是随着性子吃饭，有回秦敬闹胃疼让沈凉生看见了，打那儿之后就一直盯着他吃东西，不是真把人当朋友，怎能这么周道仔细。

就因为沈凉生真把他当朋友，他才不敢拂了沈凉生的好意——他竟怕自己坚决推拒，沈凉生便要道，"你既看不上我这点东西，我们索性还是分道扬镳为妙"。

可这份好意背后有什么，秦敬又不得不深想。思前想后，无非是从今往后，无论沈凉生想做什么，他都无法再坚持自己的立场，只能够双手赞成了。

虽然心里有事，但到底被养出了吃早饭的习惯，下了头堂课，秦敬终觉出饿来，打开装食盒的提兜，便见到里头还有几张钉在一块儿的纸头，正是那叠手续齐全的房契，无奈头疼想道，也就只有那位少爷敢把这么金贵的东西随便塞。

食盒衬了保温棉，盒盖一掀，里头的包子还带着热乎气。

秦敬愣了愣，闻出这味道是以前离家不远的那间回民包子铺的手艺。

后来那店因为生意红火换了个大门脸儿，离家远了不少，秦敬便没什么机会去了，前两天还跟沈凉生随口念叨了句想他们家的包子了，回头要找个时间过去解解馋。

秦敬也不知道这包子是那位少爷什么时候差人去买的，不过赶在今天这当口，多半是特地做给自己看的。

秦敬愁眉苦脸地边啃着包子边盯着那叠房契，鲜红的手印已经盖上了，只差一个签名。

字他绝对不能签，房契他却也不敢直愣愣还回去，最后只得把纸头往办公桌里一塞，只想能拖一天是一天，眼不见为净。

来周再见面，秦敬不提房契的事，沈凉生也没有逼问，只是带他去看了看那处房子。

茂根大楼在科伦坡道，方建好不到一月。名为"大楼"，实则只有四层，产权隶属私人，本来只租不售，沈凉生动用了关系，才将顶楼整个买了下来。两人沿着门厅拖得锃亮的大理石阶走上去，都穿了皮鞋，鞋底敲着水磨石面的声音清脆空旷，像整栋楼里只有他们两个人。

"你住这套，我住对面，我们做个邻居也不错。"

室内还没添置什么家具，四壁光秃秃的，也还未贴墙纸。秦敬独自站在客厅中，听着沈凉生的玩笑从写字间里传出来，因为房间空落，像带了点嗡嗡的回音。

他未答话，只走到窗前望着外头的马路。路两侧绿树成荫，悠闲静谧，是这一片见惯了的景象——本来是见惯了的，看了片刻却又突然不知身处何时何地了。

"怎么了？不喜欢？"沈凉生吸完烟从写字间里走出来，见到秦敬一个人立在窗前，那样的背影乍一看有些落寞。

"没有，只是……"秦敬支支吾吾，不知如何启齿，沈凉生也不接话，只走前几步，走到窗边抽开插销，把窗户推了开去，放了些新鲜空气进来。

初夏的阳光是很好的，从四楼望下去，马路上空无一人，唯有树影婆娑。

两人各怀心思地沉默，只听到树上有早破土的知了聒聒叫了两声。因着还未入伏，形单影只地成不了气候，无趣地叫了叫便止住了。

看过了房子，秦敬却仍拖延着不肯签名，绝口不提房契之事。沈凉生边由着他装傻，边替他摆出了做房主的态度，竟有闲心操持起两套公寓的陈设布置，还要拉着秦敬商议，秦敬只能左支右拙，过得十分心累。

时间到了七月，秦敬教的初中部已考完试，虽说还未正式放假，日子也清闲了许多。沈凉生见他有空，正好把他按在沈宅住着，就近看他还能躲到什么时候。宅子里侍弄花园的下人姓李，年纪已五十开外，家里人都在乡下，六月底跟沈凉生商量说想把小孙子接进城里住两天开开眼。沈凉生对下人并不苛刻，当下点头同意了，于是七月初人接了上来，秦敬才算有了点乐子，没事教小孩儿认认字，给他讲故事，骗人家一个六岁的孩子叫他哥哥，却叫沈凉生叔叔，很是不要脸。

小暑那日天格外热，厨房买了两个西瓜冻在冰箱里，晚饭后沈凉生去书房里看账目，秦敬则逍遥地带着小孩儿在花园里纳凉啃西瓜，教他背"蝉发一声时，槐花带两枝"。老李头却没他那样的好情致，只觉得知了叫得吵人，怕搅和到东家做事，找了根长竹竿去捅。

书房窗子正对着花园，外头种了株夜合欢。老李头拿着竹竿赶虫子，秦敬抱着小孩儿站在旁边凑热闹。知了这东西但凡受了惊动便要漏点虫子尿下来，秦敬没正经地跟小孩儿说："你看虫子尿尿嘘你。"又故意把他抱高了往树底下凑。沈凉生本坐在书桌前心无旁骛地看账目，压根没觉出蝉声吵人，现下却被外头的动静闹腾得站了起来，走去窗边撩开纱帘往外看。

合欢粉绒的花被竹竿敲落了不少，夜幕下看不出颜色，只瞧见纷纷扬扬的黑影子。沈凉生看了一会儿，把纱帘放下，走回桌边继续看文件，倒不嫌他们吵，只觉得喜悦怡然，四下里都活泼泼地带着人气。

第二日秦敬不必去学校，起得晚了些，下楼时却见沈凉生仍未去公司，坐在早餐桌边喝着咖啡看报纸。

"早。"他出声招呼了一句，却没听见沈凉生答话，不由有些奇怪，心说难得见这人发呆成这样，一杯咖啡举在手里也不喝，说是盯着报纸看，又似根本没看进去，像在出神想事情。

"怎么了？"秦敬走到桌边，沈凉生听见他问话方回过神，把咖啡杯和报纸一起摞回到桌上，拉开椅子站了起来。

"你……"秦敬本想问他怎么还没出门，眼光扫过桌上摊开的报纸，也一下怔住了，愣了几秒钟才把报纸拿起来细看。

约是连夜赶印出的号外版面，来不及上图，只有字：

此桥可为我人坟墓，用热血卫国家。

实则这半年的局势与去年比本算有所缓和，报纸虽有提及六月的演习，却也无人料到眼下局势猛地恶化到这一步。

"你今天不用去学校，就在家待着，别到处乱跑。"沈凉生有些不放心让秦敬一个人在家，可也无暇留下来看着他。沈父那头已经坐不住了，刚才便已打了电话过来，叫沈凉生赶紧过去一趟。

秦敬未答话，仍木木地盯着报纸，看不出在想什么。

"秦敬……"沈凉生见他不应声，心里有些烦躁，可也不敢说他，只把人按到椅子里坐着，跟哄小孩儿一样躬下身哄他，"听话行不行？"

"嗯。"秦敬这才有了点反应，愣愣地点了点头。

沈凉生也不知道他听进去了还是没听进去，可巧客厅里的电话又铃铃地吵起来，下人赶紧接了，却没叫沈凉生听，只自己答了几句，走过来觑着眼色道："那头问少爷出没出门，"又识趣地补了句，"我说少爷刚出门了……"

"知道了。"沈凉生不耐烦地打断她，看秦敬还跟块木头一样坐着，也不晓得还能跟他说什么，只低声嘱咐下人看好他，自己开车去了老公馆。

沈凉生回国时虽存了个卷钱走人的心思，但毕竟现钱有限，既有将沈家全盘掌握的机会，自是不会放过，一头能捞则捞，一头试图慢慢说服沈父把资产转移。可惜沈克辰的态度一直不甚明朗，总觉得只要风向掌握对了，沈家仍可继续稳稳地捞油水。然而现下天还真说变就变，沈克辰纵然有点后悔也没辙，诸多房子地产、参商的股份、日进斗金的工厂，哪一样他都舍不下，就算咬咬牙想卖，也不是一时就能出手的。

未见着沈凉生前，他心里惶惶地没个着落，待见着自己这个二儿子，看他面上神色镇静，心倒也跟着定了定。父子俩在书房说了会儿话，都认为假若无法和谈，此地怕是根本守不住。沈凉生也不绕圈子，直截了当，如果沦陷，想保住目前的根基，对着干没有可能。又言已与对方接洽过两次，就算失守，工厂也定能开下去，只是利润肯定要减成。

沈克辰听了他这话，心里已定下了七八分。沈凉生能识时务，沈家各方面便不会受到非难。工厂继续开着，钱继续赚着，他还有什么不满意的？如此想来，越发觉得家业后继有人，唯一的心结还是怕菩萨有眼，又赶紧自我开解道，这也是形势所迫，不得已而为之，况且只是做个生意，又未参与政事，往后多供几炷香积积功德就是了。

安抚好老爷子，沈凉生却也不得闲，开车去了公司，便见周秘书跟铁板上的蚂蚁似的在楼门口来回溜达，看见他头一句就是"二少您可来了"，又说客室里商会的人已经等了大半个钟头，复压低声说了句，还有个外国人，以前没见过。

沈凉生面色如常，也没答话，只点了点头，脚步不停，当先走了进去。

往常开会周秘书定会从旁做记录，这日却只跟进去添了一圈茶水，随即有眼色地出了会客室，严严实实地带上门。过了快一个钟头，会客室的门才又打开，虽不知谈了什么，各人面上却都融洽，周秘书陪着沈凉生把一行人送出门，看那位以前没见过的外国人临上车还特地停下来，又与沈凉生握了握手，并不用翻译传话，只用英文道了句："改天有空再叙旧。"

目送两辆车开出铁门，周秘书随沈凉生走回楼里，虽很讶异叙旧一提何来，却也不敢开口直问。两人进到沈凉生的办公室，周秘书反身关好了门，方斟酌着开口道："二少您看……"话说出口，又没大想清楚后头要说什么，最后只愁眉苦脸地叹了句，"唉……"

沈凉生接洽合营工厂的事并未瞒着这位心腹秘书，周秘书也不是个天真的人，但现下再想到早上在报纸上看到的消息，还是有种异常的不真实感。

室内沉默半晌，沈凉生一直未接话，似早不知走神去了什么地方，过了几分钟突地站起身，吩咐了一句："公司你看着吧，有事给我打电话，我先回去了。"

上午出门前沈凉生便顾虑着现下正是民情激愤的当口，这附近恐怕不会太平，秦敬那个脾气，可别跟那儿意气用事。待到提早回了家，还真怕什么来什么。秦敬果然没老老实实待着，下人怯怯地说秦先生要走他们也没法儿硬拦，被沈凉生瞪了一眼，赶紧推脱道给您公司挂过电话了，他们说您在谈事情，听不了电话。沈凉生强捺下心中火气，掉头开车去了圣功，没见着人又去了秦敬家里，依旧扑了个空，又不清楚小刘具体住哪儿，只得找去茶馆，却见根本没开张，亏得有个乡下来的伙计吃住都在茶馆里头，应声开门给了他刘家的地址，总算把小刘找了出来。

可惜小刘也不知道秦敬去了哪儿，听沈凉生一问，也挺着急，倒先把那份芥蒂抛去一边，一五一十跟他合计秦敬可能去的地方。

"边走边说吧。"沈凉生不耐烦干说不动，叫小刘上了车，让他带路去一位知道地址的秦敬友人家里看看。

外头已经戒严了，好在几条大马路尚且平静，路障外头还未见到什么集会人群。

后来才知道，那是因为有队伍在逡巡示威。

结果这日沈凉生归其了也没找着人，最后载小刘回了南市，见秦敬家的院门仍挂着锁头，加之也知道了街上示威一事，心里头已有些沉不住气。

"要是他回来了，你跟他说别再出门了，我明天过来找他。"

沈凉生草草嘱咐过小刘，开车回了剑桥道，结果一进家门便见让自己着了半天急的主儿就坐在客厅里，心扑通落到实处，火气却噌地冒上来，也不顾还有下人在，阴沉着脸走过去，劈头就骂了一句："不是跟你说让你在家待着，合着根本听不懂人话是吧？"

沈凉生这人装相久了，从来喜怒不形于色，一屋子人谁都没见过他这么疾言厉色地发火，当下全傻了眼，秦敬张了张嘴，末了什么都没敢说。

"你倒还知道回来？"沈凉生还想再说，但看秦敬低着头不吭声，话到嘴边又咽了回去，静了片刻，自己打了个圆场，"……先吃饭吧。"

于是泥胎一般僵在旁边的下人又活了起来，小心翼翼地摆盘子上菜，不敢多发一点响动，生怕出了什么差错，被东家迁怒到自己头上。

两个人默默吃了饭，谁都没再提这个话茬。直到晚上睡前，秦敬估摸着沈凉生那点火也消得差不多了，才跟他说了句："我明天要去趟学校。"

"去吧。"沈凉生倒也不是想彻底禁了他的足，只又多问了句，"几点回来？我去接你。"

"不用了。"秦敬顿了一下，还是把话说明白了，"这两天学校里可能事情挺多的，我先不过来了。"

沈凉生听了这话倒真没再发火，语气也未见什么不快，淡声问道："你们学校不都要放假了，还能有什么事儿？"

秦敬一时也找不到什么妥当的理由搪塞，他下午确是去见了个在中学任教的朋友，这当口大伙儿的心思都差不多，虽说不能抄起菜刀硬拼，但总有些什么可做的，能够声援的事情。

"秦敬，"沈凉生看他不答话，便已把他的心思猜到了八成，面上却仍淡色道，"你想做什么都随便你，只是这些天你要不能跟我这儿老实待着，往后也就不用再过来了，我跟你操不起这个心。"

沈凉生撂下这么句话就转头进了卧室，剩下秦敬一个人，心中千头万绪搅成了个线团，堵得换气都难受。

沈凉生洗漱完出来，见秦敬还跟那儿一动不动地坐着，又放软态度道了句："跟你说两句气话你也当真，"走过去顺手拉他起来，"别傻坐着了，休息去吧。"

夜里灯关了许久也没人睡着，沈凉生那话是否真是气话两个人都明白，不点破无非是给彼此个台阶下。秦敬睁眼望着床边垂下的蚊帐，蛛网一样薄，又像茧一样白。

第二日起来报纸上又换了风声，双方再次和谈，翌日却又突然间翻了脸，交通枢纽被演习的队伍占领，工事一层层地修了起来，形势愈加严峻。昔日歌舞升平的景象再不复见。学联并未组织师生民众正面冲突，只理智地发起联名通电，表示尽己之能募捐些物资。秦敬有时跟朋友去学联帮忙，其余时候老实在家待着，沈凉生也没再管他，算是两人各退一步了事。

局势一日日僵持下来，二十多号沈凉生跟秦敬商量说现下他有套空着的房子位置比较安全，不如让小刘家搬过去暂住些日子。

秦敬把话跟小刘一说，小刘却不同意，心里不想连累秦敬欠沈凉生的人情——承了人情早晚得还，那位少爷肯定不图自己什么，自己家欠他的，最后还不是得要秦敬还。秦敬却懒得跟他扯皮，直接撂了句你搬也得搬不搬也得搬，咱妈那么大岁数了，你底下仨妹妹，出了事你看顾得过来吗？

于是最后还是搬了，那套空着的房子在西小埝，本是有人抵债给公司的，半新不旧，也不打眼，用来安置人倒是合适。沈凉生本想开车帮着搬，秦敬说你可别，沈凉生闻言也不坚持，只说了句："最近难得看你跟我有点笑模样。"

"对不住，我不是冲你。"秦敬听他这么说，颇有点过意不去。

"行了，你我之间不必说这些，"沈凉生微微摆了摆手，"你不是说还约了朋友吗？早去早回，注意安全。"

这日跟秦敬约好的朋友是他在师范学校念书时的师兄，当时算不上很熟，还是后来秦敬回了津城，发现对方没回老家，却在这里的中学执教，这才慢慢熟起来。

山东汉子性格豪爽，以前每每碰头吃饭时总爱拉着秦敬海喝，秦敬酒量浅，最怕他来这手。不过最近两人见面就是正事，倒没再被他拉着喝过酒。直到这日约在对方教工宿舍，秦敬进门便见桌上已经摆了两碟小菜和酒瓶子，诧异问道："你这又是想起哪出了？"

对方嘿嘿一笑，拉秦敬坐定喝了一杯，才道了句："我昨个儿去报了名。"

秦敬闻言愣了愣，当下明白过来，他是说去报名参军了。

"没别的意思，就跟你说一声，可不是撺掇你去，再说人家只收受过军训会开枪的，你去了也白费。"

秦敬顿了一下，没说什么，沉默地敬了他一杯，酒到杯干，而后一杯杯喝下去。胃口被白酒灼得火辣辣的，脑子却反常地清醒。

市内许多电车已经停运了，这日秦敬骑自行车来的，却一路推着车走了回去。倒不是因为喝醉了，其实脑子一直醒着，只是想走一走。

沈凉生近来常被沈父叫回老公馆说话，比秦敬回去得还晚，到家时秦敬已洗去一身酒气汗意，看着清清爽爽，面色也没什么不对。

然而沈凉生还是觉察出他心中有事，忍不住问了句："又怎么了？"

秦敬犹豫了一下，大略跟他提了提师兄报名参军的事。

沈凉生听到一半就面色一沉，耐着性子听完，只说了句："秦敬，这事你想都不要想，我不允许。"

秦敬看他面沉如水，只怕再说一句就能拍案而起，只得点了点头，什么都不再提。

二十九日凌晨，战事突如其来地打响了。天色从黑暗到光明，秦敬与沈凉生面对面在客厅里坐着，从半夜坐到晌午，没有说一句话。

下午两点多，沈凉生让下人把花园里的地窖打扫出来，隐约听见飞机掠空，便道谁都别在屋里待着了，把门锁好了，先全下去避一避。

秦敬并无异议，站起身跟着沈凉生往外走，可怎么看怎么似行尸走肉一般，心魂早就不知道飘去了哪儿。

沈凉生见他六神无主，只得伸手拉住他，走到花园时，第一枚炸弹终于尖啸着落了下来。

轰炸声是无论离得多远都听得清楚的，那一刻秦敬突然站住了，像是终于回神活了过来，定定望向轰鸣传来的方向。沈凉生拉了他一把也没拉动，刚要开口，见到他面上的神情又闭了嘴。

那样的神情，像是在这一声轰鸣中活了过来，然后又迅疾地死去了。

而后在下一声轰鸣中再活一次，再死一次。

地窖里只点了盏小瓦数的灯泡。昏暗的灯光中，秦敬没有坐，沈凉生便也站着，跟他一块儿盯着地窖入口的铁门看。

实则也就是扇门，再看也看不出别的来。

唯有轰鸣声毫不停息地传入耳中，整整四个小时。

不久后，津城沦陷。

第四章　好聚好散

不论时事如何艰难，日子总得继续过下去。

实则事变当日，商会的人便冲着沈克辰的名头，上门找到沈凉生，游说他做维持治安的委员，被沈凉生婉言谢绝。他算盘打得响，深知这份好处不是白拿的，上船容易，想再下来可就难了。于是托词道父亲年事已高，自己只懂看看账，别的什么都不会，委实难以胜任。

"二少太谦虚了，"那日来做说客的商会常务见沈凉生推辞，怕得罪了不能得罪的人，赶紧从旁道了句，"商场上谁不知道您是打英国名校回来的高才生，这话说得可太谦虚了啊，哈哈……"

这头常务还在干笑，同来的外国人却直接用英文问道："沈先生是不是在剑桥读的书？"

沈凉生听他这么问，心里有些诧异，面上却不动声色，只点了点头："小早川先生也是？"

"我修伯格教授的课时，沈先生已经毕业了，"小早川本就觉得沈凉生面熟，当下确认了，笑了笑，补了一句，"我见过你同教授的合影，他很赏识你。"

"伯格教授为人古板得很，肯把私人合影拿出来，定也非常欣赏小早川先生。"沈凉生这话恭维得妥当，小早川立时觉得很受用，加之念书时读过沈凉生几篇报告，本就对他有些好感，便也没想硬逼他，心里盘算着晚些时候再用其他手段逼他就范。

商会的人见小早川没有什么不快，又听说两人是校友，暗自松了口气，笑着圆场道来日方长，往后合作的机会还有的是，是以那日周秘书最后见一行人面上还都融洽。

这事儿沈凉生都未跟沈父讲，秦敬自然就更不会知道了。他师兄的学校，连同附属的中学、小学一块儿几乎都被夷为平地。好在师生独立编队，主要负责疏导交通，伤亡损失不大，秦敬的师兄也平安无恙，可算不幸中的大幸。百废待兴之时，秦敬自是全心全力帮衬朋友，连着一个礼拜都是早出晚归。沈凉生之前一直管着他，现下却好像不介意了，只嘱咐他注意安全，按时吃饭，每日叫厨房熬些解暑的汤水给他喝。秦敬感谢他的体贴，却也没提谢字，觉着话说明了反而显得生分。

不过有些事儿秦敬不提，小刘却一直惦记着。南市虽是三不管地带，但幸运逃过一劫，还算完好。小刘见街面上逐渐平静下来，自己家房子又没事儿，便跟秦敬说要搬回去住，顺便打听沈凉生什么时候有空，想要当面谢谢他。

秦敬也不是不懂事儿，知道沈凉生连自己的朋友都照顾到了，再怎么不客套，这事也必须要好好谢过。于是这晚他跟沈凉生说了小刘要搬回去住的事，又说先替小刘谢谢他，明天他要有空，小刘想过来亲自道个谢。

"不用了，"沈凉生回了句，"也不是什么大事。"

秦敬心说这哪儿不算大事，却也知道沈凉生是个一句话不说二遍的脾气，他说不用那就是不用了，只是心里总归过意不去，琢磨着怎么跟他再说说。

"他要是真想谢，"沈凉生似是猜到秦敬的心思，先开口补了句，"你就跟他说，等茶馆再开张，你们俩什么时候再搭档说回段子，记得叫我过去看。"

"这就完了？"秦敬没想到他会突然提起这茬，这话又说得像个玩笑，便也难得放松了一下绷了许久的心情，随他玩笑了句，"你倒还是那么好打发。"

沈凉生笑了笑，说："也就只听你说过那么一回。"

"你得了吧，又不是真喜欢听，"最近两人很少有这样安闲的时候，秦敬低声陪他聊下去，"平时还老嫌我贫。"

"没真嫌过，你挺有意思的。"

"你会不会夸人？"

"那回去找你，看你站在讲台上头教书育人，挺是那么回事儿。后来换了张台子站着说相声，也挺有意思。"

沈凉生说话的语气是平淡的、怀念的，甚至是有些惆怅的，像是在追溯什么再不复来的前尘旧景，听得秦敬突有些心酸。

是再不复来了。那时虽然时局也坏，但好歹……秦敬心口闷得想不下去，两眼直勾勾地愣了好一会儿方回过神，着补了句："该谢还是要谢的，等你有空时，我和小刘请你吃顿饭吧。"

"秦敬，"沈凉生却一时没有作答，沉默半晌，才轻而快地道了句，"人情不用你还，你以后也不用再惦记着了。"

按理说是挺平常的一句话，听上去也没什么不对，秦敬心里竟是突然咯噔了一下，沉完又一空，莫名有些惶惶，可又不知道是为了什么。秦敬想了想，没想出个所以然，最后归结于刚才自个儿脑子晕晕乎乎，不知道是哪根筋搭错了。

小刘既都搬回去了，秦敬想着也该抽空修整一下自己家的房子，便跟沈凉生说要回去住几天，把房子拾掇利索了再回来。沈凉生也没反对，问他要帮忙么，听秦敬说不用，便不再坚持了。实则光收拾房子也用不着几天，只是秦敬想着现下局势不比以前了，怕沈凉生认为住在外头不安全，催自己搬去茂根大楼那头住。他虽然不想搬，但更不想为了这事儿跟沈凉生闹什么不愉快，于是惦记着趁这几天把家里各处都好好弄一弄，就算搬走了，这也是父母留下的房子，自己打小儿长起来的地方，一砖一瓦都有感情，好好拾掇一下，就当是提前告个别。

几日间，秦敬把整间小院儿洒扫一新，窗户抹了新腻子，上房重铺了铺瓦，堵死了堆杂物的偏房里早说要堵的耗子洞，眼见再没什么能收拾的了，才又回了剑桥道。

一进沈宅大门，秦敬便见老李头正弯腰修剪门口花坛里的月季。花草不晓人事，依旧姹紫嫣红开得热闹，老李头却像心情十分不佳似的，修理花枝的剪子都带着股恶狠狠的味道，咔嚓一下，咔嚓又一下。

"秦先生来啦？"老李头抬头看见秦敬，这才有了点笑模样，点头招呼了一句。

"您家里最近还好？"秦敬看他心情不佳，怕是几天没见，他乡下家里出了什么事，便多问了一句。

"还那样儿，没什么不好的，劳您惦记了。前两天我小儿子进城，还说大宝儿自打被接回去就吵着要回来找秦哥哥……"老李头说了两句，也觉着自己太唠叨了，便打住话头道，"您赶紧进去吧，别跟我在这太阳底下晒着了。"

秦敬笑着点点头，刚要往里走，又听老李头在后面犹犹豫豫地补了句："秦先生，您要是找少爷……"边说边往宅子里瞅了瞅，明知里头听不见，还是下意放低声道，"那个人这几天都来第二回了，不知道是干什么来的。"

秦敬闻言一愣，这才注意到宅子侧门的青条石阶下头多停了辆车，特地走前几步，绕到能看见车头的位置瞅了眼，便又退了回来。

"您不进去？"

"嗯，先不想进去，陪您剪剪花儿吧。"

秦敬话说得坦白，老李头也明白他的心思，继续一边干活儿一边跟他有一搭没一搭地唠家常。过了约莫十来分钟，便见沈凉生跟一个人肩并肩地走出来，边走边聊，分明是熟人间才有的气氛。

"文森，那就这么说定了，明天晚上见。"

"好的。其实小早川先生不必亲自跑一趟，下回打个电话就可以了。"

"没什么，反正我最近也不很忙。"

来的这人和沈凉生的关系的确不算生疏，自打第一回见过之后，小早川果然依言约了沈凉生叙旧，后来俩人也一起吃了好几次饭。其实论起年纪，小早川比沈凉生还小两岁多，不过是因为他父亲的职务才年纪轻轻便坐到了现在的位子，被指派来协助监管经济方面的事务。

他刚来两个月，尚没拓展开交际圈子，就因年轻气盛同茂川派系的人暗地里有了点摩擦。虽说明面上还过得去，可权力多少被架空了，便觉得有些不得志，但沈凉生这副不讨好也不疏远的态度反而投了他的脾气，加之两人又同在剑桥念的经济，有不少共同话题，一来二去的也就熟了起来。

其实沈凉生自打出门就扫见了秦敬，面上神色却一如往常，客套着送小早川上了车，目送车开出铁门，既没进楼，也没出声招呼，只立在当地望着他，像是在等他自己走过来。

秦敬站在花坛边与他对望，八月盛夏的阳光火辣辣地泼下来，地面都被浇得冒热气。

隔着不远不近的距离，他望着他，因着日光刺眼，并看不清他面上神情。被毒辣的日头晒久了，身体似已对冷热的知觉混淆了，热得狠了，反而有种要打冷战的感觉。

默默对视半响，最终还是秦敬自己走了过去。而沈凉生抢在他前头开口，仍是惯常那副平淡语气："先进去再说。"

两人进到客厅，秦敬本以为会换个地方说话，沈凉生却站住了，朝沙发比了比："坐吧。"倒搞得跟秦敬第一回来似的。

"沈凉生……"实则秦敬还没想得太严重，他十分相信沈凉生的为人，现下只想着同他好好谈谈，寄希望于能够说服他不要合作。

"秦敬，我家里的事儿，我也没特意瞒过你。"沈凉生却打断他，摞了句没头没尾的话，似在等秦敬自己想明白。

秦敬却未反应过来，脑子跟被堵住了一样，沉默了几分钟也没接话。他不清楚沈家生意上的事儿，沈凉生也没跟他提过自己早晚要出国这一节，但沈家内部的矛盾他还是知道的。可然后呢？秦敬傻愣愣地坐着，觉得自己想不明白。

"秦敬，我有我想要的东西，"沈凉生等了他几分钟，看他仍愣愣地坐着，心知等他自己想清楚是没戏了，干脆把话摊开说明，"坦白告诉你，我并不打算参政，但生意上的合作肯定避不开，你能接受就接受，不能接受就算了。"

秦敬仍未出声，闻言默默点了点头，示意自己听到了。沈凉生也没跟他说你慢慢考虑，一时想不清楚就多想几天，只探身去茶几上取烟点了，靠回沙发里静静地吸着。

客厅里的下人早看出场面不大对劲，一个两个都识趣地退了出去。底楼空旷的大客厅里没人说话，只有烟是活的，袅袅地飘起来，袅袅地散开去。

沈凉生抽完一支，探身又拿了一支，却见秦敬也随他取了支烟，夹在唇间点了——秦敬原本是不吸烟的。

秦敬虽点了烟，但只在点烟时吸了一口，后头就任那烟自己慢慢烧完了。而后终于开口，却是句无关之言："往后少抽点吧。"

沈凉生不答话，秦敬捻灭烟头站起身，又说了句："那就算了。"

沈凉生点了下头，也随他站起身，耳听秦敬说："回头我……"知道他是想说房子的事，打断他道："不用了。"

"回头我先把房契拿给你，"秦敬却望着他，顾自把话说完，"还有什么我没想到的，你再叫我。"

"好。"其实沈凉生也晓得，事已至此，他想靠一套房子绑住秦敬这个朋友，是绝不可能了。当下不再废话，干脆地答了一声，多少有点像是个谈生意的态度，条件讲定了，便该送客了。

秦敬也不再废话，没有出声道别，只又点点头，转身朝门口走去。

客厅大门敞开着，外头一片白芒。秦敬一步步走向那片茫茫的阳光，突地想到那天晚上沈凉生说人情不用他还，也不用他再惦记，如今才终于回过味来，沈凉生怕是对今日早有预料，那样一句话原来也是提前告别，应是也存了个两不相欠的意思。

——两不相欠，也再不相干。

沈凉生立在他身后，面上依旧没什么表情，更不见什么难过不舍的神色。硬要说的话，只是张严肃到了平板的脸。

他确实早料到会有这天，不然也不会早早预谋送秦敬一套房子。尽管他知道，自己与那些人在生意上的合作，秦敬必定不能接受，但在沈凉生根深蒂固的商人思维里，所有"不能接受"，无外乎都是条件还没有给够。一套房子不够，沈凉生本还预备了后手，左右嘴皮子一碰就是话，秦敬又不大懂生意上的事，想要糊弄他自己本意不想与那些人有瓜葛，实在是被迫如此也不是没法子。糊弄完了，把姿态放低一些，总能把人安抚住。

然而事到临头，沈凉生终究没有把那些预备好的话说出口。

因为曾有一日，他陪秦敬站在昏暗的地窖里，听着外头远远传来的轰鸣，偶尔觑一眼秦敬面上的神情，蓦地想到许久前一个游湖赏花的春日，想到了秦敬口中的话语，也想到了他彼时的神情——

彼时的恬静与深情，于昏暗中像是被漫长的轰鸣凌迟一般的痛。

沈凉生承认，那是自己无法感同身受的，但是那一刻他终于意识到，在这件事上，他绝不能再与秦敬讲条件，但凡曾对他有过一毫厘的真诚，就不能在这件事上糊弄他。

不是所有东西都能被摆上商人的谈判桌。

理想与热爱不能。鲜血与苦痛不能。

而自己能给他的最后的条件，是一点最起码的尊重。

这一点尊重也不难给，无非是四个字：

好聚，好散。

转日便是周一，沈凉生白天如常去了公司，晚上赴了小早川的约，到家已是十点多，进门便听下人道中午秦先生来过了，说是给您送东西。沈凉生早猜到秦敬会趁他不在家时过来，并没多问什么，随便点了点头。

秦敬送来的东西下人不敢乱放，就搁在客厅茶几上头。沈凉生走过去看了一眼，除了那叠房契，还有个眼镜盒，多少让他愣了下。他自己都快忘了，秦敬戴的那副镜子是他送的了。

还了就还了吧，反正都已经这样了，再计较这些细枝末节也没必要。事已至此，秦敬这个人，以及与这个人有关的一切他都不愿再提，只想眼不见为净。

沈凉生待要把镜盒同房契一块儿锁进书房不常用的抽屉，却又没忍住把房契展开看了一眼——签名处空空荡荡，什么都没有。果然从一开始，就什么都没有过。

这日沈家所有下人都听到书房里突然传出几声巨响，不知是打砸了什么东西，却也没有人敢去看。接下来一连几日，人人恨不得把头摘下来夹在胳肢窝里做事，生怕引火烧身。结果几天过去，并没见到沈凉生迁怒发火，人还跟以前一样，虽说成天冷着个脸，却也不难伺候，便又都松下弦来，该怎么着怎么着了。

日子就这么平淡地过了一个月，九月中的时候，沈凉生接到了一封王珍妮从美国写来的信。实则前段日子她已发过加急电报，现下这封信约么是嫌电报说不清，想再找补点什么。

信着实不短，洋洋洒洒好几张，可来来回回不外乎一个意思：国内如今变成这样，她也回不来，只能干着急。万幸家里没事，但有个朋友竟一直没能联络上，真是活活急死人。又问沈凉生好不好，秦敬好不好，叮嘱道若有什么事一定要给她拍电报。

沈凉生心说要有事给你拍电报能管什么用，却也看出她是真着急，信纸上隐约可见泪水洇开的晕迹，于是也回了几句安慰的话，又说自己很好，顿了一下，续写道："秦敬也好，他让我代他跟你问好，也让你自己多保重，不必太挂念我们。"

其实秦敬如今好不好，沈凉生自然是不知道的。只是他们已无联系的事虽没必要向王珍妮说明，却也没必要撒这样一个自欺欺人的谎。

信写完后，沈凉生通读一遍，有些想弃掉重写一封，但对着那句话看了几分钟，最终还是原样封好口，同其他两封待寄的信放到一处。

九月中旬已经入了秋，暑气褪了，只因还没下过雨，便也没有一场秋雨一场凉。这日正是礼拜天，沈凉生难得没有出门，在书房回完了信，又无所事事地小坐了片刻。

书房窗子敞开着，室内充满了初秋温暖和煦的气息，他却有一刻觉得宛如置身冬日——沈凉生的自制力一向是极好的，最初的愤怒与难受早被他按消抹平。可许因一封来自故人的信，又或因说了那样一个谎言，这刻他终于稍稍打开心门，无所事事地坐着，仿佛听到一些旧时的欢声笑语，自去年的冬日，最好的时光尽头飘过来，挟着冷而清新的气息，在心房中轻巧地打了一个转，又轻巧地飘走了。

又过了几日，终于下了一场透雨，天忽地冷下来。雨从半夜下起，秦敬未关窗，身上只盖了床薄夹被，便被冻得睡不踏实。似醒非醒时他突然觉得自己忘了件很重要的事，像与天气有关。

天凉了……秋天了……哎哟！秦敬猛地想起来，之前沈凉生跟自己提过，他的生日是在七月。结果七月出了那么大的事儿，他就全然忘了这一茬儿。

秦敬朦朦胧胧地想着，自己连他的生日都忘了，沈凉生该不高兴了吧。又想着明天下课后得去商场逛逛，补份生日礼给他赔不是。

待想到要买什么的时候，秦敬方才彻底醒过来，想明白自己什么都不用买了——他们之间已经再没有什么关系了。

秦敬翻了个身，想去找床厚被子，又懒得动。夜雨窸窸窣窣地下着，渐渐下大了，秦敬裹紧夹被，听着雨声再睡过去，第二日起来有点鼻塞，想是感冒了，眼皮也沉甸甸地抬不起来。

他隐约记得自己做了一个梦，梦里也下了雨，雨中泛着丝丝缕缕的红。这样一个并没有实质内容的梦，却让他醒来后心中莫名难受，甚至连着几日都胸闷胃疼，天一日日冷下去，感冒却迟迟好不起来。

十月底，沈凉生惯例回老公馆同沈父叙话，聊天时听他嗓子有些哑，便问他是不是感冒了，可吃了药没有。

沈克辰摆手道："这嗓子闹了好些日子了，咽东西都费劲。"又说中药吃了不少，就是不见好，想是夏天的时候着了一场急，火气积大了，得好好调理点日子才能缓过来。复长叹了句："这上了年纪，身体就是不如以前了。"话说出来，面上一下多了几分老态。

"中药吃着不见好，就去看看西医，明天我叫路易斯过来一趟。"

路易斯是个西医，也是沈凉生的朋友，曾被他推荐给沈父做家庭医生，只因沈父觉得西药毒性大，没有中药温和，统共也没叫他看过几次病。

转日路易斯来了，听说沈父这嗓子闹了那么久，便建议他做个喉镜检查。沈克辰不大乐意做，被沈凉生劝了两句，还是做了。

不过查也没查出什么问题，最后只开了些消炎药了事。直到又过了快一个月，沈父咳嗽得越来越厉害，有日竟咳出口血痰，这才终于慌了神，做了一个彻底的检查。

这回检查结果出来，却是叫沈凉生去听的，这让他已经有了些心理准备。医生委婉地解释了一下病理，续道令尊这种类型的喉部癌症早期不容易察觉，现在做手术也不是不可行。沈凉生听他话说得保留，直接打断话头，着重问了问手术风险，最后斩钉截铁道："那就做手术吧。"

沈父那头沈凉生说一半留一半，只告诉他是喉咙长了个小瘤子，切掉就好了。可沈父又不傻，心里多少已有些明白是怎么回事儿。

沈克辰虽然近年胆子小了，但早年也算是走过风浪的人，事到临头反倒镇静下来，平心静气地接受了手术方案，下意乐观地认为还是很有治愈希望的。

沈凉生多方打听了下，最后花大价钱从上海请了一位美国的医师主刀，手术结果基本令人满意。病情似得到了控制，沈克辰暗暗觉得自己大难不死必有后福，开刀后的精神头也十分不错。

这年十二月，维持治安的委员们终于解散，小早川依然想说服沈凉生为自己做事，但沈凉生那时正忙着给沈父联络手术的事儿，先推说自己没心情谈这个，之后又说等沈父身体更好一些再谈，拖来拖去拖到了转年二月，结果还是不了了之。

不过沈凉生这话也不全是托词，按理说沈父这一病，他离自己想要的东西便又近了几分，只是心里却半点觉不出高兴的意思。

沈父做手术时，候在手术室外头的沈凉生，脑中来来回回想的却不是沈克辰早年怎么亏待他，而是后来他对他怎样好。

阳春三月，万物复苏，沈父的病情却突然急转直下。这回大夫不敢再建议手术，沈克辰的身体也禁不住再动刀，只能拿药吊着，往后就是活一天算一天。

病房条件再好也不如家里，四月沈父还是出了院，请了两个陪床看护，又请路易斯每天都过来看看情况。沈凉生跟着搬回了老公馆，他大哥也每日过来打一晃，至于是真孝顺还是为着分家做打算，只有他本人最清楚。

沈克辰知道自己不好了，可也不敢想这是报应。他是笃信还有来世的，倘若这是报应，那到了下头不还是得继续受罪。沈凉生揣摩到他的心思，花钱请了位"大师"给他讲经，字字句句都是开解的话，就差明言允诺他下辈子准能投个好胎继续享福。

四月中，沈父趁着自己还清醒，不放心单找律师，又打老家请了公亲上津，这就是要交代后事了。沈凉生的大哥光长岁数不长脑子，旁敲侧击地去打听沈父的遗嘱，沈凉生反倒不动声色，心说那都是对老爷子忠心耿耿的人，要有空子可钻我早下手了，还能轮得到你？

结果不出所料，他大哥前脚打听，后脚沈父便知道了，气得直拍床，却因没力气拍也拍不响，又因着喉咙的病骂不了人，最后一口一口地倒凉气，路易斯赶紧给他打了镇静药，确定人无事后才离开。

沈父一觉睡到第二天早上，睁眼时模模糊糊看见床边坐了个人，那样的侧影是他最喜欢看的，便窸窸窣窣地摸索到那人的手，勉力嘶声叫了句："……珍珍。"

沈凉生坐在床边，感觉到沈父握住自己的手，但没大听清他的话，低头轻问了一句："您说什么？"

沈父却又不出声了，望着沈凉生慢慢摇了摇头，突地流下泪来。而后默默闭上眼，似是精神不济，重又睡了过去。

沈凉生已经两天没去公司了，今天说什么都得过去一趟，于是看了沈父几分钟，叫看护进来守着，自己走出房门，边往楼下走边点了支烟。

楼梯下到一半，沈凉生却蓦地站住了，后知后觉地意识到沈父刚说了什么——他发现自己竟然几乎忘了，他的母亲中文名字中是有一个"珍"字的。

那一刻沈凉生终于承认自己觉得孤独。他生命中的人一个接一个地离开他，他认为他不在乎，不在乎到几乎忘了自己母亲的名字。

或许有一日他真能够忘记他们所有人的名字，那些已经离开或将要离开他的人。然而此刻沈凉生却发现自己害怕了，在这间幽幽的、充斥着死亡气息的宅子里，害怕有朝一日脑中变得一片空茫。

他站在楼梯上默默吸完一支烟，但终归开车去了公司，傍晚回老公馆前绕去了剑桥道那头，从书房里把那本《葡萄牙人的十四行诗》带了出来，那是他唯一保存的关于母亲的遗物。

——如果非要从那些已经离开或将要离开他的人中挑一个来想念，他决定选他母亲。

这晚沈凉生把那本有些年头的英文诗集放在床头，睡前随意翻到一页，一首一首读下去，在某一首的结尾停了下来，来回看了两遍，默然合上书册。

"可是我向你看。

我看见了爱，还看到了爱的结局。

听到记忆外层一片寂寥。

就像从千层万丈之上向下眺望。

只见滚滚浪涛尽流向海。"

六月末，沈父油尽灯枯，撒手人寰。讣告在报上登了出来，秦敬自然也看到了，攥着报纸坐了半晌。

小刘也看到了讣告，当晚去找了秦敬，并没提这码事，只带了些饭菜过去，口中埋怨他道："你这天天都瞎忙什么呢，老说没空过来吃饭，回回都得让我给你送。"

话是埋怨的话，心思却是好的。小刘监督着秦敬把饭吃完，又说了他一句："合着我不给你送你就不记着吃晚上饭是吧？你自己瞅瞅，我这一个都快能顶你仨了。"

"你是说横着比还是竖着比？"秦敬笑了笑，垂着眼收拾碗筷，准备拿去厨房洗。

小刘见他还能开玩笑，多少放了点心，这大半年秦敬虽说人瘦了点，但精神还算不错，可见身体应该还行，大半还是因为忙瘦的。近来津城各校团结一心，不撤销国文科目，不修改教科书，圣功是女中，学生本来就少，现下状况更是艰难，但用老吴校长的话说，学是肯定要办下去的，还要想法儿办得更大更好。

秦敬这大半年间一头在学联帮忙，一头跟着老吴做事，暗地里帮着散发传单和小报，直到后来局势越来越严峻，传单报纸印不出来就用手一份一份抄，活人总不会被事情为难死——

"什么是路？就是从没路的地方踩踏出来的，从只有荆棘的地方开辟出来的。"

第五章　本不同路

　　沈父的丧礼上，沈凉生一身黑西装站在他大哥后头，并没有掉一滴泪。他大哥倒是哭得悲戚，好像这时候多哭两声，回头就能多分两处房子似的。

　　沈克辰的遗嘱并没出乎沈凉生的意料，沈父再怎么厌恶他这个大儿子不争气，到底也不会亏待他，虽没把沈家的经营权交到他手里，却给他留了一半的不动产。倘若他真能戒了赌，这份房子地产足够他下半辈子躺着过了。

　　沈凉生的大哥对这么个分法也没有异议，他知道钱是死的，可沈家的生意他早就插不上手了，现下这个分法已经让他十分满意。

　　沈凉生那头倒不是不满意，不过以他对他大哥的了解，很清楚这就是个狗改不了吃屎的主儿，那些房子和地在他手里根本留不住。沈父在世的时候，沈凉生并未对他大哥怎么样，相反有时还帮衬他一把，那是因为他知道沈父都看在眼里，想下手还不是时候。

如今沈父一死，沈凉生再无顾忌，半分手足之情都没留，后头几个月明着暗着对他大哥做出来的事儿，要让早死的沈家大太太知道，决计要变厉鬼回来生扯了他。

沈凉生当年回国的时候，并没存着为母报仇的念头，但六年之后，却真是一报还一报——沈凉生的大哥病死在了这年年底，至于怎么会突然得了这样重的急病，并没有人知道。

李婉娴在沈父去世后立马回娘家闹了一场，终于如愿以偿地结束了她那段名存实亡的婚姻。后来听闻前夫的死讯，愕然间先恨离婚离得太早，钱还是分少了，可遗憾完再一思量，又浑身冒寒气，这才有些后怕。

这年的一月格外寒冷，天色一直阴沉着，想是早晚要下场大雪。

沈凉生这日回到家，下人边接过他的大衣帽子，边低声禀了句："有位姓崔的小姐找您，一直不肯走，我看外头天太冷，就让她进来等了。"

下人说这话是因为沈凉生立过规矩，他不在时有生人找一概先回了，别什么人都往家里让。沈凉生则根本不记得自己还认识位姓崔的小姐，闻言蹙眉问了句："人呢？"

"就跟厅里坐着呢。"

沈凉生这才注意到沙发里还坐着个人，那位崔小姐悄没声息地坐在那儿，说是找沈凉生的，此时却像魂游天外一般，手里笼着杯茶愣神，竟是副要哭不哭的样子。

沈凉生边走过去边打量她，确信自己没见过这人，却也知道为什么下人自作主张地把人请进来了：这位崔小姐大着个肚子，还真不能让她大冷天站在外头等。

沈凉生走到近前，沙发里的人才回过神，赶紧站了起来，局促不安地看着他，可连声招呼都不知道打。

"找我什么事？"虽然不认识，出于礼貌也不能把人往外赶，沈凉生自己坐下来，看她还站着，便又客气了句，"坐吧。"

"我姓崔……"

"嗯，请坐，"沈凉生看她憋了半天才憋出三个字，只好耐着性子再问了遍，"崔小姐找我有事？"

"沈少爷。"

对方也没坐，又说了三个字，眼泪便唰地掉了下来，哭得说不清话，倒好像是沈凉生对她始乱终弃，简直莫名其妙。

沈凉生清楚自己根本没欠过这么笔冤枉债，却也拿她没辙，叫下人过来递帕子给她，忍着脾气一句句问了半天，才大抵弄明白是怎么回事。

这位崔小姐并不是津城本地人，本名叫作招娣，最常见不过的名字，人也长得说不上多好，只能算白净清秀，不过因着骨子里的柔弱性情，看着便十分楚楚可怜。

她原是跟着东家来津做帮佣，后来被沈凉生的大哥看上了，偷偷养在外头，并没敢叫李婉娴知道。当初人没死时他就已经不大管她了，现在人死了，余下个没名没分还大着肚子的女人，靠当东西撑了两个月，眼见租的房子马上要被房东收回去，连个睡觉的地方都没了，才鼓起勇气找上了沈凉生的门。

沈凉生不知道她肚子里的孩子是否真是他大哥的——是不是都跟他没关系——当下也没多说什么，更把场面话全省下来，直截了当地道了句："你开个数目吧。"

"不是，我不是要钱。"崔招娣这辈子就吃亏在性子太软弱，当初被沈凉生的大哥强占了便宜，竟就稀里糊涂地跟了他，如今又光知道哭，说是不要钱，却讲不清自己究竟要什么。

沈凉生对他大哥心狠，却也不想欺负一个大着肚子的女人，见状干脆任她哭个痛快，自己靠在沙发里点了支烟静静看着她哭，最后柔声劝了句："别哭了，要不先吃点东西再说？"

"我……我不要别的……"崔招娣被沈凉生劝了一句，倒真慢慢止住了哭，口中的话却仍没什么条理，"孩子我自己养，我一定好好待他，我就想求张车票回去……"

崔招娣没念过书，话说不清楚，做事也没有章法。她其实是怕沈家万一想认这个孩子，她便留不住自个儿的骨肉，是以苦撑了两个月也不敢找上门。之前花钱托人给南边老家写了封信，等收到回信，见她娘还肯要她，总算还有条活路，却没钱买车票回去，又不敢跟家里开口，也没地方去借，这才找到沈凉生住的地方——能打听到地址已经算是她做过的最有本事的一件事了。

沈凉生听出她对肚子里的孩子很是着紧，倒真难得发了些善心。不管那是谁的种，当妈的疼孩子，多少触到了他心里某根弦。待问明白她连住的地方都没了，便决定索性送佛送到西，先安排人在客房住两天，等买好车票再找个人送她回去。

崔招娣是个全没主见的，沈凉生说什么就是什么，最后便拎着一小包衣服在沈宅住了下来，整天待在房里，轻易不敢出房门半步，更不敢跟沈凉生同桌吃饭，只在心里觉着他跟他大哥不一样，是个好人。

沈凉生自然与好人半点不挨边，只是在金钱方面补偿她一些。崔招娣先是不敢收，沈凉生不容置疑地道了句："给你就收着。"于是还是收了，心里越发觉得他好。

火车票买在了　月二十二号，结果二十一号下了场大雪，算算节气正是大寒，倒是应了景。二十二号是礼拜天，沈凉生左右也没事，便说一块儿送她去车站。

沈凉生找来送她回去的人是公司里的小秘书，正好老家也在南边，听东家说给他放假一直放过春节，工钱又还照算，当时美得不行，出发当日欢天喜地地拖了两个大箱子到了沈宅，连沈凉生都忍不住有点好笑地说他："你这是把家都搬回去了？"

"哪儿能呢，就是带了点土产给家里人。"

小秘书刚二十出头，人很活泼，想着要跟这位崔小姐相处一路，便主动去找她说话，又不待司机动手就帮她拎箱子——崔招娣本来没什么行李，还是沈凉生看她冬装几乎都拿去当了，多帮她添了几件衣服。

虽说挺着个大肚子，但崔招娣其实才刚满十九岁，不好意思跟小秘书说话，又不好意思不答话，最后就人家问一句她答一句，低垂着头，还是那副楚楚可怜的样子。

沈凉生站在一旁望着他们，觉得这俩小孩儿这么瞧着有点像对新婚的小夫妻，还挺有意思。他这年二十八岁，比他们大了还不到十岁，却于这一刻蓦然觉得自己老了，看着他们仿佛看着下一代人，竟已是个做长辈的心情。

箱子装好了，人也跟着上了车，小秘书坐在前排，沈凉生陪崔招娣坐在后排，因着那点莫名其妙做长辈的心情，又嘱咐了她一句："路上小心吧。"

崔招娣垂头应了，车子开出沈宅大门，左转驶出几米，沈凉生突地回过身往车后望去，口中急急吩咐了句："停车！"

因着雪天路滑，司机狠踩了脚刹车，车子往前滑了滑才停下来。崔招娣猝不及防，身子跟跄了一下，忙用手护住肚子。

她不知道他这是怎么了，虽然同沈凉生相处时间不久，但她已下意在脑海中把他高高地供了起来，简直像看菩萨一样，高不可攀地如在天上、在光里，不是俗人，也没有什么喜怒哀乐。

于是现下见他飞速推门下车，之后却又立在车门边一动不动，便也难得胆子大了点，诧异地凑到车窗边上，脸贴着玻璃往车后头瞧。

他们为了赶火车出门早，剑桥道这边又僻静，路上除了他们这辆车，只有远处街角立了个人。她觉着沈凉生是在看那个人，又有点纳闷儿地想：是不是他认识的人？可怎么就光站着看，也不打声招呼呢？

要说秦敬此番来找沈凉生确是有着人命关天的正事，却非为了自个儿，而是为了小刘。

其实小刘并没干什么出大格的事儿，这小子看着跟尊弥勒佛似的，成天眯着小眼乐，却也是个有血性的仗义脾气，只是知道老娘岁数大了，仨妹妹里有俩还没许人家，自己身上挑着养活一家老小的担子，不敢不做个"顺民"。秦敬平时在做什么从不肯同他说，甚至连刘家都有意地少去了，就是怕万一自己有个什么三长两短牵连到他。

不过小刘多少也能收到些外界的风声，虽然不能真干什么，但心里憋着口恶气。后来同行里几个师兄弟一合计，就一块儿编了些暗讽时局的小段子，在台上讲讲"虚构的旧朝旧事"，说的听的都知道是怎么回事儿，大伙儿不敢点破，一起骂两句解解气罢了。

结果去年十月底，有一伙人找上茶馆的门，没有真凭实据就把小刘带走问话，明摆着是为了讹钱。小刘的妹妹吓了一跳，找到秦敬，秦敬赶紧带着钱过去，赔着好话笑脸把人赎了回来，小刘也不敢再说那些暗讽的段子，却没承想刚平静着过了两个月，竟又被拎走了。

这回的事情可大发了，不单小刘一个人，还有其他人也被冤枉地抓走了，却是因为有人察觉到有组织建立起了秘密交通线输送补给和药品，下令查找盘踞点。于是虾兵蟹将们为着向主子邀功胡乱逮人，竟又盯上了刘家茶馆，连送钱疏通都不管用了，秦敬打听到陆续被抓的人的移送地点，一头嘱咐小刘的妹妹看好她娘，一头就来找了沈凉生想辄。

二十二号一大早秦敬去了剑桥道，却在望见那道熟悉的铁门时停了下来，立在街角站了片刻。他觉得自己这事儿做得有些不地道，当初是自己一意要与沈凉生划清界限的，连他爹过世都不肯去看看他，如今要人帮忙了才找到他，秦敬不知道沈凉生会怎么想自己，更不知道该如何开这个口。

如果是他自己的事，秦敬说什么也不会再麻烦沈凉生，但现下担着的可是朋友的命。秦敬默想了片刻，刚要抬腿迈步，便见铁门打开，有车开了出去。他不晓得沈凉生在不在车上，正犹豫要怎么办的当口，却看车突地停住了，那个人推门下了车，立在车门边向自己望过来。

大雪过后，天地一片白茫，秦敬突然想起他们告别那日，刺目夏阳中的街道，竟与眼前覆雪的长街渐渐重合在一处。

沈凉生吩咐司机停车时的那点忙乱早已收敛干净，见秦敬先迈步向自己走来，便也迈步迎向他。他的手抄在大衣口袋里，步子迈得比平时略快了些，却也十分稳当，走到秦敬身前，一如往常得体地寒暄了句："好久不见。"

"嗯。"秦敬愣愣地答了，也不知道再补句场面话。

"找我有事？"

"嗯……"

"进去再说吧。"

小秘书做人机灵，看沈凉生下了车，也跟着钻出来，此时正立在车旁，见沈凉生回身朝他摆了摆手，便知道是让他们先走的意思，又钻回车里朝崔招娣道："崔小姐，二少有客，咱先走吧，别误了火车。"

"能不能等一下？"

"啊？"

小秘书以为崔招娣是想等沈凉生一起走，刚想跟她说别等了，却见她已推门下了车，在车边站了半分钟，又不待自己催就坐回来，拉上车门，小声道了句："劳您等了。"然后便垂着头不说话了。

——她是不敢喜欢他的。他在天上，在光里，让她连偷偷喜欢的心思都不敢有。只是她知道，这一别，就是一辈子。所以难得鼓起点勇气，再看他最后一眼，也多少盼着他能再看自己一眼，跟自己挥手道个别。

沈凉生不是没看到崔招娣下车，却连周全下场面礼貌的心思都提不起来。沈凉生看到了，秦敬自然也看到了。他没见过崔招娣，不知道她同沈凉生是什么关系，只见她一手扶着车门，一手搭在肚子上往这头看过来。那样的目光可算是柔肠百转，对上自己的眼便不好意思地垂下头，默默地坐回到车里去。

结婚了吗？应是还没吧。他若是结婚了，报上肯定是要登喜告的。许是因为他父亲去了没满一年，还不能办喜事。不过孩子都有了，总归得补场喜酒，只是不知自己还有没有道喜的资格。

秦敬一头乱七八糟地想着，一头随沈凉生往宅子里走。俩人进到客厅里，下人见到秦敬一愣，上茶时没忍住冲他笑了笑。秦敬便也冲她笑了笑，望向沈凉生时笑意仍未收回去，倒显得两人真像是故友重逢了。

"找我什么事？"沈凉生低头点烟，多少带着点掩饰意味地淡声问了句。

秦敬也没废话，开门见山地把事情说了，望着沈凉生的脸色等他的答复。

"我知道了，你放心等消息吧。"沈凉生倒没刁难他，也没拿话搪塞他，痛痛快快地应了下来。

"对不住，麻烦你帮这么大的忙。"

"不客气。"

正事说完了，客厅中一时有些沉默，静了片刻，两人同时开口：

"我……"

"中午留下来吃个饭吧。"

"实在抱歉，"秦敬只能推辞，他是真还有事，"我这就得回去，小刘家……"

"嗯，你倒是还和以前一样，对朋友有情有义，有事才想起来找我。"沈凉生这话说得不是他一贯的风格，这是一句明明白白的讽刺，冰锥似的扎进秦敬心口。沈凉生自知不该这样失态，但人心都是肉长的，他心中未尝没有一股盘亘了许久的怨气。

话说出口，沈凉生就见秦敬脸色一白，被厅中暖水汀熏出的一点血色肉眼可见地飞快褪去，这让沈凉生立时生出一些后悔，可还未及找补什么，便听秦敬一字一句慢慢说道："此事确实是我不对，改日一定再登门赔罪，但今天我实在是不能久留，对不住。"

话说到这份上，沈凉生不便留他，只得起身比了个"请"的手势，将人送至厅口。明明是在生意场上应酬惯了的人物，此时竟想不出一句合宜的话来周全。

"不劳烦远送了，再会。"

秦敬勉强客套了一句，走出几步，又听沈凉生在身后叫他：

"看你比以前瘦了，自己多保重。"

"嗯。"秦敬闻言脚步微顿，却未回头，只低声应了一句。

沈凉生再不多言，目送他穿过花园走向铁门。

秦敬走出沈宅大门，走到街上，沿着僻静的街道一直往前走，过了通往电车站的路口也没停下。

昨日的雪大约还没下透，天色阴霾着不见日头，只泛着青白的光，像覆雪的大地上倒扣了只白瓷碗，人被闷在碗里头，憋久了便有点喘不上气。

秦敬并不觉着特别难受，方才跟沈凉生告别的时候，脑子里也是清楚的，半点不糊涂。直到现在走得远了，松下劲儿来，才觉得眼前景物有些摇晃，踉跄地挪去道边，扶住树定了定神。

秦敬觉出自己脸上滚烫，他以为那是羞惭——沈凉生并没有说错他什么，他自知自己就是一个彻头彻尾的小人，用人朝前，不用人朝后，可为了朋友的命，他必须要把这个小人做下去。

但话说回来，曾几何时，沈凉生也是他的朋友，也真心实意对待他，而自己是如何回报的？他的"回报"，让他甚至都没有脸对沈凉生道一句恭喜。

他不配。

秦敬为小刘的事连日奔波，吃不下睡不着，本就熬得亏空，现下发起高热，头晕脑涨，胃也一阵阵犯恶心。

他忙扶着树低下头，干呕两声便吐了出来。胃里没什么吃的，也没吐酸水，只呕了一口褐不啦唧的东西，秦敬愣了愣，才想明白那是血。

不是新流的鲜红的血，而是不知道什么时候就憋在了那里，现下终于吐了出来，落在树下未被人踩过的积雪上，暗褐的、陈年铁锈一般浑浊。

似是有什么东西，在不知道的时候，早已静静地死在了身体里，腐烂的尸首这才见了光。

秦敬刚刚脑子有点晕乎，吐出这一口血整个人反倒清醒了。

他扶着树缓了片刻，低头看着雪上的血，用脚尖把那片污渍拨散了，拿旁边的雪仔仔细细地盖住，才又继续往前走去。

沈凉生因为那股不能明言的怨气，故意刺了秦敬一句，自己也并没得着报复的快感，只得在秦敬托他的正事上多加把力，小刘礼拜二一早便被放了出来。

秦敬怕他过意不去，没敢跟他说是找了沈凉生帮忙，只说是送的钱管了用。小刘刚受完吓，脑子还不大好使，一时也没想明白，只想到秦敬怕是搭了自己的积蓄进去，悔得脸通红地跟他赔不是，又说要把茶馆卖了还他钱，被秦敬堵了一句："茶馆卖了你们一家喝西北风去？"

"那……我……你……"

"跟你说我根本没搭多少，"秦敬知道要说钱全是干娘出的，小刘必定也不信，便笑着弹了下他的脑门儿，随口编了个小数目骗他，"反正我一人吃饱全家不饿，钱放着也是长虫子，等你妹妹们都嫁了，你娶了媳妇儿再还我也来得及。"

不过这一来倒是提醒秦敬了，他欠沈凉生的这份人情没法还，金钱上面总要想办法还给他。秦敬不晓得沈凉生是怎么把人弄出来的，只猜测除了人脉关系，少不了也要花钱送礼，即便不清楚具体的数目，可总该能还多少还多少。

礼拜二傍晚秦敬去了沈宅道谢，掐着晚饭前的点儿去的，估摸着这时候沈凉生应该在。结果沈凉生这日有应酬，秦敬左等右等也不见人，下人要招待秦敬吃晚饭，被他坚决推辞了，一直干等到了九点多。

沈凉生回到家，一进客厅便见秦敬坐在沙发里，是个正襟危坐等人的姿态。

"少爷。"下人见沈凉生进了客厅，忙凑前接过大衣，又非常有眼色地退去了厅外。

秦敬方才还正襟危坐，现下见了沈凉生，反倒放松了一些，站起身来，冲他笑着点了点头。

"几点来的？"沈凉生见他肯笑，心里多少也松口气，语气便没上一回见时那么客气，特意做出熟稔的态度。

"刚来，"秦敬感到沈凉生走近自己，脱了大衣仍带着满身寒气，便也寒暄道，"今儿还是够冷的。"

"你吃了吗？"

"吃了。"

"吃什么了？"

"……"

沈凉生其实半点不信他是刚来，不过是话赶话与他开个玩笑，但见秦敬没笑，只好自己找了个台阶下："再一块儿吃点吧，我在外头也没吃好。"

秦敬这次没再推辞，正色开口道："小刘的事情谢谢你，我想……"

"吃完饭再说。"沈凉生打断他，换了话题道，"我看你比前两天又瘦了，最近身体怎么样？"

"还行，"秦敬顿了一下，"去年你父亲……我在报上看到了，节哀顺变。"

于是两人从沈父的去世聊起，聊到沈凉生大哥的死，又聊到他留下的遗腹子，秦敬这才知道原来那天见到的女性不是沈凉生的太太。

"你呢？成家了吗？"沈凉生问到这里，见下人已把菜摆出来，便先从沙发上站起身，"吃饭吧，边吃边聊。"

秦敬那胃口已去看了大夫，药也吃了，遵循医嘱禁食了大

215

半天，后面几顿老老实实喝的白粥。现下看着满桌的菜，秦敬有些下不了筷子，可也不想让沈凉生知道他胃口不好，多少吃了些，又觉着有点犯恶心，便赶紧打住了。

沈凉生看他停了筷子，脸色有点发白，料想他是饿过劲儿了，吃了东西反而胃疼，也不敢劝他多吃，只盛了碗热汤给他，看他一口口把汤喝了，难得多嘴劝了句："你还是该找个人照顾你。"

秦敬摇头笑了笑，撂下汤碗站了起来，怕忍不住吐在人家屋子里，决心抓紧说正事，说完赶紧走人："小刘的事真的谢谢你，人情我是还不上了，我欠你的也不止这一桩……"

"秦敬，"沈凉生也随他站起身，绕过桌子走到他身前，不错眼珠地望向他道，"我跟你说过，人情不用你还。"

上回他跟他说这话，确是存了几分告别的意思，但如今再说起来，却是带着份想重归于好的心思。

沈凉生以为小刘这事可算个契机，正犹豫着怎么开口，又听秦敬道：

"我知道谢字说多了不值钱，可除了谢谢我也说不出别的。总之谢谢你说人情不用还，其他的，比如办事儿花的钱，我……"

"不用了。"

"那哪儿行，怎么着也不能叫你为了这事儿破费。"

"你……"沈凉生想跟他解释把小刘捞出来根本没花钱，但秦敬这副执意要同他清账的态度实在让他心烦，最后索性明白地问了句，"你就非要跟我这么客气？"

秦敬却未答话，只摇了摇头，不知是指"没跟你客气"，还是"不用再说了"。俩人静了几秒钟，秦敬先开口道："天晚了，我回去了。"

"我送你。"

"不用了。"

"还是……"

"真的不用了，"秦敬站直身，端端正正地向沈凉生行了个礼，"上回的事，这回的事，都是我对不住你，这句'对不起'，我说多少遍都是不为过的。"

沈凉生心中蓦地一冷，他太了解秦敬，这般郑重道歉的态度，只能说明他并没有打算借此机会与自己重新来往。

秦敬说完便默默站在当地，等着沈凉生像上次一样讽刺自己，他不怕沈凉生说得难听，只怕沈凉生说得不够难听。

他利用完他的关系，却又再次与他撇清，这样小人的行径，再难听的话都是他活该应得的。

可沈凉生竟什么都没有说，只从下人手中接过秦敬的围巾，亲自递给他。

"落落汗再走。"

他最终开口，只说了句没什么意义的话，便干脆地转身离去了。

残雪未消的冬夜自然是很冷的，仍是那条熟悉的街，秦敬却走得全不似上一回那么艰难。许是已经小人做到底，过了最难的一关，后面就不难过了，他在心里这样自嘲道，把围巾往下拉了拉，让冬夜凛冽的寒风像巴掌一样扇在脸上，竟然觉得痛快。

——其实说穿了无非是三个字，"不同路"罢了。

他在沈凉生那里做了一个真小人，却仍走在自己选择的路上，既无法拽着沈凉生走上他的路，也决计不会放弃自己想要做的事情。

他们根本就是不同路的。往后若有机会，他豁出命去也会报答他，但眼下这段路，他们终究是要分开走。

于是秦敬沿着街边不疾不徐地往前走，心中有着决断，脑子也一片清明，胃里翻江倒海，却未再呕什么血，只是迎风走着走着，流了满脸寒风也吹不干、冻不住的泪。

既想着要还沈凉生的钱，秦敬便决定把房子卖了。实则他也没什么积蓄，存的那点钱早都陆陆续续地捐了出去，现下要凑这笔款子，除了卖房也想不出什么别的辙。

学校正放寒假，不过同事间也有些往来，听闻他要卖房，便都说帮他打听消息，秦敬也觉着如果能卖给熟人是最好不过，没准儿往后还能厚着脸皮回去看看。

二月初方华结婚，对象就是秦敬那位虽然不大会说话，可也苦追了人家姑娘好几年的同事，算是苍天不负有心人，终于修成正果。

婚礼上除了亲戚朋友就是学校同事，秦敬跟大伙儿围成一桌嘻嘻哈哈，只是酒半点不肯喝，他知道他那胃口可经不住再糟蹋了。

"秦敬，别人敬的酒你不喝，我这杯你总得喝！"酒过三巡，新郎官儿走到秦敬跟前，同他勾肩搭背地道了句，"我谢谢你……我真的谢谢你！要不是你……"

"你打住，"秦敬见他已经醉了，猜到他要说什么，赶紧截下话头，同他碰了杯，"你小子什么都甭说了，我先干为敬。"

"不，我还是得说，你让我说……"对方却不依不饶，可见真是醉了，喝完了酒，拉着秦敬的手情真意切道，"要不是你让着我，我也娶不着她……"

"唉，你快少喝点吧。"秦敬好笑地叹了口气，拍了拍他的背。实则方华后来又暗示过他一次，却仍被秦敬拒绝了，最后终于彻底死了心。

秦敬觉着有点对不起她，可更不想害了她。既然喜欢不上人家姑娘就别害了她。如今她嫁的这小子其实真不错，男人都讲个面子，就算是句醉话，他肯这么说，可见对她确是一片真心。

婚宴快散的时候，一群人吵吵着要去闹洞房，秦敬不想跟着添乱，就站在一边笑笑地看。

"不去跟他们热闹热闹？"老吴平时虽同他们混成一团，但到底是个长辈，此时走到秦敬身边儿，笑着问了他一句。

"不了，春宵一刻值千金，我这人最有眼力见儿了，不去搅和人家数金子。"

"呵呵，"老吴笑了两声，又问了句，"听说你要卖房子？"

"嗯，您也帮我趸摸趸摸？"

"行，不过你卖了房子，打算住哪儿去？"

"小李说他朋友家有处偏房空着，我想先租着住。反正我就一个人，怎么都好办。"

"秦敬。"老吴闻言踌躇了下，放低声道，"有个事儿我一直想问问你……"

"您说。"

"你父母的事儿我也知道，按理说你家就你这么根独苗儿，这话我不该跟你说……"

"哎哟喂，您快别吞吞吐吐的了。"

"小秦，愿不愿意到陕北去？"

"嗯？"秦敬闻言愣住了，转头定定看向老吴，张了张嘴，又闭上了。

"我有朋友在那头，"老吴复把声音压低两分，"他们是合计着想要多建两所学校的，但也确实缺人才。如今的形势你也知道，这是个旷日持久的事，后方……"

"您别说了，"秦敬突地打断他，干脆地点了点头，"我想去。"

"真愿意去？"

"嗯！"

老吴看着秦敬，看着他的眼睛，看到里面的真诚，笑着点了点头："就是先问问你的意思，怎么着也要到今年九、十月份，我有两个学生也想要过去，到时你们搭个伴儿，路上总安全些。"

"没问题。"秦敬也笑起来，蓦然觉得豁然开朗，满心喜悦。

是啊，到大后方去。可以教书，也可以做别的，准能有很多可做的事。

他是真的愿意，打心眼里愿意，就同其他千千万万为家国而战的人们一样，愿意将自己奉献给这片广袤的、美丽的、生他养他的土地。

第六章　生如蝼蚁

秦敬打上回那一走，一个多月都没再见人影，沈凉生却也没主动去找他。他看出他的态度不是那么好说动的，便想先理理自己手边的事，理清楚到底要怎么办。

沈凉生那日是真没想要再骂秦敬什么，他心中自然清楚，秦敬摆出那副坚拒的态度还是因为自己生意上那些往来，这倒不是什么不可解决的矛盾。沈父已经死了，沈凉生不必再顾忌他那份遗嘱，也不用再向他证明自己能够担起沈家这份家业，大不了从合营的工厂里撤资。反正钱总是赚不完的，一来沈凉生无心在国内久待，工厂早晚要出手，二来外国人已不满足于合营瓜分利润，小早川说服不了沈凉生参政，便在这上头给他施加压力，沈凉生多少也有点烦了。

放弃一些金钱利益，沈凉生觉得自己是可以接受的，他已经把移居国外的打算提上了日程，决定至多再留个一年处理后事，到时要不要说服秦敬一起走，又怎么说服他一起走，他却还没有想好。

沈父去世后，说实话，沈凉生觉得孤独，但又觉得这孤独可以忍受。他以为是由于自己对父亲感情并不深厚，直到再次见到秦敬，他才发现，也许是因为自己在潜意识中，认为自己在世上还有一个家人。即便没有血缘关系，即便闹到不欢而散，他在这世上也不是完全孑然一身的。

但沈凉生知道，秦敬与自己不同，他有从小一起长大的朋友，有志同道合的师兄，让他与自己一起离开，似乎并不十分现实。

沈凉生来回盘算要怎么跟秦敬说，一盘算就盘算到了三月。

秦敬要卖房子的事一直瞒着小刘，直到三月初定了买家，眼见瞒不下去了，才把这事儿跟他说了。他不敢说是要还沈凉生钱，只告诉小刘是想去外地教书。

"哎哟我的祖宗，你这又是唱的哪一出啊！"小刘一听就急了，"在哪儿教书不是教，不好好在家待着，非去外地干吗？"

秦敬没说话，又摆出那副低眉顺眼的态度，一脸"随便你骂，反正我已经决定了"的德性。

"退一万步说，"小刘咄咄敲着桌面儿，恨不得把桌子当成是秦敬的脑袋，敲出个洞来看看里头怎么长的，"就算你去了外地也不至于卖房啊！大伯大妈留下来的房子哪儿能说卖就卖？再说你往后就不回来了？回来了打算住哪儿？"

"去跟你和你媳妇儿挤着住呗。"秦敬闻言倒是接了话，嬉皮笑脸得让人看着就来气。

"我呸！"小刘啐了他一句，气完了，脑子却也有点转过弯来，心说秦敬可不是这么没轻重的人，他要卖房八成还有别的缘由，再联系上自己之前的事儿一想，突地就开了窍。

既然有了怀疑，小刘自是要打破砂锅问到底，秦敬左推右挡地跟他磨了半天，眼见再不老实交代小刘就要上鞋底抽他了，才举重若轻地承认道："也是为了还那个人钱。"

"因为我的事儿？"

"不单因为你的事儿，"秦敬怕他难受，顺口编了个瞎话，"以前我也欠了他不少，如今能还多少是多少吧。"

小刘根本不信他那话，闻言呆愣着坐了几秒，刚刚没拿鞋底抽秦敬，现下却猛地反手给了自己一巴掌。道歉的话他说不出口，轻飘飘一句对不起有何用。这一巴掌是下了死力打的，半边脸立马红起来，渐渐浮出五道血檩子。

"你快别这么着！"秦敬赶紧扯住他，再不敢开玩笑，也顾不上守秘了，正色跟他解释道，"你也知道我一门心思去外地，反正就算没有你那事儿我也想把房子卖了，你就信我这一回行不行？"

正是暮色四合的光景，屋里没开灯，小刘同秦敬在昏暗的屋子里默默坐着，静了许久，才哑着嗓子问了他一句："还回来吗？"

"回来，"秦敬点点头，斩钉截铁地许诺道，"等局势好了，我就回来。"

"……"

"钱什么的你就别惦记着了，咱俩谁跟谁啊，再者说了，你欠我总比我欠他好，对不对？"

"……"

223

"你就好好开你的茶馆儿吧，抓紧找个媳妇，回头给我生俩干儿子玩儿，"秦敬笑着摸了摸他的头，"要不干闺女也成，小子太皮，还是闺女好。"

小刘终于再忍不住，垂头哭得直吸溜鼻涕。秦敬心说早晚得哭一场，现在闹完了，走的时候多少轻松些，于是也就任他哭了一会儿，最后找了条干净手绢儿给他，难得叫了句他小时候的称呼："小宝，不哭了，我还回来呢。"

其实这一走，还能不能回来，秦敬自己也说不准。但无论活在何方，无论死在何处，家乡的风景已深刻心头，如此便就够了。

交完房拿了钱，秦敬拣了个礼拜天，上午十点多钟去了沈宅。沈凉生倒是在家，听下人说秦先生来了，许因心里还没敲定主意，竟一边往客厅走，一边觉得有点紧张。

三月中天已有些回暖了，秦敬立在厅里，穿着件深蓝的夹袍，戴着副黑框眼镜，看沈凉生走进来便冲他笑了笑，突令沈凉生有些恍惚。他突地记起来了，他们初遇时也是这样的早春，秦敬也是这一副打扮。

人群中他抬起头，对他笑了笑，然后就过了三年。

"沈凉生，"秦敬笑着同他打了招呼，半点都没废话，只把卖房子的钱如数递给他，明明是给人家钱，脸上的表情却有些不好意思，"我也不知道够不够。唉，总之多了也没有，你凑合凑合吧。"

秦敬的语气带了些玩笑的意思，沈凉生却半点没有轻松的感觉，忍不住蹙起眉，稍嫌冷硬地回了句："这钱你怎么带过

224

来的就怎么带回去，别让我说第二遍。"

秦敬倒不介意他的态度，只又笑了笑，把钱放到客厅茶几上，见沈凉生欲再开口，先一步打断他道："我这趟过来也不光为这个事儿，也为着跟你道个别。"

沈凉生闻言愣了愣，刚想说什么也忘了个十净。

"我要去外地教书。"秦敬自然不会同沈凉生说自己要去哪儿，斟酌着道了句，"往后估计少有能够见面的机会，你多保重。"

"秦敬，你……"

沈凉生极为意外，还没想好怎么劝服他，便听秦敬道："也不是马上就走，大约秋天才动身，只是提前告个别。"

沈凉生哑口无言地望着他，脑中转来转去，却想不出什么留下他的理由。

"沈凉生，再见，你对我的恩情我都记在心里，虽说见面的机会少了，但以后你若有用得着我的地方，我愿舍命相报，"秦敬知道这样口说无凭的话实在不够诚恳，但现在不说出来更加过意不去，说完向沈凉生拱手行了个礼，又说了遍，"往后多保重，再见。"

道别的话说过，秦敬不再拖延，转身往门口走去。

沈凉生望着他的背影，没有开口留他，只是脑中一片茫然，千言万语都似流水般从指缝间流走，什么都抓捞不起。

这份茫然直到几个钟头后才缓过来，沈凉生猛地站起身，往门口走了几步，又返回来带上秦敬留下的钱，匆匆开车去了南市。

沈凉生到南市时正是晚饭前的钟点，家家户户升起炊烟，一群小孩儿趁着家里大人还没来喊吃饭凑在一块儿瞎闹，呼啦呼啦地从他身旁跑过去。

沈凉生快步走到秦敬家门口，抬手叩了叩门，等了片刻门便开了，刚想喊秦敬的名字，却见门里站着个不认识的女人，愣了愣才问了句："请问秦敬在吗？"

"秦敬？"应门的女人也愣了愣，"哦，您说秦先生，他不跟这儿住了，您要找他……您等会儿啊。"

沈凉生默默立在院门口，望着对方边往院里走边扬声问了句："哎，你知道卖咱房的那位秦先生住在哪儿吗？外头有人找他。"

"这我哪儿知道，谁找啊？"

"我也不认识，就……"

买房子的小夫妻你来我往地说了两句，再一回头，却见院门口已经没了人，一头把门关好一头嘀咕了句，这人走了怎么也不打声招呼。

沈凉生一步一步走出胡同，方才跑过去的小孩儿又跑了回来，沈凉生侧身让他们先过，然后继续往外走。

房子都卖了，应是决意要走了吧。

应是决意要走了。

沈凉生脑子想得清楚，人却恹恹地提不起精神。他并未取车，步行去了刘家茶馆。茶馆生意不如以前好了，小刘不得已减了个伙计，自己跟着剩下的小跑堂一块儿招呼客人。

"二少。"沈凉生一进门便被小刘看着了，赶紧迎了上去，心下只以为他要找秦敬，便先一步开口道，"秦敬他……"

"他不在，我知道。"沈凉生淡淡接过话头，把秦敬留下的钱递给小刘，"这钱你帮我还给他，跟他说我不要，让他别再往我那儿送了。"

"哦……"小刘挠了挠头，依言接过钱，想着自己承了人家那么大的人情，有点过意不去地招呼他，"您要有空就在我这儿坐会儿？上回的事儿，我……"

"不用了，我这就走。"沈凉生出言截住他的话，只是口中说着要走，人却没动地方，仍旧立在当地，一眼望向茶馆前头的台子。

还没到开演的点儿，只是个空台子。茶馆儿里客人不多，沈凉生却仿佛突然听到了喧哗的人声、笑声，而后是鼓掌声、叫好声。

他看到爆满的茶馆儿里，客人坐不开，便有站着的，有自带马扎的，热热闹闹地挤了一屋子。台上站着的人穿着身长大褂，手里拿了把扇子，单口相声说得不错，听上去有点评书的味道，抑扬顿挫，妙趣横生。

桌上有一壶渐温渐凉的茉莉香片，不是顶好的茶，可是香得很。

小刘陪沈凉生一块儿站着，觑着沈凉生的侧脸，看他静静地望着那个空台子，有些不落忍，犹豫了一下，从旁问了句："二少，要不……您有没有什么话想让我捎给他？"

"没有，"沈凉生收回目光，微摇了下头，又答了一遍，"没有。"然后便干脆地转身走了。

小刘为他打起门帘儿，目送人走远了，才把帘子放下来。

那样一个背影，绝不是伛偻的，也说不上萧索，可偏就让人觉得有点可怜。

他已没有话要同他说，却又有一天去看了他。沈凉生让周秘书暗地里打听到了秦敬现在住在哪儿，然后有一晚自己开车到了附近，把车停在道边，一个人在车里坐了几个小时。

烟抽多了，车厢里便有一些朦胧，沈凉生摇下车窗，放了点新鲜的夜风进来。

秦敬租的房子靠近海河边儿，沈凉生安静地坐着，听见河上有夜航的货船驶过，汽笛声合着夜风飘进车里，近了，又远了。

那夜沈凉生归家入睡后做了个梦。梦里是夏天，他跟秦敬一块儿坐在客厅的沙发里，像是第一次告别时的情景。

但自己口中的话，却是那次告别时没有说过的。

沈凉生听见自己说道："秦敬，不要说永别，人们不和家人说永别。"

自梦中醒来后天色仍未放亮，沈凉生静静躺在黑暗中，突然觉得有些好笑。

倒不是笑自己做了这么个梦，而是笑自己竟然幼稚得像个不通世事的傻子。

他终于觉察到，原来自己与秦敬那一年多互不相见的时光，自己竟幼稚地、下意识把它当成了一场漫长的冷战。像两个小孩子互相吵了架，只看谁先端不住劲儿，服软妥协两步，就能马上言归于好。

沈凉生觉得好笑，于是便笑了，笑着笑着，仿佛又听到秦敬同他说再见。

仔细想想，第一回他同他告别时，其实是没有说再见的。

没有说再见，却总觉得会再见，如今说了再见，反倒做了这样一个梦。

可能是因为知道，虽然说了再见，却不会再见了，自己才会在梦中挽留他，求他不要与家人说永别。

这一年的春夏，沈凉生有一半是在南边儿过的。既然预备要走，该办的事就要抓紧办起来。工厂若要出手，除了卖给外国人没有第二条路，开价低也没辙，这头的工业早被他们垄断了。不过其他要转让的股份地产总没道理草率贱卖，沈凉生奔波几个城市，谈完正事却也没急着回津，索性留在当地住了一个多月，只当是度个长假散散心。

七月连着下了几场暴雨，大大小小的河水位一个劲儿地往上涨，月末终于发了水患，津南津北的农村被淹得厉害。沈家的工厂在城区外围，但是建在西面，暂时还没什么被淹的危机。周秘书抱着未雨绸缪的心态挂了电话到沈凉生住的饭店，把农村遭灾的事情跟他说了说，请他回去坐镇。

沈凉生接到电话倒没耽搁，吩咐人去定了回津的车票，却也没把这事儿想得多严重。这里可是最重要的枢纽与基地，上头再怎么也不会放任水淹到城边儿上来，最多炸堤引水，淹了周围的田也不能淹了城里。

彼时不仅身在外地的沈凉生没把这水当回事儿，连在津城里头住的人也没有什么大难临头之感。津城地势本来就低，往年隔三岔五就要闹一场水，次数一多也便无所谓了，至多排水不畅的街道被泡个几天，出行不太方便而已。

老百姓没有危机感，上面也没有什么举措，只发了个普通的文告，提醒各家各户在自家门前或是胡同口修个小堤埝，别让水流进家里就算了。

八月上旬沈凉生启程回津，火车刚开到半路就听说津城周遭的水患已经越发严重了，再往前开了段儿，干脆通知说进津铁路全被淹了，车想直接开进津城想都甭想，得先错开绕路。

交通一片混乱，火车走走停停，车上的人着急也没办法，只能盼着赶紧炸堤引水，别真让水进到城里头去。

可惜炸了永定河堤，非但炸的地方不管用，还挑错了炸堤的时候，正赶上阴历大潮，海河无法下泄，上游洪峰又隆隆地涌了过来，眨眼间大水就入了城。

那是一场百年不遇的祸事，大水入城时的景象简直没有半分真实之感。人还在马路上头逛着，就听到远处有牛吼一般的轰鸣，合着嘈杂尖利的叫喊："来水啦！快跑啊！"

可人跑得再快也跑不过水去，只能眼睁睁地看着洪水奔涌而来，在街道拐角激起一人多高的浪头，刹那间就追到了脚后跟，前后左右没地方跑，有就地爬上车顶的，有手脚并用上了树的，连道儿边的电线杆子上头都攀满了人。

秦敬当日在家歇暑假，人正赖在床上看书，便听到外头有股从未听过的响动，还没回过味来，已见水涌进了家门，转瞬就齐平了床沿儿。他租的房子正在海河边，又是片洼地，可算是受灾最严重的地界儿，亏得这是白天人醒着，要是赶到夜里，恐怕还做着梦呢就得被水冲跑了。好在房子是砖瓦盖起来的，不是农村那种泥坯房，被水这么狠命冲着也没塌。秦敬不会游泳，只瞎乎乎地摸着了桌子，又好像扒住了门框，鼻子眼睛里都是水，昏头昏脑地挣扎着上了房，都不清楚自己是怎么上去的，仓促下自然什么都顾不得带，没被水卷走已是万幸。

沈凉生傍晚出了车站便得知正在这日下午，津城已被大水整个淹了个透。家里公司的电话都打不通，那头的具体情况一时也不清楚，只知道陆上交通全面中断，这当口要想进津，除了坐船就只有游着去了。

沈凉生连夜去找朋友联络船，友人以为他是担心沈家的房地和工厂，一头帮他联系着，一头劝了他一句："你现在回去有什么用？该泡的早都泡了，我可听说现在城里乱得很，踩死淹死了不少人。人命总比钱金贵，你不如再避个几天，安心在这边儿等消息。"

沈凉生摇摇头，并没答话，只一支接一支地抽烟，脸色有些发白，大夏天的，手指尖却一直冰凉。

突然遭灾周边不会不管，但到底没什么港口城市，可调过去的船实在有限，连各个公园的游船都被搜罗一空，只看能调去多少是多少。

第二日中午，沈凉生跟着先批援助的船队进了津，眼见城里的状况竟比他想的还要差，水浅的地方也有半人多高，深的地方足可没顶。

因着朋友的面子，沈凉生一直被好好地送回了剑桥道。想是怕有人哄抢船只，光送他就用了俩人，最后留了条船下来，还叮嘱了句沈老板小心出行。

剑桥道此时已成了剑桥河，不过因离水头远，沈宅地基打得又高，除了地下室泡得厉害，一楼进的水倒不太多。下人已找东西把门堵了，又把一楼的水扫了出去，景况还不算狼狈。沈凉生进家半句话没有，直接上了二楼，从卧室抽屉里拿了把以前弄来防身的工具，随手别在腰里，然后又蹬蹬蹬下了楼，一阵风似的来了又走，去哪儿也没交代。

他确是想去找秦敬，又不知要打哪儿找起。方才只想不能叫人划着船跟自己瞎转悠，现下倒是想清楚了，先去他住的地方看看，没有就去学校，再没有就从地势高、聚了人避难的地方开始找，一处一处找过去，总归得把那个人找出来。

沈凉生现下划的这船原本也是条公园里的游船，船头用红漆做了编号，大约是新近重描过，漆色血一般红。

他觉着自己是冷静的，划船的手半点不抖，脑中竟还蓦然想到很久前跟秦敬一块儿泛舟游湖时的情景——自己知道秦敬不会水，就骗他说湖里有鱼，故意把船压偏吓唬他玩。

正是当午的光景，前些日子没完没了地下雨，如今却又放晴了。日头烈烈地照着头脸，照着水面。水里漂着各种各样的物事，间杂着些死鸡死猫的尸体，也有几具人尸。沈凉生冷静地想那定不是新死的，多半是上游淹死的人随水一起流下来，泡了几天才浮到水面上。

沈凉生自是不肯去想秦敬是否也被水冲走了。他知道不会水的人若被冲跑了，准定一时半刻站不起来，要是被呛晕了，或被水冲得在哪儿撞到了头，八成也就永远站不起来了。而后变成一具浮尸，不知漂去何方。

——这样的念头，沈凉生半点也不敢有。

可说不敢有，脑子却又像裂开了一样，一半叫着别想别想，另一半却不屈不挠地提醒他，你得想想，如果那个人死了，如果他死了……

如果他死了又如何呢？

沈凉生只觉脑仁儿被日头晒得发疼，意识清醒又迷糊，后半句话是无论如何想不出来了。

后背一层一层地出着汗，许是晒出来的，又许是冷汗，握桨的手仍是一片冰凉，只机械地往前划。

大水是昨日下午涌进城的，因为根本组织不起有力的救援，老百姓没有别的指望，胆子大的就跳下水自己游，胆子小纵然会水也不敢瞎动，怕被卷进什么没盖儿的下水井里去。

秦敬这种压根不会游泳的自然只能老老实实地蹲在房顶子上，先从天黑蹲到天亮，又没吃没喝地晒了一上午，嘴唇已经脱了皮，人也有些晕。

四周已成一片泽国，房顶子上多多少少都蹲了人。可能附近有家小孩儿水来时正在外头玩儿，被水一冲就没了影，孩子的爹应是凫水出去找了，孩子的妈就一直在房顶上哭，秦敬听着不远不近的哭声过了一夜，后来就听不着了，大约是终于哭都哭不出来了。

他坐在房顶上望着四下浑浊的水，也不知道之后该怎么办。耳中突又听见别的响动，规律的，咣咣的，像有人下了死力拿头撞墙。

连惊带吓，又撑了一夜，秦敬脑子也不大清楚，还以为是谁要寻短见，提起力气跪在房顶边往下看。结果却见并不是人，而是口不知打哪儿漂过来的棺材。许是自上游坟岗子里漂下来的，似一条载着死的船，漂着漂着被墙挡住了，就一下一下地往墙上撞。咣一声，咣一声，闷闷的像敲着丧钟。

而后秦敬抬起头，便看见了沈凉生。其实他的眼镜早就不知掉哪儿去了，视野一片模糊，却在抬头看见远处一条往这边划过来的小船时，莫名就知道那是沈凉生。

他猛地站起身，却因蹲坐久了腿麻，刚站起来两分又摔了回去。秦敬下意伸手扒住身边的瓦，动作急了，使力又大，手心被瓦片豁口划了一道长口子，血呼地涌出来，却也不觉得痛。

沈凉生眼神儿好，远远便望见了秦敬，心刚放下来半寸，就看他在房顶边儿晃了晃，于是又吓了一跳，见着人竟也放不下心，急急划到房下头，起身伸出手，哑着嗓子跟他说："过来，我接着你。"

这头的水足有一人多高，船离房顶并不远，秦敬也不用跳，几乎是连扯带抱地被沈凉生弄到船上，还没站稳就觉着对方身子一晃，带得两个人一起跪了下来。

"沈……"两人面对面跪着，秦敬被沈凉生紧紧抱住，刚想开口便觉颈边突有眼泪，于是半个字都说不出口。

沈凉生哭也哭得没有声音。

缓了许久才控制住眼泪，接着沈凉生瞅见他手心里的口子。

"小口子，没事儿。"秦敬赶紧出声安慰了一句，嗓子也哑得厉害。

"别的地方还有事儿吗？"

"没了，我挺好的，你……"

"秦敬……"沈凉生眼圈仍有些发红，秦敬从未见过他这样失态的样子。

他听到沈凉生继续对自己说："你说过愿意用命报答我，我不要你报答，只要你跟我走，去英国，或者美国，你想去哪儿咱们就去哪儿，好不好？"

秦敬闻言霎时愣住了。沈凉生从未跟他说过出国的打算，但让他意外的不是这个，而是沈凉生竟让自己跟他一起走。

秦敬呆愣地看着面前的人，也看着周遭茫茫的，望不到头的大水。

战祸，天灾，一桩连着一桩，简直像真要天塌地陷，陆沉为海。

人说百无一用是书生，他一个教书的，能做的事的确有限，可要让他走，他舍不得。

"沈凉生……我不能走。"

若是一片太平盛世，或许还能舍得，但可惜不是。就因为不是，所以更舍不得走。哪怕再没本事，也还有最后一件能做的事：故乡生我养我，我与故乡同生共死。

"你说你不能走……但你也不能死。"

可秦敬却见沈凉生同他一样愣怔着，似是不知自己在说什么一般喃喃道：

"你这条命是我救的……我不准你死。"

秦敬无言以对，他们惶惶地沉默，在苍茫大水间，一叶孤舟上，渺小如两只蚂蚁，不知前路如何。

这场大水迟迟不退，由于无人管理，各界爆发出自救的呼声。灾后第六天，商会终于组织起了津城水灾救济，其中确有人是真心做事，自也有人只象征性地捐点钱，虚应个名儿。

那日在船上，最终还是沈凉生先捡回神智，变回秦敬熟悉的那个人，冷静地往后安排。

"你房子住不了了，先跟我回去吧。下午我去工厂，找别人陪你一块儿去小刘家看看，房子要也不能住了，就还让他们先搬到西小埝那套公寓里去。"顿了一下，又补了句，"你要不愿意跟我那儿住，跟他们一块儿搬过去也行。"

秦敬跪在原地，见沈凉生边说边已坐好执了桨，船忽地荡开来，他身子跟着晃了晃，看上去便似有些无所适从。

"秦敬，"沈凉生边划船边扫了他一眼，语气说不上冷淡，只是严肃，"这事儿是个朋友就会帮忙，我若有别的要求自会向你提，如果不提，你就不用多想了。"

结果归其了秦敬也没搬去小刘那头。一来西小垱那套公寓虽在二楼没遭水淹，但实在地方不大，小刘一家几口住着都有点挤，他妹妹们又没出阁，秦敬再熟也是个外人，住过去确实不大好；二来……二来什么秦敬自个儿也想不清，他口中说不能跟他一起走，可又觉着欠了他许许多多无法偿还的东西，心里头愧得厉害。

因着秦敬真不知道现下沈凉生是愿意看自己在他眼前晃，还是宁肯看不见自己图个心静，最后实在想不出个所以然，干脆直接问沈凉生自己住哪儿比较方便。

秦敬话问得委婉，沈凉生却也听懂了他的意思，似是随口回了句："你在外头住我也不大放心，还是跟我这儿凑合几天吧。"

于是秦敬便在沈宅客房住了下来，沈凉生找人又弄两条船，一条留着下人买东西出行，另一条就是单为秦敬预备的，还特叫公司那个老家在南边儿，水性不错的小秘书跟了他两天，看他船划得顺溜了才放心他一个人出门。

秦敬一头帮干娘家归置新住处，一头帮学校抢救转移东西，等忙得差不多了，就听说商会组织起了救灾。他本来是想跟着学联组织的救灾队做事的，但还没来得及跟沈凉生报备，便听对方先一步开口道："你最近要有空就去我公司帮着做点事吧。"

沈凉生这样的要求并不过分，秦敬自然不会不应，不过去了他公司才发现，沈凉生是让他帮忙在商会里做些案头统计的工作。

秦敬并不傻，沈凉生的心思他稍微想想就明白了。大水之后难保不闹瘟疫，沈凉生大约是不想让他整天在人多的地方待着，又怕什么都不让他做他不安心，便给他找了这份差事。

城里的老百姓在一片汪洋中挣扎了半个月，八月底高处的水终有了点要退的意思，但随之已有人染上了疫病，偶尔可见放火烧房的黑烟。

那是整户人家都病死了，便被一把火烧了个干净。

沈凉生这夜有个不方便推的应酬，饭局设在了一条歌船上，却是有些人见歌舞厅一时不能重新开张，便另辟蹊径搞了花船，船上还雇了歌女载歌载舞，每夜在大水未退的街道上缓缓游弋。

沈凉生坐在船上，有一搭没一搭地跟人寒暄客套，眼望着船外的水，映着灯笼的光，映着月光，泛出粼粼的涟漪。

"我看这景色可半点不输十里秦淮啊。"他听到席间有人笑赞了一句，实在忍不住怒从心起，紧紧捏住指间的酒杯——即便对中国的风光再不了解，沈凉生也知道，十里秦淮这片景致在南京。

凭良心说，沈凉生算不得一个好人，沈家的工厂因着这场水也受了不少损失，这当口他愿意参与救灾，与其说是突然高尚起来，不如说是私心作祟：一来是想给秦敬找点安全稳当的事做，二来每每想到大水中去找秦敬时那种焦灼恐惧的心情，也就真的想去做一些事情。许是因为自己终在这场灾难中感到了痛，于是终于从心底产生了一份共鸣。

虽说开始参与救灾是出于私人目的，但沈凉生向来是个一丝不苟的性子，既已做了就要做好，来赴这个应酬本也存了游说募捐的心思。

可是现下他望着船外波光粼粼的水，又抬起眼望向席间坐着的人，突地十分茫然。仿佛是头一次，他像灵魂出窍一样站在旁边打量着这场觥筹交错的欢宴。这些人，大多是他的朋友，是他浸淫了很久的交际圈子。这些年，他就是让自己投入到了这样一个名利场中，他与他们没什么两样……一模一样的恶心。

他听到船头歌女唱起一首《何日君再来》，又听到身边的人接上方才的话题笑道："照我看，这街配上这水倒挺像画报上的威尼斯。沈老板，你是留过洋的，去没去过那儿？比这景致怎么样？"

他听到自己几乎是干涩地回了一句："不，我没有去过威尼斯。"

这夜，沈凉生托词身体不适提早回了家，在客厅里没见着秦敬，便去客房找他，叩门等了几秒，却未听见回应。

他已听下人说过秦敬回来了，手搭在门把上顿了一下，还是轻轻把门扭开，看到那人许是累了，正在床上睡着，手里看到一半的书也掉到了床边。

沈凉生小心翼翼地走过去，站在床边默默看了他一会儿，弯腰帮他把书捡起来，轻轻放到床头柜上，又轻轻地走了出去，却没拧熄床头的台灯。

沈凉生出了客房，无声带好门，但也没走太远，只靠着走廊墙壁站着，从裤袋里摸出烟来吸。下人路过，看他就手把烟头踩灭在脚边，很是心疼那块地板，赶紧给他捧了个烟灰缸过来，顺便把他脚边积的烟灰烟头扫干净。

"我没事了，你们都去睡吧。"沈凉生轻声吩咐了她一句，自己却没有回房休息，而是在只点了壁灯的走廊中静静站着，将烟一支接一支地抽了下去，心里有个思量了半个月的念头，合着烟雾冉冉地上升，升到天花板上，鸟一样盘旋了两圈，复又冉冉地尘埃落定。

秦敬醒来时迷迷糊糊地抬手看了眼表，发现竟已过了十二点。他本想继续睡，却忽然定住了。

实际隔着门也闻不到什么香烟的味道，可他不知怎么就确定沈凉生正站在外头，犹豫地下床走到门边，又静了几秒钟才伸手拉开房门。

"还没睡？"

"嗯。"

秦敬瞥了一眼沈凉生手里的烟灰缸，光看里面的烟头就知道他已在这儿站了许久，一时不知道他是个什么意思，同他对面站了半晌，最后没头没脑地说了句："我饿了，你饿吗？"

沈凉生颔首，掐灭指间的烟："走吧，下去吃个夜宵。"

下人都去睡了，厨房台面上也不见什么吃的，秦敬看沈凉生拉开冰箱门，想跟他说随便找两块点心垫垫就得了，又见他已翻出一盏瓨馄饨，想是下人包好了预备明天早上煮。

"会煮馄饨吗？"沈凉生边找锅接水边问了秦敬一句。

秦敬点点头，沈凉生便把位置让出来，自己倚着备餐台看他烧水。好歹一个人在外头过了那么多年，他倒不是连煮个馄

239

饨都不会，只是心里有事，仍在思量该怎么与秦敬说。

两个人默默吃完馄饨，秦敬主动收拾碗筷去洗，沈凉生站在洗碗池边看着他，突然开口道："秦敬，我想把工厂卖了。"

"嗯？"

"跟外国人合开的厂子，我不想做了。"

"但如今这形势卖也卖不了别人，只能让他们接手。不过卖厂子的钱我也不想留，有机会就捐了，捐去哪儿你也知道，你这方面要有信得过的朋友，回头就帮我问问。"

"其他的事儿我尽量快点办，你说秋天走是几月动身？"

"我想要是来不及就先跟你过去，剩下的往后再说。"

沈凉生并不知道秦敬打算去陕北，只以为他想去南边儿形势好一点的地方教书。他不肯跟自己走，那自己就只能跟他走了。自己只剩下他一个当成家人看待的朋友，无论如何还是想护他周全。

"沈凉生……"秦敬顾不上管池子里的碗，任由水龙头开着，哗哗地冲着手。这么大的事儿，他只说得像跟自己商量明天吃什么似的，秦敬的脑子也跟那水一般不由自主、稀里糊涂地淌走了，半晌才艰涩地回了句："你真不用这样，我……"

沈凉生知道秦敬愿不愿意自己跟着他还要两说，后面的话多半是劝自己不要一意孤行，但自己的主意已经定了，索性不去直面这种变相的拒绝，故意打断他，曲解道："你要是说捐钱的事儿，坦白说我确实有私心在里头。"

"我刚回国的时候，我父亲带我去居士林听人讲经，"沈凉生提起旧事，只似闲话家常一般说道，"他还请讲经的大师给我看命。我不信这个，不过记得当时大师特地背着我父亲跟我说了句……"顿了一下，又续道，"原话想不起来了，大概是说我命中带煞，若不多积点福报，恐怕下场不好。这些神神道道的东西我以前不信，现在却有点信了。所以就想着，要是从现在开始做点好事儿或许还来得及，约莫也能活久点。"

"别瞎说，你肯定是要长命百岁的。"

沈凉生听秦敬这样确凿无疑地论断，忍不住笑了："那就借你吉言，但话说回来，一个人孤零零活着，长命百岁也没意思。我家人都不在了，只把你当兄弟看，先前我们路不同，但走着走着，也许就能再同路一程，你说是不是？"

这是第一次，沈凉生对秦敬坦言，自己把他当作亲人看待。

这夜两人说了很久的话，沈凉生给秦敬讲他的小时候，讲他的母亲，讲他的母亲也曾经抱着他，吻着他的额头，为他读诗。这是他被亲人真正爱过的，唯一的记忆。

"沈凉生，要不……"秦敬听完，沉默半晌，低声问了句，"我们哪儿都不去了，好不好？"

"我无所谓，你再想想吧。"沈凉生倒不见如何喜出望外，只是副全不干涉，随便他拿主意的态度。

沈凉生让秦敬再想想，秦敬却也没怎么再想，因为知道那头的日子实在艰苦，他自己怎么都好说，但不想带累了朋友，尤其这朋友，本质上已经是他的家人了。

于是这日晚上等沈凉生回了家，秦敬一五一十地跟他交了底，末了说了句："所以真不能让你跟我过去，咱就还在这儿住着吧，行吗？"

沈凉生点点头，也没说什么。他不是不晓得秦敬有他的理想和抱负，也觉着应该成全他，但其中的风险却实在担不起。

他的理想他成全不起，只想找个折中的法子，为他做些力所能及的事情。转天一早沈凉生去了公司，头一件事儿就是打电话给小早川，把要出让工厂的意思同他说了说。

小早川这两年一直没做出什么成绩，他父亲对他不甚满意，已要把他调回去重新安排。沈凉生先把这事儿知会给他，便是想着最后还他一个人情，从此两清。

能拿下沈家的工厂大小也算点功劳，小早川自然很乐意，不过借口水灾时工厂受了不少损失，把价格一压再压。沈凉生懒得和他磨蹭，却也顾虑着若同意得太干脆反而令人生疑，最后你来我往地扯了几天皮，终于谈了一个合适的价钱，理了文件出来，两边盖章签字，了结了这桩买卖。

这日送走小早川，周秘书跟着沈凉生回了办公室，反手关死了门，站在沙发边犹犹豫豫地，似是有话想说。沈凉生这公司大半是为了经营工厂才办的，如今工厂一卖，也就没有再办下去的必要了，沈凉生以为周秘书是担心他要何去何从，便先一步开口道："你放心吧，我已经和那边谈过了，他们也需要找个对厂子熟悉的经理，这是个不错的机会，那个经理的位子，我就推荐你……"

"二少。"周秘书却少见地打断他，迟疑着道了句，"我知道您的意思，我就是想跟您说这个，那个经理我不大想干。"

"老周，你可跟着我不少年了，这会儿就甭跟我客气了。"沈凉生晓得周秘书为人世故圆滑，以为他是抹不开面子，想再跟自己表表忠心，但无论如何他确是尽心尽力跟了自己七八年，沈凉生也很愿意最后提携他一把，便同他开了句玩笑。

"不是。"周秘书突地苦笑了笑，"我没跟您客气。"

"那是为什么？要有困难你尽管说。"沈凉生自认很少看错人，他不但晓得周秘书世故圆滑，也知道这人本质上同样是个唯利是图的主儿。这些年他对自己忠心耿耿，无非是因为跟着自己很有油水可捞，眼下放着这么个大好的机会，他不信他不动心，只当他是还有什么顾虑，便打算把话摊开来说清楚，若有问题就给他解决了。

"二少，您怎么看我，其实我也知道，"周秘书倒没再吞吞吐吐，随他把话挑明道，"我说这话您别见怪，您可能不大看得起我，说实话我也不大看得起自个儿。"

"老周，你别这么说。"沈凉生闻言微蹙起眉，从办公桌后头起身走到他面前，边走边点了支烟，又让了周秘书一支。他确是觉得周秘书是个油滑的小人物，有时爱在自己背后搞点儿上不了台面的花活，但想想他也是为了老婆孩子，只要不出大格就睁一只眼闭一只眼，与其说是看不起，不如说是压根没正眼看过。

"总之我以前跟着您，您干什么我就干什么，现在您不干了，我也就不想干了。"周秘书先前还是副犹犹豫豫的神情，几句话的工夫，却似已下了决心，"您别见笑，我这都快四十的人了，才想着多少长点志气。不管怎么说，那个经理我就不做了。"

沈凉生闻言愣了愣，半晌什么都没说，两人默默对面站着，把手里的烟抽完了，沈凉生拍了拍他的肩，这才道了句，"那就不干了，往后的事儿往后再商量吧。"

沈凉生以前陪沈父听过经，知道佛家有顿悟一说，但他不信佛，便也不怎么信那些佛家道理。但这一日，仿佛突然之间，他睁开眼，终于仔细去看——

或者也称不上顿悟，只是从这场水灾之后，终于设身处地感觉到了痛之后，眼前的迷障才一层一层剥了开来。

于是看到了自己，看到了别人，看到了家与国。

这夜回家后，沈凉生同秦敬说了已经签字把工厂脱手的事，又说安全起见，这笔款子一时半会儿不能动，不过自己之前一直存着要出国的心思，在海外银行里存着几笔钱，要是有稳妥的路子，倒是可以用华侨捐献的名义把这部分钱先转点过去。

"沈凉生……"秦敬听他说起正事，犹疑着这话要怎么说，"你要是因为我，总之你也不用……"

"秦敬，你这自作多情的毛病快改改吧。"沈凉生打趣了他一句，又跟他说了说周秘书的事儿，顺便聊了聊自己的想法。

秦敬听完沉默了一会儿，突然没头没脑地感慨了句："你以前可从来不跟我这么说话。"

他这话倒是没错，沈凉生这人心思太重，以前跟他说事儿也多半是暗示地，有所保留地，从来不曾像现在这样，怎么想的便怎么说，坦白得让秦敬几乎有点不习惯。

但这才是同家人相处的态度，而他们已经是家人了。

九月底的时候，秦敬引荐沈凉生同老吴秘密见了个面。三人坐在一块儿商量完正事，沈凉生淡淡扫了秦敬一眼，突又道了句："吴先生，晚辈还有个不情之请。"

因着津城闹了水，老吴也就没腾出空跟秦敬提秋天动身的话题。可老吴不提，秦敬却不能一直装傻，自己不打算走了，总得跟人家说清楚，但又觉着惭愧，不知道怎么开口。

沈凉生心知他为难，便趁这个机会抢先帮他解释道："不瞒您说，我们家跟小秦他们家也算门远亲，论起辈分他还得叫我一声表哥。姨母过身前曾托我照顾他，只是他遇事儿总想不起来先跟我商量商量。您上回跟他提的事情，我实在不放心他一个人离家太远，恕我在这儿以茶代酒跟您赔个不是。"

秦敬之前跟老吴提起沈凉生时，只说是一位信得过的朋友，哪承想这位少爷敢就这么睁着眼说瞎话，一时哭笑不得，只能一个劲儿闷头喝茶。

老吴那头倒没说什么，同沈凉生客气完了，还反过来劝了秦敬一句："小秦，咱们学校是想要再扩招的，你留下来也好，往后就踏踏实实地跟着我干，咱们把学校办大办好，等这拨孩子长起来了，又是一批新力量。"

"听见了吗？"沈凉生闻言扫了秦敬一眼，淡声跟了句，"我跟你说你不听，校长的话你总得听吧？"

秦敬老老实实地嗯了一声，又不太老实地顺着沈凉生的瞎话，偷摸打趣他道："表哥的话我也听。"

既已把工厂卖了，沈凉生便不再想涉足轻工业这一块儿。如今这景况，他跟周秘书合计了下，打算把手上的事情了一了，来年转做些百货民生之类的买卖，不图挣多少钱，就是找点事情做。

沈凉生存着个抽身而退，稳当过日子的心思，剑桥道那幢宅子他觉着有些招眼，便跟秦敬一起住到了茂根大楼那头。房子空了这两年，盖着家具的白布怕都落了好几层灰。沈凉生找了一天和秦敬过去看了看，推门便闻见一股久未通风的陈腐霉味，呛得两个人都咳嗽了几声。

沈凉生先一步走去开窗，地板上也积满了灰尘，一步一个脚印。秦敬随他走进去，跟他一块儿把公寓四处能敞的窗子全敞了，还手欠地揭开一个矮柜上覆的白布，摸了摸柜角镂刻的花纹。

"别瞎摸，弄一手土。"沈凉生走过来，跟说小孩儿一样说了他一句。

十月末的冷风从大敞的窗子里灌进来，带起满室尘埃。

尘埃落定后，转眼又是一年夏天。窗外的林荫路一片葱茂，蚱蝉此起彼伏地叫着，一声连着一声。窗内地板拖得锃亮，矮柜上添了只装饰的瓷瓶，秦敬拿着抹布擦瓶子，又把柜子一起抹了，沈凉生端着水杯从写字间里出来倒水，看他认认真真抹柜子的模样觉得好笑，打趣他道："老周两口子来吃了多少回饭了，至于把屋子整个收拾一遍么，平时也不见你这么勤快。"

"你不干活儿就别跟我这儿添乱，"秦敬正擦柜子擦得不耐烦，那矮柜是巴洛克式的，边边角角特别爱积灰，积了灰还不好擦，闻言没好气地回道，"要去厨房倒水就快去，顺便看看冬菇发没发好，发好了就把水沥出来。"

自打沈凉生了结了以前的生意，那些名利场上结下的朋友也断了大半往来。先头还有人记得沈家往昔的风光，背后说起来都道沈老爷子倒霉，养了两个儿子，归其死的死，败家的败家，没一个顶用的。不过日子久了，也就没人再惦记着津城里还有沈家这一号了。

这两年沈凉生跟周秘书合伙开了两家不大不小的饭庄，本钱自是他拿的，周秘书负责出面打理，不是什么大买卖，只求个稳当，反正不管世道变成什么样，人总归得穿衣吃饭。另外同留在这里的美国朋友做些进口日常洋货的生意，也只是为了解闷儿。

沈凉生与秦敬门对门做了邻居，觉着公寓地方不大，不愿在家里添个外人，便只雇了个帮佣隔两天过来打扫一下房间。这么着过了快一年，帮佣辞工不做了，沈凉生也就没再找人，平时跟秦敬一道收拾屋子，一道搭伙吃饭，一起择个菜洗个碗，倒没什么由俭入奢易，由奢入俭难的感觉。

他们社交圈子有限得很，平素只跟小刘他们家和周秘书两口子有些往来。小刘去年初也成家了，前几月刚添了个大胖小子，认了秦敬和沈凉生做干爹，过百岁时收了沈凉生一份大礼，小刘直说受不起，不过被沈凉生淡声道了句"给孩子的，你别跟我瞎客气"也就只好收了。

这日因为周秘书两口子要过来吃饭，沈凉生便也跟秦敬一块儿进了厨房。

他平时不下厨，不过有时对着食谱自己鼓捣鼓捣，再向饭庄的厨子请教请教，菜烧得反比秦敬还好。于是每逢家里来客，秦敬就自觉让贤，把菜洗好切好了，留着让沈凉生掌勺。

"你看着点儿刀，别切着手。"

秦敬把泡开的冬菇去了蒂，立在一边儿看沈凉生切火腿，瘦肉上一面十字刀花切得漂漂亮亮，放在瓦钵里加了绍酒清水上笼蒸了，装模作样地叹了口气——沈凉生的火方冬菇做得顶好，就是平时懒得做罢了。

"干吗？一时半会儿又不能得，你盯着它看也快不了。"沈凉生见秦敬眼巴巴地望着笼屉，好笑地说了他一句，返身去兑红烧鱼的作料，拣了个小勺舀了一点递给秦敬："尝尝咸淡。"

"不咸不淡，刚刚好，"秦敬叼着勺子含混地应了句，"闻见火腿味儿了，什么时候能吃啊？"

"先得蒸一个钟头，然后加上冬菇清汤再蒸一个钟头，再然后……"

秦敬听着沈凉生用一副平淡的口气同他讲着没什么意义的闲话，打心眼里觉得，要是日子能一直这么过下去就好了。

可这一年形势进一步紧张起来。

春天城里已经有过一次大规模地搜捕，入秋的时候竟又闹了一次。老吴的身份虽还没有暴露，但在这种风声鹤唳的时候，上头为了保存干部力量，已决定安排他撤离。这两年沈凉生通过老吴的关系陆续转了好几笔款子支援后方，老吴感激他做出的贡献，但这当口见面告别到底不安全，只寻机让秦敬带话道："我这一走，不知道什么时候才能回来。往后一切小心为上，你们不要再跟其他人接触了，我代表组织感谢你们，周先生也委托我转达他的谢意。"

秦敬回家一字不落地转述给沈凉生听，又补了句："说来周先生也算是半个津城人。"

"哦，老乡。"

"跟我是老乡，跟你又不是。"

沈克辰后来才移居津城，实则祖籍在东北，沈凉生确实算不上津城人，闻言却只翻过一张报纸，闲闲反问道："我不是你表哥，表亲也是亲，怎么不算老乡了？"

秦敬笑着摇了下头，随他一起坐到沙发里，拿过他看完的报纸翻了翻，没找着自己想看的那版，再一看正在沈凉生手里拿着呢，便不讲理地伸手去抢。

"正看一半儿，别闹。"

秦敬也不说话，只笑笑地看他，看得沈凉生没辙，把报纸扔过去，不指望他答话地问了句："你说你赖不赖皮？"

沈凉生看的是份《新津城画报》，秦敬跟他抢的正是报纸的文艺版，上头登着《蜀山奇侠传》的连载，秦敬可算是还珠楼主的拥趸，自然一期都不肯落。

沈凉生原本不看这些闲书，但自打安定下来，家常日子过久了，脾气比早年情趣了不少，俩人没事儿养几盆花草，闲暇时泡壶茶，一人一本书对面坐着，一坐就是半天。

或许男人骨子里都有些武侠情结，沈凉生见秦敬期期不落地追看《蜀山奇侠传》的连载，又听他说故事有意思，便索性买了套励力印书馆出的蜀山正传从头补起，补完了接着同秦敬一起追看新章，看完还要拉着他一块儿讨论讨论。

蜀山是部架构恢宏的仙侠小说，人物有正有邪，一个赛一个武功高绝，可飞天遁地，可踏剑而行，奇异绝伦，精彩万千。沈凉生脾气再怎么变，骨子里那种一丝不苟的性子却是改不了的，看部小说都要拉着秦敬梳理层出不穷的角色关系，探讨谁的武功法宝更好更妙，又到底是佛高一尺还是魔高一丈。秦敬缺少他那份一本正经的研习态度，却觉得他这么煞有介事地看小说实在很有意思，便也肯陪他一块儿说道说道，却往往说着说着也认了真，有时两人意见不合，谁都说服不了谁，秦敬便要恶狠狠地威胁道：“你再跟我顶这礼拜的碗就全归你洗！”也不管两个老大不小的人为了部虚构的小说拌嘴委实太幼稚了些。

虽说是假的，因着还珠楼主妙笔生花，却也让人觉得像真有那么一个世界一样，似是天外还有天，地底还有地，在那奇妙的世界中，满天飞着剑仙，人人高来高去，成佛也好，入魔也罢，可总归有一样：未有蛮夷敢犯。

“秦敬，老吴这一走，你往后有什么打算？”

秦敬正专心致志地读着报纸上的新连载，耳听沈凉生突然问了他一句，便漫不经心地回道：“还能有什么打算，继续教书呗。”

沈凉生却又不说话了，似只是随口一问。直到晚饭后才重提起这个话头，难得有些迟疑地问秦敬：“眼下这个形势……秦敬，如果说我想让你换个学校……换所小学教书行不行？”

沈凉生这个顾虑并非没有缘由，圣功如今越办越大，却也树大招风，同耀华一样，早被盯在了眼里。沈凉生是想着自己隐居久了，已断了许多人脉关系，秦敬又是曾跟老吴做过事的，不怕一万就怕万一，万一往后有个什么三长两短，他怕保不住他，还是换到一所不那么招风惹眼的普通小学教书比较稳妥。

可是话说回来，出于安全考虑，秦敬早已除了教书再不参与其他，自己现下又提出这么个要求，总觉着像在一步一步侵吞他的理想似的。

沈凉生觉着自己这个要求有些过分，便也没打算强迫秦敬一定要从圣功离职，只想着同他商量商量，他若不同意就算了，没承想秦敬沉默了几秒，低声答了句："行。"

他的心意秦敬是了解的，或许是太了解了。这两年他把在海外银行里存的款子全捐了出去，到底图的是什么？当然其中有对这个地方终于产生了感情，但未尝没有想要弥补自己的意思在里面。这事儿两人从未说透，可他对自己这份心，若是还看不到读不懂，那才叫良心被狗吃了。

"有什么不行的，"秦敬听沈凉生一直不说话，反过来安慰了句，"其实在哪儿教书不是教，你别多想了。"

他让他别多想，转天歇午觉时，自己却做了个奇怪的梦。

梦的开头十分平常，秦敬梦见自己站在穿衣镜前同沈凉生说话，说着说着，突然感觉一双手从背后环过来，紧紧地勒住他，勒得他喘不过气。可手是打哪儿来的？梦中秦敬悚然一惊，竟像是自背后的镜子里伸出来一双鬼手，牢牢地抓住他，似要把他拖到镜子里去。

"沈……"他想张口向沈凉生求救，却见刚刚还在和自己说话的人不见了。秦敬猛地挣了挣，蓦然转过身，镜子中的人，或者鬼终于完全走了出来，同他面对面站着，而四下一片黑暗，不是自个儿熟悉的公寓，可面前的脸却是熟悉的，竟然正是自己想要求救的那个人。

"沈凉生……"秦敬愣愣地叫了一声，不知是不是因为白天看多了武侠小说，梦中自己熟悉的人莫名换了副古代装扮，黑发墨衫，只有一张苍白的脸从黑暗中凸显出来，脸上没有表情，却在对望片刻后静静地流下一行泪。

"你别……"秦敬仓惶地抬起手，想叫他不要哭，却又说不下去。他那样静静流着泪的神情，似带着股惨绝的悲伤。像

251

是在不知道的时候，自己对他做下了什么伤人至深的事情，才让他眼中有着那样压抑的痛楚。

梦中秦敬仓惶得不知该怎么办好。他看着他痛，却连安慰的话都说不出口，只能像泥胎木塑一样盯着面前的人，生怕一眨眼他就不见了。

"秦敬，秦敬？"

梦里秦敬不能动，梦外却一直睡不踏实，身体微微地发着抖。沈凉生见他这样便知道他是做了噩梦，赶紧把他推醒了。

秦敬醒后仍有一些茫然，愣了几秒才猛地坐直身，瓮声瓮气地嘟囔了一句什么，究竟嘟囔了什么沈凉生没听清。

"不怕……"沈凉生不知秦敬梦到了什么，见他这样其实觉得有点好笑，可也不敢说什么，只得低声道，"是不是做噩梦了？醒了就没事儿了，不怕。"

"你怎么跟我妈似的。"半晌，秦敬回过味来，也觉着有点不好意思，过河拆桥地咕哝了一句。

"刚缓过来就嘴欠，做噩梦也是活该。"沈凉生问道，"梦见什么了？"

"梦见你变成鬼把我给吃了。"秦敬再接再厉地贫气了一句，过了两秒却又自己憋不住话，老实地跟沈凉生讲了讲梦见的情景。

"真是奇了怪了，你说我到底为什么会做这么个梦呢？"秦敬缓了缓，却还有点放不下梦里的事儿，困惑地问了沈凉生一句，"我什么时候这么对不住你了啊？别是我上辈子真欠了你的吧。"

"你还真信有上辈子？"沈凉生随口回了一句。

"说实话，我不信。"秦敬顿了一下，欲要再说两句，又觉着是世道不太平，让人都变得胡思乱想起来，大白天睡觉发癔症。

这样的日子谁都不知道还要过多久，而他们能与亲朋好友平安相守的每一天，都已是莫大的福气。

第七章　天涯来处

"回来了？面条儿买了吗？"

"压根没去买。"

"啊？"

"路过粮店门口看见排着长队，估计等排到了也卖没了，咱们自己擀吧。"

终归一切苦难都有尽头，听闻战争结束，全市人民欣喜若狂，卖烟花爆竹的都傻了，去年的存货根本不够卖，就是过年也没见过这么哄抢着买炮的架势。

别说鞭炮，就连面条儿这种家常东西都供不应求，家家户户都要按照习俗吃顿捞面扫扫霉气，以表庆祝。

初听这个消息时，人人都有些难以置信的恍惚，直到吃了面，心才跟着长长的面条儿一块儿踏实下来。秦敬取盆装了面粉，沈凉生立在旁边为他加水，趁秦敬擀面的工夫切菜打卤，俩人一块儿守在锅边煮面，面条儿煮得盛到碗里，循的是吃长寿面的规矩，哪怕是长得搭出碗边儿也不能夹断。

长长的面条吃到嘴里，便像含进了往后所有可期的、长长久久的美好岁月。

这日两人单独吃了面，第二日又去小刘家一块儿热闹了一次。去小刘家的路卜经过一家照相馆，秦敬突地停住步了，侧头朝沈凉生笑道："咱们进去照张相？"

说来俩人都不是爱照相的人，也没想过要买台相机有事儿没事儿合个影什么的，一起进照相馆更是破天荒头一回了。

相馆门脸儿不大，门口贴着一对大红喜字，看着倒打眼得紧。秦敬见老板面相年轻，以为他是新婚，便自来熟地笑着问了句："您这是刚成家？恭喜恭喜！"

"哎哟，这两天可没少被人问，"小老板眉飞色舞地回道，"我前年就成家了，办事儿时喜字买多了，这不高兴嘛，正好拿出来贴贴。"

秦敬心情好到极处，又见老板有意思，便同他多聊了几句。听得对方问起他和沈凉生是不是朋友，便瞥了沈凉生一眼，含笑回了句："是表兄弟。"

"表兄弟好啊！"小老板站到相机前，一边看取景框一边指挥他们道，"两位再离近点，唉，我说您哥儿俩别站得那么远啊，离近点，搭个肩……对，这才是哥俩好嘛！看这头，笑……得嘞！"

照完相，秦敬拿了取相条，待要掏钱付账，却见老板一摆手："不要钱！大喜的日子要什么钱，这一礼拜照相都不要钱！"

"那哪儿行，"秦敬把钱放到柜台上，"您这再高兴也不能赔了买卖。"

"说不要就不要！"小老板呵呵笑着，硬把钱塞回到秦敬兜里，一直把人送出大门，又指着门口贴着的一张纸条道，"您看这不写着呢嘛，难得高兴，赔钱我也乐意！"

秦敬和沈凉生进去时倒真没注意到喜字下头还贴着一张纸条，上头工工整整写着：

为表庆祝，本店近日免费酬宾。

相片取来那日，秦敬白天看完了，晚上睡前又忍不住拿出来再看一遍。

"笑什么呢？"沈凉生见他举着照片傻乐，走过去斜在他身边儿。

"我听说人要长得好反而不上相，你倒是照片儿跟人一样好看。"秦敬夸完了沈凉生，又没皮没脸地自夸了一句，"别说，我也挺上相的。"

这一年，沈凉生三十五岁，秦敬三十三岁，照片上都风华正茂，意气飞扬。

沈凉生和秦敬第二次去照相馆拍合影是在又过了几年后的早春。

全国人民迎来了一片崭新的天地，秦敬自然是极高兴的，但高兴中又有点忐忑。

秦敬住了好几年的这套公寓当初就是用他的名字买的，后来补了签字手续，去年十月沈凉生却突然提出要过户到自己名下。这房子本来就是沈凉生买的，秦敬早年便说要改回他的名字，因着沈凉生不同意，商量了两回也就没再提。

如今沈凉生突然改了口风，秦敬心中的忐忑与钱物无关，想要问清缘由，沈凉生却只说凡事有备无患，你按我的意思办就得了。

两人认识了这么多年，沈凉生的性子秦敬再清楚不过。这些年大大小小的事情都是沈凉生拿主意，秦敬早习惯了，因着脾气好，再怎么被管东管西也没跟他急过眼，当时没敢多盘问，可心里头终归觉得不大踏实。

实则沈凉生是想着秦敬的存款簿上每一分每一厘都有来头，可这套房子却说不清道不明，还是转回自己名下比较稳妥。

不过说实话他倒也没把以后的环境想得多么严苛。城里确是有人已经坐不住了，成天琢磨着怎么往外跑，但那多半都是些立场上水火不容的人，至于生意人，便是家里开着厂子，也有不少还算镇静，或者是着慌也没用，这当口想走可难得很，本来没事儿一跑也跑出事儿来，反而一动不如一静。

日子总是过着过着就过出了惯性，当年没能离开，一日日累积下来，沈凉生也对这里有了感情，打心眼儿里把秦敬的故乡当成了自己的故乡。之前偶有两次盘算着到底还要不要走，可又觉着什么时候走都不是最合适的时候——那么多年，好不容易有了个称得上是故乡的地方，心踏实下来，人也跟着有了惰性，比起未知的漂泊，便连沈凉生都不能免俗，想着哪儿好都不如家好，一来二去就错过了方便出走的时机，现下再说走，可是费死劲花大钱都不一定能稳当走成，干脆静观后变，大不了该捐的都捐了，不瞒报不藏私。

不过这份心思他实在不愿意跟秦敬说，那人几乎一辈子都是在学校里过的，心眼儿比自己单纯太多，这些年除了教书没让他走过什么别的脑子，何苦现在把心思讲出来让他不安生。

事实上形势也确与沈凉生预料得差不多，他尚有心思拉着秦敬去拍张合照留个纪念，相片上两人同之前那张合影一样，他搭着他的肩，嘴角上扬，笑得开怀。

秦敬那头虽有些隐隐约约的忧虑，但平静的日子过了几个月，也终慢慢定下了心。再后来老吴被调回津城主持教育口的工作，找了一日跟他们俩见了一面。

老吴走时不到五十岁，再回来时头发已经花白，精神头倒非常好，同秦敬笑言自己还年轻，还很有余热可以发挥。

他随口感慨了一句："不管怎么说，人能活到现在就是福气。小秦，你说是不是这个理？"

"我这都多大了，您还叫我小秦。"秦敬同样百感交集，也不知道还能说什么。

沈凉生转向老吴说起盘算了多日的正事。沈凉生手里到底还有一批房子地产，他是想问问老吴的意见，打算自己先一步捐了，也算主动表个态。

这事儿沈凉生从没跟秦敬商量过，现下跟老吴说，秦敬从旁听着，一时有点意外。

"小沈，"老吴早年叫沈凉生"沈先生"，如今却也换了称呼，全然一副长辈口吻，"我认为你这个决定做得对，"顿了一下，因着没有外人，索性敞开天窗说亮话，"舍得舍得，有舍才有得，你是个聪明人，你尽管放心，再者我把话摆在这儿，无论你们有什么难处都可以来找我，我一定想办法给你们解决。"

老吴说舍得，沈凉生也很舍得，只想着事不宜迟，趁着风向麻利地把事情办了，收效确也同预计的差不离，非但没有被为难，反而受到了表彰。

不过便是主动认捐，却也不是把全副家底都捐了出去——并非要把个人私产全部收归，只是茂根大楼这层公寓，因为整座大楼都被和沈凉生一般心思的持有者捐献出去，他们自然也是不能留的。

搬家前秦敬默默地收拾东西，最近他都是这副蔫声不语的态度，沈凉生知道他在想什么，却也没抢先挑明，总觉着自己先挑明了，他怕是会更难受。

"沈……"东西收拾到最后，秦敬终究忍不住，开口时嗓子有些哑，低头闷闷咳嗽了两声。

"你去看看厨房里还有什么没归置的，"沈凉生淡声打断他，见秦敬不动地方，又补了一句，"倒是去啊。"

秦敬闻言还真转身去了厨房，可眼见也没什么再能归置的，便似失了魂一样站在当地。

"秦敬，"他听到沈凉生叫他，顿了一下才转过身，见到沈凉生立在厨房门口，还是惯常那副挺拔的姿态，口中的问话也很平淡，"你知道我今年多大了吗？"

沈凉生与秦敬是在二十六岁那年遇见的，相识以来也终于超过十年了。

"秦敬，"沈凉生并未走近他，只是立在那儿，一字一句地问他，"四十不惑，你觉着我还在乎什么？"

沈凉生与秦敬搬到西小埝那套小公寓里安顿下来，后来因为当年受过表彰，这两年也只老老实实地开饭庄，并未吃什么苦头。

秦敬那头由老吴安排，被调到一所新成立的小学任副校长。老吴本想让他做校长，但秦敬坚决推辞了，只道自己教了半辈子书，现下除了教书也不会干别的，主持不了行政工作，便连这个副校长也只是挂个名，实则还在带班上课。

"小秦，咱这棋都下了两盘儿了，小沈什么时候过来？"

"快了吧，应该在路上了。"

老吴家里只有两个女儿，大的早嫁了出去，小的当年做医护员，后来不幸牺牲了，这几年跟他们常来常往，儿是把他们当半个儿子看，总想趁着自己还没退，为他们把往后的路铺垫铺垫。

沈凉生虽说平安无事，但老吴还是想找朋友为他在厂子里安排个工作，他们也确实需要这方面的人才。

晚饭桌上老吴把自己的意思说了说，沈凉生也没反对，只说劳您费心。老吴却道咱们谁都别说客气话，我这儿还觉着让你做个会计是大材小用了，可过日子还是稳当点儿好，在厂子里做总比自己开饭馆儿要来得放心。

因着秦敬在天纬路小学任教，老吴便将沈凉生安排去了第一毛纺织厂，就在小学附近，骑个自行车十几分钟就到。

两人为了上班近些，便也换了住的地方，在天纬路上置了间小院儿，格局倒与秦敬早年住的院子差不多，大屋里外两间，还有个偏屋放些杂物。

秦敬怕沈凉生住久了公寓，改住平房不习惯，沈凉生却笑话他"事儿妈"，又问他："以前跟你说过什么，还记着吗？"

那还是许多年前，日子仍动荡不安的时候，沈凉生知道秦敬是个死心眼的脾气，也懒得拿什么大道理说事儿，只道等以后安定了，咱们就在城郊风景好的地方置个院子，我看蓟县那头就不错，没事儿养养花，养养鸡。

但如今的形势他们是不敢往城外跑的，如今真有了个院子，鸡鸭养不得，花草总归能养活。不是什么名贵品种，却也五颜六色，草杜鹃、一串红、牵牛花，花草葱郁中还有棵本就长在这的歪脖子枣树，令秦敬想起鲁迅先生的散文："在我的后园，可以看见墙外有两株树，一株是枣树，还有一株也是枣树。"

"先不说这树就长在咱院子里，"沈凉生微蹙着眉打趣他，"你识识数行吗？另一株在哪儿呢？"

"你说这树长得这么难看，能结枣吗？"秦敬不搭理他的话茬，嫌弃地看着那树，啧啧了两声。

"你再嫌它难看，它就真不结枣给你吃了。"沈凉生逗了他一句，同他一起站在树下，有一搭没一搭地抚着粗糙的树皮。

"其实也没那么难看。"

"秦敬，有点出息行不行？"

"你有出息，结了枣你可别跟我抢。"

这么平静着又过了四年，没想到最近又不太平起来，秦敬一个普通小学都要开会，沈凉生的厂子里也开始人心惶惶，互相提防。

两人本有些提心吊胆，但好在老吴还没退，多少能给他们些庇护，到底尚算平安地撑了过去。然而这一折腾就折腾出了后头三年的苦日子，自然灾害发生之后全民勒紧裤腰带，城里的物资供应还算是好的，不过也就只能晚上喝顿白米稀饭，其他两顿都用粗粮凑合。

小刘如今已是老刘了，他的大儿子在肉联厂上班，职工有那么一点小福利，能带点肉罐头回家。老刘惦记着当年受了沈凉生不少恩惠，现下自家景况好一点，便也不舍得吃，都给秦敬送来，秦敬说不要，他还要跟他急。

实则能让职工带出来的肉头罐头都是些次等品，肥肉筋咬都咬不动，不能拿来炒菜，秦敬便拿来炼油渣，就着窝头吃反而香些。

倒回二十年，若有人跟沈凉生说你往后能过得下这种日子，他是决计不信的。可一步步走到如今，再让他回忆早年那些歌舞升平，精美奢华的景象，他反而不大回忆得起来。

不是逃避似的不愿回忆，而是再怎么回忆都觉得不真实，像镜中花水中月，海市蜃楼中的亭台楼阁，美也美得空远冷清，反是现在每到了傍晚，两人下班回来烧水抹把脸，夏天在院子里支张小桌，就着夕阳余晖和左邻右里的人声喝碗白米稀饭，冬天关起门来拿炉灰烤两个红薯热热乎乎地吃了，心里反而觉得乐呵踏实。

然而那时他们怎么也没有料到，这一波波的会愈演愈烈，最后发展到不可收拾的地步。

再后来，沈凉生那点底子终于被翻了出来，逃不过，躲不了，老吴想保也保不住他，只能拿话宽慰秦敬道："还有办法……你别着急，让我再找找人……"年过七旬的老人头发全白了，最近也没心思打理，稀疏地打了绺贴着头皮，宽慰完秦敬，自己嘴唇却哆嗦着，茫然地反复念叨着一句话："没想到啊……没想到啊……"

秦敬着急，老吴比他更急，什么都说不出来，一句"没想到"，便似耗尽了这辈子全部的心血力气。

但无论如何人还是得找，能保下一个是一个。老吴知道这当口人托小了没用，找了所有能找的关系，冒着大风险把话一层层递了上去。

实则他也不晓得管不管用，到了这地步，无非是尽人事而听天命罢了。

沈凉生被叫去两回，终被带走那日，秦敬也在家。学校已经停课了，他也被人谈过话，但因那时教育系统尚未被完全波及，倒没被一起带走。

可他宁肯他们把自己一块儿带走。他站在院门口，看他们带他走，剪着他的手，推推搡搡地。他想说你们不能这么对他，他做过好事的……他什么都不能说，只看到沈凉生费力地回头瞧了自己一眼，那一眼……

早在被叫去谈话时沈凉生便有了心理准备，自己做了最坏的打算，口中却未同秦敬说过一句告别的话，更未交代什么后事，他本是打定主意不回头看的，事到临头却一个没忍住，还是回头看了一眼。

他看到秦敬孤零零地站在院门口，干瘦伛偻，一小条孑然的人影，像一下老了二十岁，却又像个小孩儿似的，眼巴巴地、像被遗弃的孤儿一样望着自己……沈凉生把头扭回去，突地流了泪。

沈凉生被带走那几天，秦敬一个人坐在屋子里，不知吃也不知睡，最后还是老刘生生撬了他们家的门，硬按着人吃了点东西，又把人拖上了床，自己坐在床边儿看着他，等他好不容易闭上眼，才背过身偷偷抹眼泪。

煎熬的日子过了快一礼拜，老吴那头终于有了好消息。

沈凉生被放回来那日，秦敬面上却没什么喜色，也说不出什么话。许是劫后余生，人反而迟钝了，做不出反应，半天才哑声吭哧了一句："我烧了水，你擦擦身子。"

沈凉生却只回了句："回头吧，我先睡会儿。"——他身上有挨打的瘀伤。

不过沈凉生也是真的累了，那么多天都没正经睡过，几是一沾到床边儿就睡死过去。

沈凉生是上午睡下的，醒来时已是后半夜。有一瞬他以为自己还是被关着，跟秦敬的重逢不过是一场梦，心里一片冰凉，缓了会儿才明白过来，自己是真在家里，是真的回家了。

他先头以为秦敬是起夜去了厕所，等了会儿才觉着有些不对，摸黑下地走到外屋，借着窗户漏进来的一点月光，看到屋角蜷着个黑影。秦敬像畏光的鬼一样躲在旮旯里，连个板凳都不晓得坐，就那么蜷着，头埋在膝盖中哀哀地呜咽，因着怕吵醒沈凉生也不敢弄出声响，不走近都听不出来他在哭。可沈凉生这辈子都没听过比这更惨的哭声。

沈凉生急急走近他，因着没开灯，几步路都走得跌跌撞撞，终于到了跟前，想伸手把秦敬拖起来，秦敬却不肯，一个劲儿地往旮旯里缩，直到被沈凉生抓死了，才终于压抑不住地，像动物濒死的哀鸣一样哭着道了句："我对不起你……我对不起你啊……"

他觉着他拖累了他一辈子，多少年，多少事，多少悔恨，全一股脑儿地涌到了脑顶，要把人活活溺死。他恨不得把身上的肉一片片削下来赔给他，可把命赔给他也不够，他是真后悔，后悔老天爷怎么就让他遇见自己……他后悔同他遇见。

"你怎么能这么说！"

静夜里吼声听起来格外骇人，秦敬吓得一激灵，泪倒是止住了。那么多年，俩人不是没为针头线脑的小事儿拌过嘴，可还真没动气吵过大架，秦敬从没听过沈凉生这么跟自己喊，时呆傻地看着他，头发蓬乱着，满脸又是鼻涕又是泪，五十多岁的人了，却像个五岁的孩子一般狼狈。

"你别这么说……"沈凉生垮着肩蹲在他身前，也很显老态，轻声叹了口气，跟向小孩儿讲道理一样同他絮叨，话意却也有些颠三倒四，"你不能这么说，我岁数大了，经不住你这么说，往后都别这么说了。"

多年后这场浩劫终于结束，好像眨眼间便换了个新天地。

这些年来，他们一起走过许多苦难，到了最后，终于过上了真正太平的日子，便每一日都过得珍惜。

院子里的花草之前都被拔了，现下又都重新种了起来，那棵歪脖子枣树倒是一直幸存着，看了那么多年，也看出了感情，跟看小孩儿似的，不嫌它煞风景，也不嫌它从来没结过枣子。

虽说买好多东西还是得凭票供应，但物资终归丰富了不少，俩人夏天依旧爱在树底下支张桌子，煮点盐水毛豆，切几毛钱粉肠，一块儿喝两盅，或者单纯聊些家常，或者听秦敬讲几个段子就酒。

秦敬这段子讲得可有历史——之前那段时日没书看，也没什么娱乐，他便关起门偷偷说些段子给俩人解闷儿，有旧时学过的，也有后来新编的，一讲便讲到了如今。

这些段子，说的是一个人，听的也只是一个人。他说，他听，有听过很多遍的，却也不觉得烦。

一个接一个的故事，每一个都热闹欢喜。

再后来也有不少书读，他们定了份小说报纸，也会看看诸如张恨水之类的作家写的爱情小说，但还是最爱读武侠。后来打南边传过来许多新作品，其中不乏精妙之作，但或许是人老了都念旧，他们依旧最欣赏还珠楼主，买了套新出版的蜀山从头读起。

写书的人早便去世了，这部书后来再没出过新章，注定永远看不到结局。

看不到结局也没什么关系，他们反而觉得这样一部书，没有结局才是好的。

老刘家前年搬到了大胡同那头，离他们家并不算远，两家便常走动走动。老刘因着早年说相声，那时也难免吃了些苦头，不过许是天赋异禀，这么折腾都没能让他瘦下来，现下就更见发福，有时三人坐在一块儿，沈凉生和秦敬便要说他，你也运动运动，别老成天在家除了吃就是睡，这肚子可真没法儿看了。

"你们管我呢！"人说老小孩儿，在老刘身上体现得那叫一个明显，往往听见这话就要不乐意，嘟嘟囔囔地一脸委屈相，反像两人合起伙来欺负他似的。

秦敬和沈凉生倒是晚饭后总爱散个步，尤其是天暖和的时候，出了院子沿着街边慢慢溜达，一路跟相熟的邻居打打招呼，聊两句闲话，或自带个马扎去大悲院前的空场上纳凉。大悲院也在天纬路上，离秦敬旧时任教的小学就几步路，庙不大，香火却挺旺，之前被破坏了，后来又重修了起来，庙门口的两尊石狮子不晓得是打哪儿弄来的，看着竟不像新物，狮爪下的石球已被人摸得滑不留手，一群小孩儿在狮子边儿上蹿下跳，大人们就坐在庙门前的空场上扎堆闲聊，说是净地，却也满眼俗世喜乐。

不管怎样，秦敬对教过书的小学还是很有感情的，有时也会带着沈凉生回学校里看看。

学校门房一直没换过，自然知道秦敬以前是副校长，但因着他常年带课，熟人却还是叫他"秦老师"，秦敬自个儿也更爱听这个称呼。

学校操场上有株老桑树，正长在领操台旁边，夏天桑葚椹了，红紫的果实挂满枝头。沈凉生知道秦敬爱吃桑椹，也知道他八成就是为了吃才专拣这当口往学校里溜达，可亲眼见他趁学校放学了才溜进去偷果子还是觉得十分可笑。

桑树树龄老，长得也高，秦敬老了有些抽抽，人看着比年轻时矮了，又因着前几年受了腰伤，有些伛偻，缺医少药地也没全治好，后来硬要站直了就腰疼。

沈凉生倒是仍身姿挺拔，看他想吃便登上领操台为他够了几个矮处的果子，见秦敬接过来就往嘴里送却又要说他："你说你又不是饿死鬼投胎，回家洗洗再吃。"

天纬路离海河也挺近，有时他们精神好，便沿着河边一直往东走，走到火车站那头，站在桥边看来往的车船，听着从河上传来的，多年不变的汽笛声。

有回立在那儿，秦敬突地想了起来，当年有一次，他们也曾一起走过中街，然后站在河边儿往对岸看。

彼时从左岸眺望右岸，如今却是从右岸回望左岸。暮色中秦敬突似看到两个人，推着一辆自行车，立在对岸与他们遥遥相望。那是年轻时的他们。

那刻秦敬与沈凉生看着年轻时的他与他站在对岸，像是他们一起走过了一座桥，就过了四十多年。

新一年的夏天来得有些迫不及待，刚五月中天便燥得厉害，沈凉生似是有些害暑，连着小半个月都没有什么胃口。

有日沈凉生午睡起来，却见秦敬没在，走到里屋门口，才见他背朝自己地坐在马扎上，脚边放了个小盆，盆里泡着七八个不知打哪儿淘换来的鲜莲蓬。

秦敬戴着他那副厚得跟汽水瓶底儿似的眼镜子，仔仔细细地剥莲蓬，也没听着身后人的脚步声。

往常若见秦敬做这些费眼神的活儿，沈凉生定会过去帮把手，这日却反常地没有动，只立在里屋门口，静静看着秦敬坐在外屋里认认真真地把莲子去皮，又一个个把莲心剔了出来，莲实莲心分别用两个小白瓷碗盛了。

他看着午后的夏阳在擦得干干净净的水泥地上拖出长条的光斑，落在秦敬几近全白的发上。

"起了？"秦敬把莲蓬剥完了，一扭身才见到沈凉生站在里屋门口，笑着朝他道了句，"这东西败火，晚上给你拿莲蓬仁儿熬点粥喝，莲心要觉得太苦就泡茶时放两个，茶叶一冲就没味儿了。"

沈凉生也浅笑着点了点头，轻声应了句："嗯。"

后来沈凉生觉着自己那时是有预感的，秦敬以为他吃不下东西是害暑上火，胃口和嗓子都不大爽利，沈凉生刚开始也这么想。直到后来嗓子里那种哽得慌的感觉越来越明显，他才觉着有些不对劲，想起父亲早年的病来。

要说这些年有什么事沈凉生一直瞒着秦敬，便是他父亲当年的喉病。那时候路易斯因为同沈凉生交好，私下里跟他讲过，咽喉癌可是有遗传性的，劝告他一定少吸点烟。

虽说遗传病是个没影的事儿，沈凉生却也不愿跟秦敬说，若是说了，他多少得提着点心。再后来烟倒是慢慢戒了，年头一久沈凉生自己都忘了这码事，可现下吃了不少去火药嗓子还是越来越紧，才终又让他想了起来。

既是觉得不对，总归得去医院看看。沈凉生不敢跟秦敬两个人去，先背地里跟老刘说了，让他叫上他大儿子陪着走一趟。

"老沈，你别吓唬我，"老刘早便不叫沈凉生"二少"了，没等他说完就急了眼，梗着脖子道，"你哪儿能这么咒自个儿，咱查归查，你快别吓唬我了！"

秦敬跟沈凉生住在一块儿，去医院查病这事儿也不能避着他，于是还是一块儿去了。沈凉生只道叫上刘家大儿子是为了有辆自行车方便，可秦敬还不知道他，他这个人做事儿一直是妥妥当当的，自己还没想到，他便全打算好了，于是心里很有些七上八下，面上却又不露分毫，连等检查报告那几天都一如往常，该吃吃该睡睡。

——他是不敢想。

去取检查报告那日，老刘的大儿子说自己去就成了，秦敬却非要一起跟去。

沈凉生可不放心他这么着，归其了还是三个人一块儿去了医院。老刘的大儿子长得跟他爸是一个模子里刻出来的，性子也是一般的热乎，一路上嘴就没停过，讲厂子里的事儿，讲他大闺女的事，使劲活络着气氛。

直到排上了号，大夫出来问了句"谁是家属"，他才噌一下站了起来，急急应了句"我是"，也不待秦敬反应就跟着大夫走了进去看片子。

他们赶上了个通人情的大夫，见外头两个老同志，确实不方便听结果，便也没纠缠是不是直系亲属的问题，只细细给病人家属分析了片子，什么声门上型下型，老刘的大儿子也听不懂，最后就眼巴巴地看着大夫问了句："……那还能治吗？"

"当然能治，可以做手术，也有保守些的疗法。"大夫顿了一下，因着见多了生死，不落忍也得遵守医责，明白地解释了各种治疗手段和风险，最后委婉地劝了句，"老爷子岁数大了，开刀不是不可以，但治愈概率刚才您也听我说了，您不如多想想，跟家里人商量商量再做决定吧。"

可这要怎么商量？他红着眼圈儿瘫坐在椅子上，简直不敢站起来走出这扇门。

但事情终归得说，老刘人虽没跟去，却也一直在家里等消息，眼见三人闷声不语地回来，心里就咯噔一下。

沈凉生固执地不肯避讳，让他有话直说，于是四方坐定，老刘的大儿子终把大夫的话一五一十地讲了，拿眼觑着他爸，又觑着自己俩干爹，只觉煎熬得坐不住，硬把自己按在椅子上。

老刘已经傻眼了，沈凉生面上却还是那副神情，连秦敬都好似没受什么震动。这一道儿上他也有了些心理准备，若没事儿早在医院里说了，既要回家说，那便肯定有事儿。

"我看做手术就免了。"沈凉生反是四个人中先出声的，明确表了态，又讲了讲他父亲的事儿，末了总结道，"开刀也没用，我也不想折腾。"

老刘回过点神，讶异地看着秦敬安安静静地坐在沈凉生身边，竟不出言表示反对，面上也不见如何悲恸，心里就又咯噔一下。

最后事情便按沈凉生的意思定了，不动刀，只用药，连医院都不肯去住。倒不是他们住不起，钱还不用操心，只是沈凉生自己不想去。

他这个人一辈子都活得一丝不苟，从没使过什么性子，只这么一桩，他说什么秦敬都全依他。老刘的大儿子结婚早，大孙女叫刘英，已经参加工作了，死活不肯让秦敬去费劲找什么家床护士，只说自己就是个护士，还找外人干吗。

于是跑医院取药，在家里给药输液之类的事儿便全被刘家的小辈儿包了，沈凉生过意不去，老刘却强颜欢笑地拿话堵他："这干爹干爷爷哪儿能白叫，他们尽尽孝你也管，你说话费劲，可不许跟我争。"

秦敬那头的精神倒不算太坏，只是日常照顾的活儿不准任何人插手，跟老母鸡护食一样，谁抢就啄谁。

实则也没人敢跟他争，大伙儿都看出来了，他这就是撑着一股劲儿，老刘一头看他把沈凉生照顾得周到，一头又成天提心吊胆，生怕哪日秦敬这劲儿一松了，便整个人都垮下来。

沈凉生的病情确和大夫说的一样，这类型的癌症早期不容易察觉，发展又十分快，的确没什么好法子。到了晚秋时候，镇痛药已经吊上了，沈凉生睡过去的时候便多起来，有日睡醒

271

一觉睁开眼，也不知道是什么时候，下意去找秦敬，却见床头坐着的是老刘，便略略比画了一下，问秦敬哪儿去了。

"他说出去走走。"老刘佯装无事地答了，心里头却急得很。这日早晨见他过来，秦敬便说要出去走走，让他帮忙看会儿人。老刘当时拦不住他，只得放秦敬出了门，可这都下午四点多了，也没见人回来，他边着急边盼着大孙女赶紧下班过来，让她出去找找人。

沈凉生脑子还不迷糊，看出老刘面色不大好，微微点了点头，心里却半点不着急。

他半点都不怕，笃定他会回来。

其实他觉得对不住他，可这话却是不能明说的，他也确实没和秦敬说过，只趁这日秦敬不在，叫老刘取了纸笔过来，慢慢写道："好好照顾他。"

老刘忍着泪应了——秦敬都没哭过，他可不敢跟这儿号丧，见沈凉生比了个"把纸撕了"的手势，便赶紧一条条撕了，还觉着不放心，干脆揣在了裤兜里。

秦敬确实未曾走远，只是去了趟大悲院，从早上跪到下午，先是求菩萨让沈凉生少受点罪，后来便只长跪佛前，反反复复默念着为他祈福的句子。

这日秦敬并没等人出来找，五点多便自己回了家，虽因跪久了更见伛偻，面上却很平淡。

沈凉生已经又睡过去了，老刘松了口气，跟秦敬一块儿坐在床边，静了一会儿，还是开口劝他道："人说七十三、八十四都是槛儿，他今年可不就是七十三了……但要说咱俩也快了，过两年也不一定能迈过这个坎儿……你就再熬两年，熬一熬就过去了。"

那天老刘儿是失魂落魄地跟着大孙女一起出了门，一路往家里走，觉得脚底下跟踩着棉花似的，每一步都不真实。

他这人心眼儿宽，到老也懒得回忆旧事，想当年如何如何，说来有什么意思。

可这天他却突地全回忆了起来，一桩桩，一笔笔，那两个人的故事，就发生在自己身边儿，故事中的人是自己顶熟的人，如今回忆起来却全不觉得真实，竟像离自己的日子无比地远，远得像出传奇话本，像自己改说评书后讲过的虚构段子。

自己是个讲段子的俗人，可段子中的人不是。

一路晕晕乎乎地走到家，吃过晚饭，老刘打开话匣子，依旧听着匣子里头传出的戏音愣神儿。

那是一出《群英会》，热热闹闹地，锵锵锵锵锵——

"想大丈夫处世，遇知己之主，外托君臣之义，内结骨肉之恩，言必行，计必从，祸福共之。"

老刘突地站起来，似被戏里的念白猛地惊醒了，扯着大嗓门儿，荒腔走板地跟着唱了几句，又用小名儿操着戏音招呼大孙女："英儿，快快打酒来，跟爷爷喝上两盅！"

老刘婶同刘英互看了一眼，又同时翻了个白眼。

"我爷爷这又发什么癔症呢？"

"你甭搭理他。"

入冬后沈凉生已吃不了什么东西，多半靠输液支撑着，人便瘦得厉害。刘英虽然年纪轻，也没工作几年，技术却很过硬，手底下既准且稳，能扎一针绝不扎两针，只想说可不可以让干爷

273

爷多受痛。

不过其实沈凉生也不知道痛不痛，一天到头没几个小时是醒的，人虽瘦得皮包骨头，面上神色却很平和，竟一点不觉得难看。

"有时我可后悔呢，"刘英吊好药水，陪秦敬坐下来说话，因着想要安慰老人，嘴角一直带着笑，"您说我怎么就没淘生成我沈爷爷的亲生孙女呢？我要是随了沈爷爷的长相，再瘦一点，追我的人还不得从咱家排到百货大楼去，也不至于那么难找对象。"

"别这么说自个儿，那是他们没眼光。"自打秋天那日之后，秦敬的脸色反倒好了，不再见什么强撑着劲儿的意思，当下便也笑着拍了拍刘英的手，"再说女孩子丰润点是福相。"

"我这哪儿是丰润啊，"刘英见秦敬肯笑，便变本加厉地拿自己开玩笑，举着自己的手道，"您看看，这都胖成猪蹄髈了，怎么少吃都瘦不下来，可愁死我了。"

"其实他最好看的时候你没赶上，"秦敬顺着她的话头往下说，又像要献宝似的站起身，"等我给你拿相片儿看看……"

实则那张相片刘英早看过好几次了，再说也看不出什么来。当年好多旧相片他们都不敢留，连拍的合影都烧了，只有第一年的合照，无论如何舍不得烧，便藏在铁皮盒子里，在院里挖了个坑埋了。老照片的相纸本就爱发糊，又因埋在地里头受了潮气，照片上的人就更模糊了，确是看不大清沈凉生年轻时的模样。

秦敬跟老刘学坏了，也一副老小孩儿的德性要献宝，刘英自然不会扫他的兴，看了好几次，也还肯低下头认认真真地看。

"要说这也不是他最好看的时候……"秦敬把合影给小辈儿看过，却难得提起旧事，只握着一张旧相片，自顾自地沉浸在回忆中，"我跟你沈爷爷头回遇见的时候……哦，那是第二回了……你知道中国大戏院吧？那天我想去看戏，可人那么多呀，根本买不着票……后来我站在马路边儿，就说站在路边儿看看热闹……再后来……"

刘英默默听着，多少年前的事了，但因秦敬口才好，说得也栩栩如生。摩肩接踵的人群，道边的霓虹灯，穿着白西装的人都像走马灯一样在眼前鲜活地打着转。姑娘家心软，听着听着她便觉得有些忍不住泪，看秦敬说得告一段落，赶紧借口厨房刚烧了水，起身走出屋门。

秦敬一个人握着相片坐在沈凉生床边，根本没听见哭声，甚至没听出刘英说去厨房看水是个借口，只一门心思地沉浸到回忆中去。

那年的春节，大城市里黑白电视已算是普及了，彩电却还是少。秦敬家里这台彩电本是老吴的大闺女给她妈置办的。老吴岁数大了，没熬过动荡那几年，但他太太比他小不少，终于撑了过来，家里日子还算可以。当年老吴把秦敬和沈凉生当半子看，他们却叫吴太太"大姐"，而沈凉生的病到后来还是没瞒过老大姐，于是这台彩电便被她指挥着闺女给秦敬送了过来，其中好意不便明说，秦敬也不好推，不过平时却也没心思看。

但过年又不一样，尤其这日沈凉生精神格外好，一觉睡到晚上，醒过来听说有直播的春节晚会，便半坐了起来，俩人开了电视，一块儿看个热闹。

老刘本想把年夜饭挪到秦敬家吃，但秦敬打死不同意，只笑着说你们一家老小聚去吧，于是给他们送了年夜菜就回去了，心想着初一早上再过来拜年。

墙上的钟慢慢地走到了九点多，沈凉生却一直醒着，和秦敬一起看着电视里的节目，待看到有说相声的，便扯起嘴角笑了笑。

秦敬自然看到了他的笑，也不会猜不出他的意思，当下老不要脸地问了句："你觉着是他们说得好，还是我说得好？"

沈凉生的笑仍未收回去，还微微侧头瞥了他一眼，又微微点了点头，意思便是"你说得好"。

秦敬也嘿嘿笑了，满意得不得了。

挂钟又慢慢走过十点，沈凉生终是累了，睡了过去。秦敬小心翼翼地把他放平，自己也躺了下来，却没想着要关电视，任电视里欢声笑语，又或十二点时外头铺天盖地的鞭炮声都没能把他们吵醒。

秦敬再醒来时天光已经大亮，沈凉生却不见了，便觉着很纳闷儿，心说怎么一睁眼就找不着人了。

秦敬下了床，蹬上鞋往外头走，走出屋又走出院子，才发现自己身上只穿了件半袖蓝布褂子，可一点儿不觉得冷——原来一觉睡醒就已是夏天。

院外的街景是见惯了的，不算宽敞的一里街，两侧都是民房，可不见半个邻居，只有明晃晃的阳光洒在街道上，静谧又热烈，让人觉得很是刺目。

秦敬这时便有些知道自己是在做梦了，可即使是做梦，他也不能找不着那个人，刚这么一想，就见前头有个熟悉的背影，可不正是沈凉生。

秦敬连忙跟上去，边走边喊，沈凉生却不答应，只一个劲儿向前走。

梦中这一里街似乎被无限延长了，他看到他被Ｈ头照得惨白的背影越走越远，越走越远，却直远到针尖般的大小，依然望得见。

可秦敬心里已经急坏了，生怕一眨眼那背影就不见了，于是紧赶慢赶，跑得鞋都掉了，气喘吁吁地也没法儿再出声叫他。

沈凉生却似终于察觉到有人跟着，停住步子回了下身，看到秦敬便皱了眉，全是一副坏脾气老头的做派，撵猫赶狗似的，远远地冲他摇手："回去，别跟着我，快回去！"

刚刚秦敬急得哭都哭不出来，现下见沈凉生赶自己，就一下放声大哭，跟小孩儿耍赖撒泼似的，哭得十分委屈。

沈凉生似是被他哭得没辙，转过身往回走了几步，却也没有走到他身边，只像不知道该怎么办好一样看着他。

"沈凉生……"秦敬见他也不管自己，哭着哭着就没了趣，哽咽着唤了他的名字，想再补句什么，又不晓得该补什么。

那是一个既古怪又奇妙的梦。

"过来吧。"

他望向他，他便朝他走了过去。

每走一步，就像同时都年轻了一岁似的，待到他终站在他身前时，两两相望，俱看到一张风华正茂的脸。

古怪又奇妙地，他们不但年纪变了，且连身上的衣裳都换了，看着简直像从什么武侠小说里走出来的人物一样——秦敬一袭蓝布长衫，只似个寻常书生，沈凉生却华服高冠，墨色袍摆用银线绣了一圈云纹镶边，但因面色冷傲，不怒含煞，不像王侯显贵，倒像一尊惹不起的凶神。

可秦敬却不怕他，也不觉着两人穿得怎么奇怪，反似本该就如此一般，嬉皮笑脸地赖上去，站到他身侧。

沈凉生也没见怪，耀目的夏阳中，他们比肩而行，终于走完了这一里红尘，又再继续走下去——

走回来处。

去向天涯。

图书在版编目（ＣＩＰ）数据

津沽往事 / 唐言著 . -- 长沙：湖南文艺出版社，
2023.12
ISBN 978-7-5726-1496-5

Ⅰ . ①津… Ⅱ . ①唐… Ⅲ . ①长篇小说 – 中国 – 当代
Ⅳ . ① I247.5

中国国家版本馆 CIP 数据核字 (2023) 第 207132 号

津沽往事
JINGU WANGSHI

作　　者：唐　言

出 版 人：陈新文

责任编辑：袁甲平

装帧设计：苏　荼

出版发行：湖南文艺出版社

（长沙市雨花区东二环一段 508 号　邮编 410014）

网　　址：www.hnwy.net

印　　刷：长沙鸿发印务实业有限公司

开　　本：880 毫米 × 1230 毫米 1/32

印　　张：9

字　　数：202 千字

版　　次：2023 年 12 月第 1 版

印　　次：2023 年 12 月第 1 次印刷

书　　号：ISBN 978-7-5726-1496-5

定　　价：45.80 元